Bernardine Evaristo

Bernardine Evaristo est née en 1959 à Eltham, près de Londres, d'un père nigérian, émigré en Grande-Bretagne dix ans plus tôt, et d'une mère anglaise d'origine irlandaise. Militante, activiste, dramaturge, elle a cofondé le Théâtre des Femmes noires en 1982. Professeure de création littéraire à l'université de Brunel, elle y a créé le Prix international de poésie africaine. Elle est aussi vice-présidente de la Royal Society of Literature. En 2019, elle a partagé le prestigieux Booker Prize avec la Canadienne Margaret Atwood pour son huitième livre, *Fille, femme, autre*, faisant d'elle la première lauréate noire de ce prix. Premier titre de l'autrice traduit en français, il a paru en 2020 aux Éditions Globe, suivi de *Mr. Loverman* (2022), *Des racines blondes* (2023) et *Manifesto* (2023).

DES RACINES BLONDES

ÉGALEMENT CHEZ POCKET

Fille, femme, autre
Mr. Loverman
Des racines blondes

BERNARDINE EVARISTO

DES RACINES BLONDES

Traduit de l'anglais
par Françoise Adelstain

GLOBE

Titre original :
BLONDE ROOTS
(Penguin Random House, Londres)

ISBN : 978-2-266-32980-4
Dépôt légal : février 2024

En souvenir des dix à douze millions d'Africains
emmenés comme esclaves en Europe
puis aux Amériques
... et de leurs descendants
1444-1888

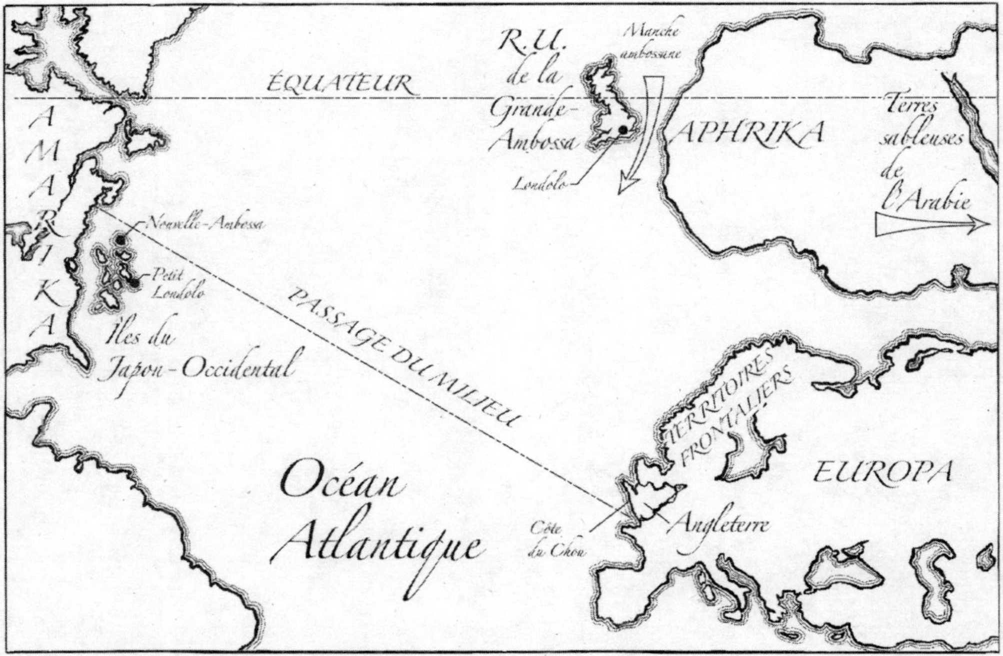
ÉQUATEUR
AMARIKA
R.U. de la Grande-Ambossa
Manche ambossane
Londolo
APHRIKA
Terres sableuses de l'Arabie
Nouvelle-Ambossa
Petit Londolo
Îles du Japon-Occidental
PASSAGE DU MILIEU
Océan Atlantique
TERRITOIRES FRONTALIERS
EUROPA
Côte du Chou
Angleterre

Toute chose est sujette à interprétation :
l'interprétation qui prévaut à un moment donné
est une affaire de pouvoir et non de vérité.

Nietzsche

LIVRE I

OH, SEIGNEUR, RAMÈNE-MOI CHEZ MOI

Ainsi tandis que, invités à des soirées chic tout près de chez eux, mon patron Bwana et sa famille trinquent avec leur verre de rhum-Coca et secouent leur arrière-train mollasson, je suis assignée à trier des registres dans son bureau. J'espérais que la cérémonie de la messe voodoo serait l'occasion d'accorder aux esclaves que nous sommes un jour de sortie, l'unique de l'année – mais non, rien ne change, c'est comme d'habitude.

Par la fenêtre, on voit les palmiers qui bordent les avenues, décorés de serpentins or et argent. Les arbres sont grands, lisses, prétentieux, avec le maintien de ceux qui tiennent en équilibre sur leur tête les noix de coco au lait si précieux ; à leurs frondes vertes et luisantes se balancent des calebasses de manioc peintes en rouge au fond desquelles scintillent des lampes à huile.

Les trottoirs pavés ont été balayés, il ne reste plus trace de la tempête de sable d'hier, et on a chassé les marchands ambulants.

Grenouilles et criquets font entendre un concert nocturne enivré tandis que les voitures à chameaux déversent leur cargaison d'invités chez les voisins. Les hommes portent des caftans flamboyants et leurs femmes grasses à souhait rivalisent à qui exhibera le turban multicolore au nœud enfantin le plus extravagant.

Toutes les maisons viennent d'être reblanchies à la chaux, sur leurs vitraux figurent les dieux : Oshan, Shangira, Yemonja. Des sphinx de pierre gardent les perrons et de chaque côté des portes se dressent des lampes torches juchées sur de hauts socles de marbre – leurs flammes en forme de doigts, bleu translucide, absorbent l'air poisseux de la nuit.

Les pulsations frénétiques de la musique électronique déferlent des étages supérieurs des maisons et se mêlent au son mélodieux du marimba au rez-de-chaussée, tandis qu'éclatent les rires et les plaisanteries de ces gens qui ont toutes les raisons du monde de fêter cette période de réjouissances parce qu'ils sont des hommes et des femmes libres, au cœur du domaine le plus coûteux du monde connu : Mayfè.

Chef Kaga Konata Katamba Ier est le Bwana en question. Il a bâti sa fortune au jeu de l'import-export, la célèbre course d'esclaves transatlantique, puis s'est installé dans la vie et en société en tant que magnat du sucre volatil, époux à temps partiel, père pigiste, être humain convenable à la retraite et, cela va sans dire, âme bannie.

Mon patron est aussi un antiabolitionniste à plein temps, qui exprime ses délires esclavagistes dans *La Flamme* – un opuscule distribué partout et gratuitement.

Je venais, malgré moi, de commencer à feuilleter le dernier numéro de cet abominable journal, l'estomac noué et la gorge serrée, quand une main poussa un bout de papier plié par la fenêtre ouverte du bureau et disparut avant que je puisse voir au bras de qui elle se rattachait.

J'ouvris le bout de papier, lus les mots magiques et brusquement je sentis un flot inonder ma tête.

Les vagues grondaient et se fracassaient dans mon crâne.

Je poussai le plus puissant et silencieux des hurlements.

Puis je m'évanouis.

Pendant combien de temps, je n'en ai pas la moindre idée, peut-être quelques minutes, mais quand j'ai émergé, j'étais effondrée sur ma chaise, la tête courbée sur la poitrine, le bout de papier dans la main.

Je l'ai relu à travers un rideau d'eau.

Ce n'était pas un mirage – il m'offrait l'occasion de m'échapper.

Oh Seigneur.

Après tant d'années sur la liste d'attente, la chose que je désirais le plus au monde reposait au creux de ma main. Mais ça allait trop vite. Je restais paralysée sur ma chaise. Un millier d'*et si* me traversaient l'esprit. En rendant ma vie à son propriétaire légitime – moi –, je la mettais aussi en jeu. En cas d'imprudence ou de malchance, je finirais au pilori ou sur le billot.

Puis mes instincts de survie l'ont emporté.

Ma tête s'est éclaircie.

J'ai repris pleine conscience.

J'ai déchiré le papier en morceaux.

Je me suis levée et j'ai regardé le masque en bois de Bwana cloué au mur.

Et je l'ai salué du doigt, le salut royal réglementaire.

Le mot m'indiquait que le Chemin de Fer Souterrain fonctionnait de nouveau après son interruption due à un déraillement. C'était souvent le cas quand ils n'arrivaient pas à piquer du courant à la centrale électrique de la ville ou que le train se couchait à cause d'une surcharge d'esclaves cherchant à s'échapper de la ville et à entreprendre le long voyage de retour vers la Mère patrie.

J'espérais pouvoir compter sur la fiabilité du message parce que la Résistance était souvent infiltrée par des espions dormants qui devenaient opérationnels et trahissaient des cellules entières de rebelles.

Intérieurement, pourtant, je savais que les trafiquants d'esclaves n'abandonneraient jamais une telle vache à lait. L'un des business internationaux les plus lucratifs qu'on ait connus, comprenant le transport à grande échelle des Blancs, embarqués par millions du continent Europa vers les îles du Japon-Occidental, ainsi baptisées quand le « grand » aventurier et explorateur Chinua Chikwuemeka, qui essayait de trouver une nouvelle route vers l'Asie, les avait confondues avec les légendaires îles du Japon. Le nom leur était resté.

Me voici donc, habitante du Royaume-Uni de la Grande-Ambossa (R.U. ou G.A. en raccourci), lui-même partie du continent Aphrika. Qui se situe juste de l'autre côté de la Manche ambossane. On l'appelle aussi le continent ensoleillé, du fait de la chaleur torride qui y règne.

La Grande-Ambossa est en réalité une très petite île avec une population croissante qu'il faut nourrir et qui donc déploie ses petits doigts avides sur la totalité du globe, dévalisant des pays et volant des personnes.

Moi y compris. Je suis l'une des Personnes Volées.

Le petit mot me donnait une heure pour rejoindre l'ancienne gare de Paddinto désaffectée et des indications pour trouver la bouche d'égout cachée derrière des buissons par laquelle je me glisserais dans le souterrain du métro. Là, un membre de la Résistance viendrait à ma rencontre et me guiderait à travers les tunnels froids et humides. C'était en tout cas ce qu'on me promettait, même si je n'avais pas été entraînée pour ça.

L'esclavage m'avait appris que les promesses ne sont jamais assorties de la garantie « satisfait ou remboursé », que si vous vous plaignez au service clients ils vous dénoncent à la direction et qu'ensuite ils vous en font baver.

Mais je suis une croyante fervente en l'espérance. Je suis toujours vivante, après tout.

Les métros de la ville de Londolo ont officiellement arrêté de fonctionner depuis des années, quand les tunnels ont commencé à s'effondrer sous le poids des immeubles au-dessus. La ville est revenue aux moyens de transport plus lents mais plus fiables : chariots, chevaux, charrettes, chameaux, éléphants, diligences et, pour les fanatiques dingues de forme physique, le vélocipède. Le seul véhicule que nous possédions, nous les esclaves, on l'appelait nos Guiboles.

Mais voilà : à un moment donné, un petit futé de la Résistance eut une inspiration et le métro reprit du service, permettant à plein de gens de fuir la cité de Londolo solidement protégée et d'atteindre les docks d'où ils entreprenaient le long et hasardeux périple de retour vers l'Europa.

Pour la première fois depuis que j'avais été enlevée, je pouvais sérieusement envisager de retourner chez moi. Était-ce possible? Je gardais tant de souvenirs vivaces de mes parents, de mes trois sœurs, de notre petite maison de pierre et de Rory, mon épagneul bien-aimé. Toute ma famille était probablement morte à présent, à supposer qu'ils aient survécu aux raids des hommes des Territoires Frontaliers, mes premiers ravisseurs.

Les Ambossans nous qualifiaient de tribus, mais nous étions des nations, chacune avec sa propre langue et ses drôles d'anciennes coutumes, comme dans les Territoires Frontaliers, où les hommes portaient des jupes en tartan sans caleçon dessous.

Les Ambossans qualifiaient aussi l'Europa de Continent Gris, à cause de ses ciels toujours couverts.

Mais si vous saviez combien me manquaient ces ciels gris nuageux.

Combien me manquaient le crachin et le vent qui me frappaient les oreilles.

Combien me manquaient mes lainages confortables et mes sabots de bois.

Combien je regrettais les sandwichs dégoulinant de graisse et les potages à la citrouille de ma Maman.

Combien me manquaient le feu pétillant dans la cheminée et les chants de la famille réunie autour.

Combien je me languissais de cette contrée du Grand Nord d'où ils m'avaient arrachée.

Combien je regrettais l'Angleterre.

Combien mon foyer me manquait.

Je suis fière de proclamer que je descends d'une longue lignée de cultivateurs de choux.

D'honnêtes paysans qui travaillaient la terre et ne recouraient jamais au vol, même quand il neigeait en été ou pleuvait tout l'hiver, si bien que les récoltes ne venaient jamais à terme et se transformaient en compost.

Nous n'étions pas propriétaires, loin de là, juste des *serfs*, le maillon inférieur de la chaîne alimentaire agricole, même si aucune véritable chaîne ne cliquetait sur le sol quand nous marchions. Nous n'étions pas non plus véritablement la propriété de quelqu'un, car nos racines plongeaient profondément dans la terre, et quand celle-ci changeait de mains pour cause de mort, de mariage ou même de guerre, il en allait de même pour nous, si bien que nous lui restions attachés de génération en génération.

L'accord reposait sur la location de quelques champs par notre maître, Lord Perceval Montague (Percy quand il avait le dos tourné), énième fils aîné de la famille à laquelle ma propre famille était liée par un cordon ombilical. En retour, tous les serfs mâles devaient combattre comme fantassins dans son armée et, croyez-moi, la société de l'époque ne connaissait ni foi ni loi. La sauvagerie régnait dans le Grand Nord. La force brute seule prévalait chez ceux qui voulaient razzier votre terre ou voler votre bétail, sauf si vous étiez capable de répondre aux incendies par de la poudre à canon, ou de constituer une armée privée pour vous défendre, même s'il ne s'agissait que d'une bande hétéroclite de valets de ferme bordéliques.

Donc nous cultivions notre parcelle de terre ainsi que celles de Percy.

Quelle que fût la récolte, nous devions lui en donner la moitié.

Il était censé pratiquer le secours aux pauvres mais le faisait rarement.

Nous devions payer des suppléments afin, par exemple, d'emprunter son chariot pour aller au marché, utiliser son moulin à grain ou son four à pain, ce qui signifiait, en cas de récoltes médiocres, nous endetter pendant plusieurs années.

Le manoir Montague était un empilement de granit, des dalles semblables à des tombes encadrées par les cieux et qui vibraient sous l'assaut des averses quotidiennes venues du nord.

Il exerçait une irrésistible attirance sur nous, les gosses, mais j'étais la seule de ma fratrie à oser prendre le risque de succomber à la séduction de la grande maison.

Un jour que tout le monde était à la foire d'été du domaine, mes sœurs épiant craintivement à travers les buissons, je me suis faufilée par la lourde porte en bois pour arriver dans le Grand Hall caverneux. J'essayais de marcher sur la pointe des pieds, mais le haut plafond répercutait le bruit de mes sabots.

Aux murs pendaient des tapisseries de gentes demoiselles caressant les bois des licornes, des ramures de rennes déployées comme des branches d'arbre et une grosse tête d'ours aux ratiches dégoulinantes de salive, accrochée face à la porte d'entrée. Ses yeux humides et limpides suivaient chacun de mes mouvements.

Quand j'ai entendu des gémissements émaner de très loin sous terre, j'ai paniqué, fait demi-tour et filé vers la sortie, trébuchant sur un loup empaillé, qui semblait prêt à me sauter dessus et à me mordre. Les gémissements devaient émaner des légendaires cachots de Percy où il gardait les braconniers et tous les prisonniers faits après les échauffourées de la Frontière. Ensuite, ils allaient être expédiés emballés pour le long trajet à travers les bois en direction de la côte, d'où un bateau les transporterait vers le Nouveau Monde – d'après ce qu'on racontait.

Pour nous, paysans, le Nouveau Monde était une terre lointaine de l'autre côté des océans dont nous ne savions rien, sinon que personne ne voulait y aller, parce que ceux qui y allaient n'en revenaient jamais.

Notre chez-nous, c'était le Pavillon du Pommier, en lisière du domaine. Un fatras de poutres en bois et de murs en terre battue. Infestés de bruissements d'insectes. D'ailleurs, la maison tout entière vivait de vermine – des guêpes nichant dans le toit de chaume aux puces sauteuses pour qui notre sang constituait un élixir de vie. La porte d'entrée donnait sur une petite salle au sol de terre, où brûlait un feu de tourbe. D'épaisses tentures de laine verte délimitaient deux espaces de couchage de chaque côté du corridor qui servait de cuisine. Nous ne pouvions nous permettre une vitre à cause de l'impôt sur les fenêtres, du coup, les volets étant fermés, c'était toujours l'hiver à l'intérieur.

Madge, Sharon, Alice et moi partagions une paillasse. Nous dormions sous un édredon multicolore fait de vieilles nippes cousues par deux grand-tantes mortes avant notre naissance. J'occupais d'office la place du milieu, réchauffée par mes sœurs durant ces nuits glaciales du Nord-Est.

Et puis, il y avait Rory le chien, qui n'arrêtait pas de bondir et de tout renverser alors qu'il n'était même plus un chiot, braillait Maman. Du pied elle l'envoyait valdinguer et il retombait à plat, en poussant un cri perçant, les pattes comiquement étalées.

Notre Papa et notre Maman s'appelaient Mr Jack et Eliza Scagglethorpe.

Les muscles de Papa se cramponnaient à lui par des tendons très durs parce qu'il n'y avait pas beaucoup de chair pour protéger ses os. Il portait un collier de barbe broussailleux, qu'aucun emmerdeur ne réussissait à l'obliger à tailler, et ses joues écorchées par les vents cinglants étaient boursouflées de cloques. Il avait le dos voûté d'un arbre maigrelet qui ploie sous les bourrasques, parce qu'il plantait et déterrait les choux depuis qu'il était tout gamin.

Ses cheveux roux foncé, typiques des gens de la Région frontalière, lui tombaient en spirales sur les épaules, couverts du chapeau paysan à large bord qu'il portait toujours lorsqu'il était à l'extérieur.

Jusqu'à ce que j'aie l'âge de comprendre la farce, il remontait les manches de sa blouse, m'indiquait comment poser un doigt sur l'endroit de son bras où palpitaient les veines et me disait que des mille-pattes vivaient dedans. Je m'enfuyais en hurlant, il me courait après, tous deux renversant des tabourets, des seaux, et mes sœurs au passage.

Ses choux le passionnaient, il disait qu'il fallait les traiter avec amour, comme on traite ses enfants. Je savais tout sur ces satanés choux ! Le Chou Royal de janvier est « croquant et plein de saveur », la Reine d'Automne est vert foncé, et le Chou Frisé de Savoie « un sacré petit connard ». Et que ne m'avait-il pas raconté sur les antiques Guerres du Chou, quand les Scagglethorpe avaient combattu pour les Montague et gagné contre les Paldergrave ?

Je détestais manger du chou, en ces temps d'avant l'esclavage.

Que ne donnerais-je maintenant pour en avoir un.

Papa ne s'est jamais plaint de ne pas avoir de fils, mais nous savions toutes ce qu'il en pensait parce que parfois, quand il nous regardait, il ne pouvait cacher sa déception.

Qui allait perpétuer la culture des choux traditionnelle des Scagglethorpe ?

Pourtant, il chassait toujours cette pensée.

« Allons, nous ordonnait-il, dites-moi que j'ai droit à un vœu.

— Quel vœu ?

— Ne soyez pas idiotes. Dites-moi quel est le vœu que vous pouvez satisfaire.

— Mais nous n'avons pas des pouvoirs spéciaux, nous ne sommes pas tes marraines fées.

— C'est un jeu, imbéciles, dites-moi que j'ai droit à un vœu ou je balance un chou sur votre foutue caboche.

— D'accord, P'pa. Tu as droit à un vœu.

— Bon, voyons. Oh, je sais ce que je désire, disait-il en se grattant le menton comme si l'idée venait de naître. Voir mes filles dans ces crinolines à baleines que portent les dames, de la jolie pâte sur les joues, des perles autour de vos cous de cygne ; vous voir tourbillonner en dansant avec de gentils messieurs, des sourires conquérants aux lèvres et des pantoufles de verre aux pieds.

— Oh, ne sois pas si sentimental », disais-je avant d'aller chercher la loupe pour voir si j'avais vraiment un « cou de cygne ».

Cette nuit-là, j'ai rêvé d'une robe à crinoline en dentelle jaune avec des manches bouffantes. Elle était si *précieuse*, mes pantoufles de verre si délicates, que quand je courais à travers prés, mes cheveux flottant au vent, les gens restaient bouche bée de me voir devenue si élégante.

Et puis j'ai tout gâché en attrapant des ampoules parce que les pantoufles étaient trop étroites, que l'une d'elles a craqué et que le verre m'a coupé le pied, sur quoi la douleur m'a réveillée.

Papa se levait avant que la lumière du jour ait botté l'obscurité en touche. Il revenait à la nuit tombée, geignard et colérique tant qu'il n'avait pas mangé.

Il aimait boire une chope de bière (une seule, affirmait-il toujours) le vendredi soir après dîner, dans la grange de Johnny Johnson, dans sa ferme Ici-On-S'Arrête, pour une « soirée » avec « les copains » – tous des types dépassant la quarantaine. Il rentrait, empestant l'orge et les herbes de sa bière, braillant une chanson paillarde qui s'entendait à travers champs, puis, appuyé à l'encadrement de la porte ouverte, reprenant sa respiration, soufflant de l'air froid dans notre salle, fulminant qu'« un jour le travailleur vaincra », pour finir, titubant dans ses bottes crottées de fumier, par s'écrouler sur sa chaise, jambes étalées, tête renversée, la pomme d'Adam saillante et tremblotante.

« Comment vont les *copains* ? » demandait M'man. Assurée qu'il ronflait, elle ne levait pas les yeux de ses aiguilles à tricoter qui cliquetaient comme des épées.

Je n'oublierai jamais la première fois que ce fut mon tour d'apporter à P'pa son pain et sa graisse de rôti pour le déjeuner.

Les nuages étaient tombés si bas que j'ai mis des siècles à le trouver, surgissant du brouillard, appuyé d'une main sur sa fourche, on aurait vraiment dit un épouvantail, et soudain j'ai vu l'état d'épuisement où le mettait ce travail éreintant.

Il chantait, mais pas une de ces chansons cochonnes qui nous faisaient glousser, nous les filles, tandis que M'man lui jetait un regard torve. Non, on croyait entendre un de ces enfants de chœur à l'église dont la voix n'est pas encore devenue rauque, brouillée et coléreuse, après toutes ces années passées à briser les sols gelés avec une pelle, vider la merde d'âne ou casser du bois pendant des heures en plein hiver, vêtu de toile à sac, les pieds nus dans des sabots.

C'était la voix du garçon enfoui dans l'homme. L'enfant à l'intérieur de mon père.

Le cœur plein de chagrin, de regret pour ce qu'il avait perdu ou n'avait pas obtenu.

Mon propre cœur s'émietta comme du pain rassis.

Allez-vous à Scarborough faire la foire ?
Persil, sauge, thym et romarin
Si oui, rappelez-moi à la mémoire
De celle qui fut un amour, le mien

Pour mon dixième anniversaire, ce fut mon tour d'aller aux champs les yeux bandés arracher le premier chou de la saison. À l'âge de dix ans, vous aviez déjà survécu à la variole, aux fièvres et à presque toutes les autres maladies qui envoient les enfants dans l'au-delà, donc vous aviez des chances de devenir adulte. Si vous arrachiez le chou avec beaucoup de terre, ça signifiait que vous deviendriez riche, sinon, vous resteriez pauvre.

En cette aube printanière, nous avons tous cheminé dans l'herbe mouillée et longé les arbres qui commençaient à déployer leurs fleurs aux pétales bleu lavande.

J'avais déjà décidé ce que je voulais faire dans la vie. J'allais devenir l'une de ces rares marchandes de soie ambulantes, comme la jeune Margaret Roper du village de Duddingley qu'elle avait quitté à l'arrière d'une charrette et où elle était revenue dans sa propre carriole. Comme elle, je resterais en apprentissage pendant sept ans, puis je monterais mon affaire. Il fallait d'abord que je persuade P'pa de persuader Percy de me laisser partir. Je savais que P'pa rejetterait l'idée absurde qu'une de ses bécasses de filles puisse devenir une véritable femme d'affaires.

Mais ça ne m'a pas découragée.

Je mettrais des années à rembourser mon emprunt mais finalement je deviendrais assez riche pour m'établir à mon compte.

J'avais tout réglé.

Comme on fait quand on a dix ans.

Le chou est venu avec une énorme motte de terre autour de sa racine.

Alors j'ai fait une cabriole en chantant à tue-tête « Tralalalalère, le chat, le violon et la vache ont sauté sur la lune. » Donc, ce putain de truc, ça marchait ?

L'afflux de souvenirs n'allait pas me faire arriver à l'heure à la gare.

J'ai bondi hors du bureau de Bwana comme un léopard sur une noix de cola et traversé en courant le complexe résidentiel, le plus vaste de la ville. Traversé la pelouse fraîchement arrosée, d'un vert craquant, dépassé la rocaille parsemée de cactus, longé le bosquet d'ananas et ses feuilles palmées aux hanches plantureuses de grosse mama, traversé le terrain de jeux pour enfants avec ses toboggans orange et rose et ses ronds-points, dépassé les mangoustans, les pawpaws et les vanilliers à l'odeur sirupeuse, la piscine avec ses myriades de moustiques bourdonnant au-dessus de l'eau stagnante, longé les enclos pour chameaux, pour finir par atteindre le quartier caché des esclaves, aménagé avec tous les égards à côté de la fosse de déversement des eaux usées et de la porcherie.

Là, je suis entrée dans la hutte que je partageais avec mes camarades : Yomisi et Sitembile.

Yomisi avait une trentaine d'années, comme moi. Sauf qu'elle était née Gertraude Shultz dans une exploitation de blé en Bavière. À l'âge de dix-huit ans, elle avait été capturée par des chasseurs d'esclaves alors qu'elle revenait de l'église un dimanche matin glacial, ayant bêtement choisi le raccourci qui traversait le cimetière. Pour se retrouver finalement à Londolo, sur une couche voisine de celle de votre servante. C'était un duo improbable : moi l'optimiste, elle la pessimiste. Je tenais fort mon billet de retour contre ma poitrine, rêvant toujours de m'échapper, elle avait déchiré le sien en lambeaux la toute première fois qu'elle avait été violée par ses trois kidnappeurs, tout de suite après sa capture.

Depuis, elle s'acharnait à préparer sa revanche.

Yomisi était la cuisinière de Bwana. Une vraie tige d'acier, des yeux verts et des paupières lourdes, on l'obligeait à porter une muselière pour l'empêcher de manger pendant son travail. Un masque de bandes métalliques qui lui emprisonnait le visage et lui recouvrait la bouche d'une plaque perforée. Ce machin tenait à l'arrière par un cadenas.

Ses lèvres se craquelaient. Sa bouche se déshydratait. Sa langue enflait. Ses gencives saignaient.

Même quand on lui enlevait la muselière le soir, elle parlait les dents serrées.

Parfois Bwana vomissait toute la nuit ou l'un de ses enfants avait une poussée de fièvre. Avoir la chiasse était une chose banale. Les hallucinations régulières de Bwana frôlaient la folie, et toute la famille souffrait fréquemment d'éruptions cutanées si insupportables qu'on les voyait s'arracher des lambeaux de peau en une crise d'hystérie collective.

Les doigts accusateurs pointaient les adversaires en affaires de Bwana et leurs grigris, jamais la cuisinière maigre et passive.

Du verre pilé.

Viande pourrie dont les herbes et les épices fortes camouflaient le goût.

Champignons.

Plantes dont elle ne donnait pas le nom.

C'était la seule chose qui lui faisait plaisir.

Ma seconde camarade de chambre était la jeune et joyeuse Sitembile, qui venait d'avoir vingt ans. Elle aimait nous rappeler, à nous humbles mortels, qu'elle était née princesse Olivia de Champfleur-Saxe-Cobourg-Grimaldi-Bourbon-Orléans-Habsbourg dans un palais de l'ancien territoire de Monaco. Prise en otage au cours d'une guerre contre les Français, elle avait été vendue à ses kidnappeurs par son père le roi qui refusait de payer une rançon pour la libération d'une fille alors qu'il avait déjà cinq fils héritiers de la couronne.

Sitembile occupait la position enviée de laveuse des toilettes de la maisonnée, vidant approximativement cinquante pots de chambre tous les matins, avant de passer le reste de la journée à écoper les chiottes et à les arroser de désinfectant à la chaux pour dissuader les insectes et les mouches.

Quand elle avait le temps, et c'était rarement le cas, elle s'asseyait sur le seuil de notre cabane et jacassait, poursuivant une conversation dans sa tête, perdant son auditoire en route, toute surprise qu'on lui dise qu'on n'avait pas la moindre idée de ce qu'elle était en train de raconter.

Elle restait là, tordant ses cheveux en nattes auxquelles elle mélangeait de l'argile, frottant sa peau avec de l'ocre afin de noircir ses pigments dans l'espoir de se faire repérer par l'un des associés de Bwana, plus gentil, plus jeune et plus séduisant, qui l'embarquerait vers une nouvelle vie au titre de maîtresse favorite. Étant donné les courbes généreuses qui débordaient de sa taille naturellement mince, la chose n'avait rien d'impossible.

Yomisi tâchait de réduire l'enthousiasme de Sitembile en répétant à l'envi que les rêves et les déceptions forment un couple inséparable.

Affirmant au contraire que les rêves nous maintiennent l'esprit vif, j'aidais à faire pénétrer l'ocre dans la peau lisse et indemne du dos de Sitembile.

Chacune de nous s'était glissée dans la vie des deux autres, et nous avions trouvé le moyen de nous en accommoder.

Maintenant, j'en sortais.

Sans dire un mot.

Notre cabane était en tôle ondulée, on y bouillait les nuits d'été. Évidemment pas question de nous loger dans les demeures raffinées, fraîches, aux murs de torchis blanchis à la chaux, aux toits de palmes, avec des montants de palétuvier, des fenêtres et des vérandas panoramiques, qui s'étendaient jusqu'aux confins du complexe résidentiel. Nous, soit nous rôtissions, soit nous gelions dans nos cabanes sordides, et nous avions pour plus proche voisine une termitière de trois mètres cinquante de haut que nous n'osions pas perturber puisqu'il était probable qu'elle se reconstituerait à l'intérieur de notre habitation.

En entrant dans la hutte, je savais qu'il n'y aurait personne, que les deux autres seraient occupées ailleurs parce que nous n'arrêtions jamais de travailler. Même quand il semblait qu'il ne restait vraiment plus rien à faire, Madama Bienfaitrice, Madama Première, l'épouse Numéro un de Bwana, inventait encore des occupations. On racontait qu'elle avait été la jeune vierge la plus charmante de toute la ville, mais qu'après des années de mariage, et l'accumulation d'épouses que Bwana lui donnait à surveiller, le pouvoir lui était monté à la tête, et elle était devenue le dragon que nous connaissions toutes et que nous détestions.

Ce jour-là, elle portait, dégringolant des plis de son cou, une grosse chaîne d'or à laquelle pendait une Akua'ba, une poupée de fertilité incrustée d'un diamant et d'un rubis. D'autant plus ridicule qu'elle était à l'évidence postménopausée. Au doigt d'une main manucurée, une bague en or en forme de tête de lion rugissant vous rappelait que, même quand elle s'efforçait d'être aimable, elle ne l'était pas. Un bel os d'ivoire émaillé lui traversait le nez et un piercing sur sa lèvre inférieure indiquait (comme si besoin était) qu'elle était une dame mariée.

En ce jour le plus festif de tous, elle s'était réveillée de la charmante humeur matinale que nous lui connaissions et avait ordonné à tous les esclaves disponibles de se mettre à quatre pattes et de récurer le sol, des mètres et des mètres de dalles beiges qu'elle adorait, avec du savon et une brosse à ongles. Afin de bien pénétrer dans les rainures, expliquait-elle, balayant du regard le rassemblement de pieds nus de son personnel avant de propulser sa masse, un seul bloc des épaules aux hanches, dans le corridor avec toute la grâce d'un hippopotame à trois pattes d'une tonne et demie.

Puisque les yeux sont la fenêtre de l'âme, si elle avait daigné plonger les siens dans les nôtres, elle aurait vu dans chacun un meurtrier brandissant une hache.

Les siens, grands, au regard étonné, gouvernaient son visage et lorsqu'ils naviguaient alentour, vous n'aviez plus qu'à prier qu'ils ne se braquent pas sur vous, parce qu'ils exprimeraient alors l'indignation horrifiée devant un crime pour lequel vous deviez être punie, même si vous ne l'aviez pas encore commis. En même temps, elle s'apitoyait sur son sort à grand renfort de gémissements, ce qui était souvent le cas chez nos maîtres – c'étaient eux les offensés, pas nous. Elle portait sa tenue favorite en drap Adinkra, incrusté de motifs *Atamfo Atwameho*, ce qui signifiait « Je suis entourée d'ennemis ».

J'ai rassemblé quelques vêtements que j'ai fourrés dans un panier, attrapé une étoffe que j'ai jetée sur mes épaules pour en camoufler les tatouages. Comme le voulait la mode en société esclavagiste, ils exprimaient le nom de ma première maîtresse, Panyin Ige Ghika – P.I.G.

J'avais été à une époque la compagne de la fille de P.I.G. – Petite Miracle.

Petite Miracle – je vous en parlerai plus tard.

Quand Bwana m'a achetée, il a fait tatouer aussi son nom – K.K.K.

Imaginez-vous ce que l'on ressent quand un tisonnier brûle votre peau ? Le choc, le traumatisme qui s'ensuit quand la peau grésille et fume, puis que des larmes de sang chaud dévalent vos bras et votre colonne vertébrale ?

Je n'avais pas grand-chose à emporter. Nous étions très peu vêtues à cause de la chaleur, à laquelle je ne me suis jamais habituée, non plus qu'au code vestimentaire ambossan – les étoffes enroulées en forme de jupe – et les pieds nus qui rendaient la marche si inconfortable, surtout que je gardais de si bons souvenirs de mes sabots. Je regrettais tant leurs semelles fraîches et moulées ; la petite trépidation provoquée par l'impact du bois sur un sol dur. Vaquer la poitrine nue n'est pas une partie de plaisir quand vous avez eu trois enfants et que vos seins se balancent comme des courges ramollies. Et je ne vous parle pas du style de coiffure que Madama Bienfaitrice me contraignait à adopter en tant qu'esclave de plus haut rang de la maisonnée. Mes longs cheveux blonds raides coiffés en tresses auxquelles s'entremêlait du fil de fer et arrangées en cerceau au-dessus de la tête. Je voulais protester : nous les Blanches n'avons pas la structure osseuse permettant de supporter cet échafaudage. Mais elle voulait que je présente bien quand j'ouvrais la porte à ses hôtes distingués et que je ne ressemble pas à l'une de ces misérables filles venues d'Europa. Les invités étaient en général membres de la Chambre des Gouverneurs, l'instance dirigeante du Royaume-Uni, nombre d'entre eux étaient propriétaires de plantations, ce qui leur avait permis de s'acheter un siège à la Chambre.

Toutes ces pensées me tournaient dans la tête tandis que je fouillais le sable sous ma paillasse et en extirpais un petit sac en peau de chèvre contenant quarante-six livres-cauris. J'avais réussi à chaparder un coquillage ici et là au cours des années quand je faisais les courses pour Bwana et sa famille. J'avais toujours espéré en avoir besoin un jour.

Je fermai tranquillement la porte, vérifiant que le littoral était dégagé, posai mon panier sur ma tête et rampai à travers une brèche dans les buissons. Elle débouchait sur une ruelle, que nous empruntions nous les esclaves pour nous rendre à nos rendez-vous d'amour, moi y compris, même si j'étais restée longtemps célibataire. J'étais très monogame, selon la règle prônée par ma culture – un seul homme, une seule femme –, même si les Ambossans polygames trouvaient ça ridicule, non rentable, égoïste, typiquement hypocrite et tout à fait rétrograde.

L'amour de ma vie avait été Frank. Ndumbo de son nom d'esclave, mais je ne l'appelais jamais comme ça en privé. Menuisier renommé, il fabriquait, réparait les choses. Il disait qu'il ne se sentait jamais plus vivant que face à l'assemblée des membres sectionnés de la forêt, dans leur dépôt mortuaire – le camp de bûcherons de Golda's Green. Là, ils subissaient le dur traitement des éléments jusqu'à ce qu'ils soient prêts à se réincarner en objets fonctionnels ou décoratifs grâce aux soins de leur Grand Prêtre – mon Frank.

Frank mesurait plus d'un mètre quatre-vingts, il était large d'épaules, avec des cheveux noirs – un vrai gentleman.

Il ne me parlait jamais durement, ne me donnait pas d'ordres, et les sourires qu'il m'adressait étaient si louangeurs que je mettais du temps à admettre qu'ils m'étaient destinés. J'étais si habituée à ce qu'on profite de moi.

Nous passions ensemble le peu de temps libre dont nous disposions, et nos plaisirs étaient, par nécessité, simples.

Partager une tranche de gâteau rhum-coco que Yomisi avait fauchée à la cuisine.

S'allonger dans l'herbe la nuit et compter les étoiles.

Moi, avec les bracelets de poignet et de cheville qu'il me fabriquait, avec nos deux noms gravés à l'intérieur.

Je lui avais appris à écrire son nom sur une ardoise : Frank Adam Merryweather, fils de Frank William Merryweather, de Hull, Angleterre.

L'expression de son visage la première fois qu'il y était parvenu sans faire de fautes ! Le sourire radieux d'un enfant.

La nuit, ses mains expertes de menuisier parcouraient si adroitement mon dos et mes membres que mon corps anesthésié retrouvait ses sensations et reprenait forme en une œuvre d'art. Le lendemain je vaquais à mes devoirs avec des os ramollis, des jointures assouplies, des muscles légers et un esprit vagabond qui ne pouvait se poser sur rien sauf sur lui.

Frank était un homme inoffensif, mais sa patronne, cette Madama Subria, un mètre cinquante de rien du tout, l'accusa d'avoir abusé d'elle et le dénonça à son mari. Lequel vendit Frank à l'une des îles du Japon-Occidental, non sans lui avoir au préalable infligé cinquante coups de chat à neuf queues après l'avoir attaché au poteau de Cumburlasgar Gateway, en haut du chemin. Tous les esclaves du voisinage furent obligés d'y assister.

Vous imaginez ce que j'ai ressenti en voyant ça ? Le dos en lambeaux du pauvre Frank ? Son silence buté, puis ses gémissements, puis des cris si terribles qu'ils déchiquetaient le tissu des cieux.

L'ironie de la chose, c'est que Madama Subria essayait toujours de le séduire avec ses moues perverses et ses hanches moulées d'étoffe, agitant son ample arrière-train ambossan (si bien que chaque fesse bougeait indépendamment de l'autre – quel exploit) quand il marchait derrière elle dans le couloir. Il méprisa ses avances jusqu'au jour où elle lui fit réparer les charnières du coffre en or et ivoire de la chambre des maîtres. Soudain elle ôta ses vêtements et se dressa nue comme un ver.

Ce que vous devez comprendre, c'est que Madama Subria n'était ni plus ni moins pourrie que n'importe quelle autre riche maîtresse. Quand vous avez une armée d'esclaves à votre disposition, vous vous attendez à obtenir ce que vous voulez quand vous voulez.

Leçon numéro un – les esclaves ne repoussent pas les avances de leurs maîtres.

Mon homme l'a apprise de la manière la plus dure.

Elle était furieuse. Elle a pris sa revanche.

Les esclaves ne rompent pas leurs relations. Les autres s'en chargent pour eux. Souvent nous ne les entamons pas non plus, d'autres le font pour nous. On nous encourage à procréer uniquement afin de renforcer les groupes de travail.

Mes trois enfants ont été vendus.

À chaque naissance, on me promettait que je pourrais le garder. Un mensonge éhonté parce que certaines femmes enceintes préféreraient se suicider si elles savaient que l'enfant leur serait enlevé à la naissance.

Quand j'entrais en travail, accroupie sur une natte en raphia toute déchirée, la sage-femme, Ma Ramla (Sigfrieda, originaire d'Allemagne), m'épongeait le front avec un linge, brûlait des bâtonnets d'encens, me tenant par-derrière et m'encourageant à pousser.

Chaque nouveau-né était confié à une nourrice, jusqu'à ce qu'il soit vendu. Une stratégie, ai-je découvert, due au fait que les mères devenaient d'une violence incontrôlable quand on leur ordonnait de céder l'enfant qu'elles avaient nourri au sein pendant des mois.

Deux filles et un garçon.

Je n'ai jamais revu mes enfants.

Parfois, quand je pose les mains sur mon ventre, je sens encore leurs petits coups de pied.

Je me rappelle le sentiment de plénitude que j'éprouvais en portant ces poids supplémentaires.

Je leur chantais des comptines.

> Petite Gazouilleuse a perdu ses moutons
> Et ne sait pas où les chercher
> Laisse-les tranquilles, ils reviendront
> Traînant leur queue par-derrière eux.

Je me souviens de Frank présent à mes côtés pour la naissance du premier, et me serrant très fort la main.

Ses silences pendant les mois qui ont suivi.

Je me souviens que nous n'avons jamais parlé de notre perte.

Et qu'il n'a assisté ni à la deuxième ni à la troisième naissance.

C'était tout aussi bien.

Je rêve encore que mes enfants viendront un jour me chercher.

Ils retrouveront leur mère – d'une façon ou d'une autre.

Oh, Seigneur.

Frank me manque chaque jour.

Tant qu'il fut mon amant, je ne me suis jamais sentie seule.

La ruelle était déserte. Grâce à Dieu, il faisait sombre. Je devais gagner notre avenue avant de prendre une rue transversale et de me diriger vers le quartier de Paddinto. Je jetai un coup d'œil alentour. Des calèches dorées et chromées continuaient d'amener les gens aux soirées de la messe voodoo, mais autrement il n'y avait personne.

J'allais devoir marcher d'un pas assuré, comme si j'avais l'autorisation de sortir la nuit. Si un voisin me voyait, l'alarme serait donnée. La liberté était à ma portée mais je sentais des coups de marteau sur mes rotules. Je devais lutter pour tenir debout. Ç'aurait été si facile de faire volte-face et de me faufiler de nouveau dans le domaine.

Ma fuite allait rendre Madama Bienfaitrice folle de rage, et pour avoir vu comment elle réagissait à des crimes imaginaires, je n'osais pas penser à ce qu'elle ferait dans un tribunal, m'accusant de crimes d'Ingratitude et de Malhonnêteté, prouvant ma culpabilité au-delà de tout Doute raisonnable, en présentant la Preuve (Arrêtée en Flagrant Délit de Fuite) au jury composé de ses pairs, tous propriétaires d'esclaves.

Quant à Bwana, contrairement à sa femme, il ne dilapidait pas ses émotions, si l'on peut dire, sur ses esclaves. Il appliquait des sanctions disciplinaires quand besoin était avec toute la passion d'un homme d'affaires pragmatique pour qui les esclaves figuraient soit dans la colonne des profits, soit dans celle des pertes. Prenez le cas de mes enfants. Bwana n'avait nul besoin de ces gazouilleurs supplémentaires crapahutant à quatre pattes dans son domaine et ne portant même pas ses gènes, donc le sens du commerce dictait de les inscrire dans la colonne profits.

À ma connaissance, le seul signe d'embrasement qu'il manifestait se traduisait par les hurlements d'une férocité débridée venant du lit d'une femme avec laquelle il passait la nuit, qui s'entendaient dans le quartier des esclaves et nous donnaient froid dans le dos.

Néanmoins, avec Bwana et sa famille j'étais en terrain connu, alors que là je m'aventurais dans l'inconnu menaçant. J'étais devenue beaucoup plus qu'une esclave de bas étage, qui n'arrivait à rien. J'avais accédé à la position de secrétaire privée de Bwana parce que je m'exprimais clairement, que j'étais éveillée (mais pas trop intelligente, en tout cas c'est ce qu'ils croyaient).

Mon embauche stipulait que j'étais employée à vie, que je devais travailler du lundi au samedi, de 12 heures à 23 h 55, mais qu'on pouvait me demander de faire des heures supplémentaires si nécessaire. J'aurais droit à un salaire annuel de rien du tout plus une gratification de rien du tout pour bonne conduite, mais je devais m'attendre à des amendes sous forme de raclées pour insolence, retard ou absence.

Par chance, j'ai juste été un peu bousculée les premiers jours, à titre d'entraînement, alors que sur mon rapport de travail il était écrit : Assiduité 100 %. Ponctualité 100 %. Motivation 10 %. *Pourrait travailler plus dur, sujette à l'inattention, c.à.d. à la rêverie.* Après ça j'ai atteint tous mes objectifs de rendement. J'étais censée aussi être présentable à tout moment et j'ai appris à afficher un sourire heureux sans la moindre satisfaction personnelle. Notre « contentement » ne doit jamais dépasser le leur.

C'était assez banal pour une esclave domestique, et je dois dire que Bwana n'avait aucun motif de se plaindre de moi.

J'étais la parfaite négresse de maison.

Je scrutais l'avenue, cachée derrière un énorme arbre à pain débordant d'agrumes verts prêts à me tomber sur la tête et à me faire éclater le crâne.

Mon cœur cliquetait comme des pois secs dans une calebasse.

Un autre attelage passa devant moi, un couple riait à l'intérieur, les roues et les sabots faisaient voler le sable vers mon visage. J'entrevis la passagère : c'était la coquette Madama Subria.

Je l'avais observée, mon cœur noyé sous les larmes, qui regardait Frank se faire fouetter attaché à un arbre. Elle clignait des yeux très vite. Au début j'ai cru qu'elle était désolée pour lui, puis j'ai réalisé qu'elle pleurait sur son propre sort. Je connaissais si bien ces gens. C'est très facile quand on est invisible.

Je découvrais comment les Ambossans avaient endurci leur cœur contre notre humanité. Ils s'étaient convaincus que nous ne ressentions pas les choses de la même manière qu'eux et que par conséquent ils n'avaient pas à éprouver le moindre sentiment pour nous. C'était très commode et très lucratif.

J'ai compris que Madama Subria avait perdu tout espoir de trouver un être exceptionnel capable de la divertir quand elle s'ennuyait. M. Subria devait l'avoir forcée à assister à la terrible punition. Les femmes ambossanes sont en général trop « sensibles » pour ça. Il occupait un poste prestigieux de cadre supérieur à la Baringso Bank SA.

Grand, lugubre, il se tenait assis à côté de sa séduisante petite femme, un sourire inhabituel aux lèvres.

L'attelage passa et je m'élançai hors de la ruelle.

En atteignant le quartier Edgwa, je me sentis plus en sécurité. Je passai sous la célèbre entrée : deux défenses d'éléphant, qui se rejoignaient en formant une arche majestueuse, de vingt mètres de haut.

Après Mayfè et son atmosphère raffinée, j'eus l'impression en entrant dans Edgwa que mes sens étaient victimes d'une agression – le brouhaha des foules, le martèlement sourd des rythmes aphro provenant des kiosques à musique. Le quartier était célèbre pour son bazar ouvert de jour comme de nuit, s'étendant sur des kilomètres dans l'artère jonchée de détritus de la Vallée de m'Aiduru, autre riche enclave pour les chefs et leurs propriétés tentaculaires. Un canal coulait à travers la Vallée, que les résidents utilisaient comme moyen de transport à forte capacité énergétique : celle des esclaves maniant les pirogues. De cette façon, ils évitaient les foules et le sol de latérite du marché, qui maculait leurs vêtements de poussière quand le temps était sec et aspirait leurs pieds dans son magma infâme par temps de pluie.

Je feignis un certain intérêt en passant devant les étals, comme si je faisais des courses pour mon maître, la tête bien droite, panier juché dessus, les bras ballants. Encore que marcher d'un air fier et le corps trop droit fût considéré comme un signe d'arrogance. Il fallait atteindre un équilibre subtil : dignité intérieure contre instincts de survie. Mais je n'aurais pas dû m'inquiéter, parce que la seule chose qui turlupinait les commerçants, c'était de deviner si vous étiez une acheteuse potentielle, et si oui jusqu'à quel niveau scandaleux ils pouvaient monter leurs prix, sachant qu'à ce stade vous alliez marchander et que ce serait cerveau contre cerveau, volonté contre volonté.

Je jetai un œil aux pastèques trop mûres, aux calottes éclatées, d'une douceur putride, le jus rouge suintant. Les calottes se balançaient comme des têtes de fugitifs interceptés dans leur fuite, leurs yeux de pépins noirs me fixant d'un air effrayant.

Je passai devant un armurier, au travail sur une enclume installée entre ses jambes écartées.

Des commerçants de la Régie des Cotonniers vendaient des paniers de coton blanc non traité si séduisants que j'eus toutes les peines du monde à ne pas plonger mes mains dans leur épaisse douceur mousseuse.

Je levai les yeux juste au moment où un vendeur de rues me balançait sous le nez son poing dans lequel gigotaient des rats moribonds. Dans l'autre main il tenait des sachets de mort-aux-rats.

Un jeune homme grand et maigre avançait rapidement vers moi, une très longue planche de bois en équilibre sur sa tête. Je me suis baissée juste à temps.

Des matrones bouffies, qui interrompaient leurs festins mais les reprendraient plus tard, me bousculaient, l'air hautain, le visage enduit de craie et de teinture rouge, leurs cuisses frottant l'une contre l'autre avec un bruit de lèvres qui claquent.

L'odeur de poulets épicés en train de rôtir sur une broche me fit presque défaillir de faim car ma surproduction d'adrénaline avait brûlé tous les glucides contenus dans mon dernier repas.

Il y avait des pyramides de graines de café rouges, des jattes de pamplemousses roses, des rouleaux de toile cirée multicolore, des bois de lit décorés, des tabourets sculptés.

Des bananes vertes, encore sur leur tige, ressemblaient à des grappes de doigts dressés.

Des paquets de sel du désert ressemblaient à des gâteaux de boue.

Un grand nombre de vendeurs sur le marché avaient immigré d'Aphrika du Nord et des Terres sableuses de l'Arabie, certains avaient joué un rôle clé dans le commerce des esclaves – le Business. Ils arrivaient au Quartier général de l'esclavage avec des CV impressionnants détaillant leurs qualités de cavaliers et l'extraordinaire rapidité avec laquelle ils fondaient sur les villages et kidnappaient femmes et enfants européens. Certains étaient d'anciens pirates, qui avaient capturé les pêcheurs et les marins dont la malchance avait voulu qu'ils naviguent en haute mer au mauvais moment. Malheureusement pour eux, ces immigrants arabes découvrirent vite que leurs précieux talents étaient quelque peu superflus dans un pays, le Royaume-Uni, où l'esclavagisme était beaucoup plus une affaire de gestion.

Dans cette foule de gens se pressaient aussi les masses des pauvres ordinaires, la classe ouvrière ambossane qui trouvait du travail comme elle pouvait quand il y en avait, vêtus de bouts de tissu si minces qu'ils se déchiraient aussi facilement qu'une toile d'araignée. À mon arrivée, une telle pauvreté m'avait sidérée. De pauvres Noirs en Grande-Ambossa ? Eh bien oui.

J'avais été encore plus stupéfaite en découvrant que dans les temps anciens les Ambossans eux-mêmes avaient été envoyés travailler dans les champs de canne à sucre des îles, à côté de nous les Blancs. Certains étaient des serviteurs sous contrat, d'autres avaient été capturés et mis en esclavage.

On estimait néanmoins les Europans mieux adaptés à ce genre de travail.

Au fond, c'étaient nous les chanceux.

Les pauvres Ambossans erraient dans les rues les jours de fête, ils avaient peu de raisons de se réjouir et n'avaient pas besoin de prétexte pour fuir leurs cabanes en carton dans les bidonvilles de Harlesdene au nord, Poplarare à l'est, Pe Khama au sud ou Goatsherd Bush à l'ouest.

Les fillettes avaient les yeux exorbités, les traits burinés, les lèvres pendantes, la poitrine creuse, les hanches osseuses et des jambes grêles de héron.

Mais ils ne m'embêtaient pas. En réalité, et ce fait est peu connu, un certain nombre de membres de la classe ouvrière prenaient une part active à la Résistance, partageant notre combat contre la classe dirigeante.

D'autres, il est vrai, se montraient nettement moins fraternels et hurlaient : « Blanchos, foutez le camp ! Vous nous volez nos boulots ! », en nous bombardant de pierres.

La rue était jonchée de cosses de noix de pécan, d'amandes, de noix de coco, de couenne de bacon, mégots de cigarettes, crottes de mangoustes et d'antilopes, préservatifs usagés en boyau de porc, bref les débris ordinaires de la vie citadine.

Je tâchais de marcher vite sans en avoir l'air. Il me restait vingt minutes pour atteindre la gare de Paddinto, tout se passait bien, jusqu'au moment où je suis tombée sur cinq ou six Blancs à la barbe effilochée et au poitrail hirsute. Étant donné qu'ils jouaient aux dominos sous un baobab la nuit, c'était à l'évidence des affranchis, et je connaissais le comportement sauvage de la plupart des Blancs libres, toujours sur le qui-vive, prêts à filer dans une ruelle ou à se perdre dans la foule pour éviter l'affrontement. Comme je supposais qu'ils allaient le faire, ils levèrent tous les yeux. (Dehors, les Blancs agissaient toujours de manière synchrone. Syndrome de minorité.) Je m'efforçais de ne pas paniquer mais les paramètres de ma vie étaient en train de changer. Je me trouvais dans un no man's land : fuyant l'esclavage, en route pour la liberté. Une chose en tout cas dont j'étais sûre : en quittant le domaine de mon maître, j'avais perdu sa protection, ce qui signifiait que je ne pouvais prétendre comme d'habitude ne pas avoir vu ces hommes. Pour ceux d'entre nous qui n'avaient pas été affranchis, les petites communautés d'hommes devenus libres étaient un objet de pitié (beaucoup se retrouvaient à piller les poubelles) ou d'envie.

Cela aussi m'avait étonnée quand j'avais débarqué en Grande-Ambossa. Que d'anciens esclaves libérés, pour une raison ou une autre, puissent rester dans le pays, même si nombre de citoyens ambossans faisaient pression pour qu'on les chasse.

La plupart de ces affranchis blancs étaient condamnés à vivre sous des tentes communautaires misérables dans les ghettos délabrés des faubourgs des grandes villes, que les riches Ambossans baptisaient par dérision « Banlieues Vanille », bien loin des avenues bordées de cocotiers de leurs « Cités Chocolat ».

On racontait que dans les Banlieues on pouvait acheter les attributs vestimentaires traditionnels de différentes nations, tels que kilts, culottes bouffantes, justaucorps en cuir, jupes paysannes, casques de fer avec des cornes, cottes de mailles, boléros, robes à traîne avec col de fourrure, corselets qui vous faisaient une taille de quarante-cinq centimètres et tournures qui vous faisaient ressembler à une bonbonne.

Dans les Banlieues, on trouvait des tanières servant de la gnole et du rhum, des groupes de ménestrels, des joueurs de flûte à bec et même des chantres de la défense des droits civiques. On y trouvait aussi des temples souterrains avec des tambourineurs, des parleurs de langues étranges qui pratiquaient un syncrétisme entre le christianisme et le voodoo.

Il y avait aussi des coiffeurs blancs qui vendaient des peignes à dents fines pour nos cheveux fins et rebelles. Dans les Banlieues on voyait rarement des Blanches affranchies avec des cheveux naturels. Elles les portaient permanentés, enroulés et nattés comme les femmes ambossanes, même si les coiffures aphro étaient beaucoup plus recherchées. Pour répondre à ces demandes, les coiffeurs se servaient des cheveux crépus des Aphrikanes et les cousaient sur ceux des Blanches qu'ils avaient préalablement coupés. Il fallait parfois dix heures pour y arriver, et quand les racines blondes, rousses, brunes, commençaient à repousser, on trouvait ça moche, sans plus.

Nos hommes racontaient en riant que, lorsqu'ils passaient les doigts dans les cheveux d'une Blanche, avec un peu de chance ils les récoltaient tous dans leurs mains. On voyait des touffes de cheveux crépus joncher les rues comme de la laine de moutons noirs.

Dans les Banlieues, la grande mode c'était le bronzage et les nez épatés qu'on pouvait se faire faire pour pas cher, disait-on, encore qu'à mon sens il n'y avait rien de plus ridicule que des narines grosses et plates sur un visage blanc. À l'idée d'un maillet s'abattant sur mon nez, j'étais tétanisée.

Le plus important, c'était qu'on pouvait se procurer dans les Banlieues de la nourriture europane introuvable ailleurs. Choux de Bruxelles, concombres, laitues, petits pois, pudding au tapioca, limonade, pain blanc, et même du chou.

Je salivais en pensant à cette nourriture simple sans ces horribles épices et piments.

Certains de ces Blancs affranchis gagnaient misérablement leur vie en tant que porteurs ou bateliers sur les docks, les femmes, elles, étaient lavandières ou colporteuses – de toutes sortes de marchandises.

Pour les Ambossans, les Banlieues Vanille étaient en général zone interdite, sauf pour les shérifs qui traquaient les fugitifs dans les dunes, ultime destination d'un esclave en fuite. Récemment j'avais entendu dire que les vacanciers aphrikans les plus aventureux se risquaient à quitter le territoire continental pour aller visiter les Banlieues de la Grande-Ambossa. En sécurité dans leurs attelages, avec une escorte de guerriers zoulous ou masai, ils observaient les indigènes du ghetto avec une fascination d'anthropologue.

Les affranchis blancs restaient groupés dans cette ville où les shérifs rôdaient, arrêtaient et fouillaient les jeunes garçons au nom des lois scélérates sur le vagabondage – ce qui signifiait détention des personnes soupçonnées d'être des fuyards ou des criminels. Naturellement, avoir une peau blanche constituait une preuve suffisante pour que le shérif aborde son propriétaire et le fouille au corps. Ils arrêtaient aussi la plupart des conducteurs d'attelage qui roulaient sans passagers, spécialement ceux appartenant aux riches qui pouvaient se payer des équipements sur mesure tels que des rayons plaqués or.

Un danger supplémentaire venait des racoleurs qui sillonnaient les petites rues, déchiraient avec gourmandise un Certificat de Libération et transportaient le malchanceux ou la malchanceuse sur un bateau d'esclaves amarré aux docks des Quais du Japon-Occidental de l'Île des Chiens Sauvages.

Je priais pour que ces hommes blancs ne me suivent pas. Souvent la femme seule que j'étais se faisait courser par des hommes de sa race qui trouvaient séduisante sa maigreur. Une clavicule proéminente, un sternum ondulé, un estomac concave et de fins cheveux blonds passaient pour l'incarnation de la beauté en Europa, alors que les Ambossans me trouvaient moche comme un pou. Et puisque je vivais dans leur monde, j'avais des problèmes d'image corporelle, bien entendu.

Chaque matin, en me regardant dans la glace, je me répétais un mantra réconfortant. Je m'efforçais de ne pas voir les narines pincées, le teint terreux, les cheveux gras, les yeux pâles et sournois et les fesses plates que les Ambossans qualifiaient de vulgaires. Alors je clamais avec assurance :

« Je suis peut-être d'un *blond filasse*. J'ai peut-être des narines *minces* et des lèvres *fines*. J'ai peut-être les cheveux *huileux* et des fesses *pas rondes*. Je peux rougir facilement, devenir *cramoisie* au soleil et avoir des yeux bleus *dissimulés mais alertes*. Oui je suis peut-être Blanche. Mais je suis Blanche et je suis belle ! »

Nos mecs appelaient les femmes comme moi des Barbie, du nom des poupées de tissu de la Mère patrie, ces petites figurines molles avec deux centimètres de tour de taille, des yeux bleus en boutons de bottine, et des tresses blondes de dix centimètres que toutes les petites filles de là-bas adoraient.

Mais pas ici. Si vous tombez sur une gamine esclave par ici, vous découvrirez qu'elle rêve de ressembler à l'une de ces Reines Aphrikanes, des poupées de tissu à gros cul, grosses lèvres avec des tas de bracelets et des cheveux laineux.

Ça n'arrange pas notre amour-propre.

En secret toutefois, les mâles ambossans ne se privaient pas de convoiter des Blanches particulièrement voluptueuses. De toute façon toutes les femmes blanches étaient cataloguées sexuellement insatiables.

Une sinistre plaisanterie, bien sûr – comment pouvions-nous refuser leurs avances ?

L'Ambossan aime que ses femmes soient corpulentes et appétissantes : une femme grasse signifie qu'elle est bien nourrie et quand il la promène à son bras, c'est comme s'il brandissait son carnet de chèques. Certaines avalaient des hormones de poulet pour gonfler leurs seins et leur arrière-train. Bwana m'avait toujours fichu la paix, et si l'une de ses futures épouses n'atteignait pas une franche taille cinquante, il la mettait à l'engraissement dans une ferme d'Onga. Elle passait ses journées assise à ne rien faire sauf manger : ignames, boulettes, chips, riz gluant, sorgho, gros morceaux de bœuf et d'agneau, côtes de porc bien gras, noix de cajou, pain, fromage, gâteaux au chocolat, avocats et poulets entiers avec leur peau.

Je traversai le marché, soulagée de ne pas avoir été suivie, puis le quartier de Paddinto. Dans quelques minutes j'allais arriver à la gare. Le soleil était couché depuis longtemps, mais je sentais encore sa langue rance me griffer la nuque.

Je retins ma respiration en passant devant les massives tours de pisé qui abritaient les bureaux de la municipalité, entourées des établissements à la mode qui proliféraient pour répondre aux demandes conjuguées de café et de lieux d'affaires.

Les cafés de Paddinto étaient légendaires – certains étaient même équipés pour réaliser des ventes aux enchères. Bêtement j'avais cru qu'en ce jour ultra-saint ces cafés seraient fermés, mais je suppose que pour les spéculateurs l'argent est plus important que la piété.

L'un de ces établissements, le Shuga, très chic, se spécialisait en un nouveau mélange, le cappuccino au rhum ; en actualités propagées à grands coups de tambour parlant « à l'heure pile, toutes les heures » (même si cela faisait des mois que cet antique service postal était démodé) ; en tarte aux pommes faite maison avec glace cacahuète ; et, comme il était écrit en grosses lettres à la craie sur un tableau noir, en « Esclaves fringants ».

Les hommes à l'intérieur du Shuga étaient capables de renifler un esclave à un kilomètre à la ronde. Chiens de chasse courant le renard. Certains, recrutant pour des planteurs amarikans ou japonais-occidentaux, étaient là pour acheter des Europans, d'autres, petits propriétaires, recherchaient du personnel.

J'avais toujours essayé de me consoler en pensant que tout en nous détruisant ils se détruisaient eux-mêmes. L'appétit de choses sucrées était tel qu'il se comblait au prix de sourires édentés. Le besoin de café était tel qu'il leur valait une addiction à la caféine, des palpitations cardiaques, de l'ostéoporose et une irritabilité générale. La soif de rhum s'étanchait au prix d'une maladie de foie chronique, de l'alcoolisme et d'une perte de mémoire permanente. Le tabac leur coûtait le cancer, des dents tachées et de l'emphysème.

Arrêtée net devant chez Shuga, je laissais mon esprit piquer un nouveau sprint. La fureur rentrée pendant tant d'années refaisait surface alors que la liberté était à portée de main. J'avais fait exactement ce que je n'aurais pas dû faire. J'avais regardé à l'intérieur de l'établissement, la salle « rustique », sciure et terre battue, avec le portrait du Président-à-Vie Sanni Abasta en majesté au-dessus du comptoir.

Je dévisageai un garçon mis aux enchères.

L'air était imprégné de tabac et de la senteur âcre du café en grains fumant.

Les hommes surenchérissaient sur le garçon.

Je lui donnais une quinzaine d'années. Donc une prise de choix. Il me tournait le dos, mais son visage boutonneux était tourné vers la porte. Rouge d'une honte d'adolescent plutôt que de la rage d'un mâle achevé.

Il était complètement nu, sur son dos et ses fesses pâles dégoulinaient des choses qui ressemblaient à des cafards mais qui étaient en réalité des grumeaux de sang coagulé. Peut-être avait-il essayé de s'enfuir, parlé sa langue natale ou commis tout autre crime semblable.

Je regardais cette masse d'hommes aux visages animés, transpirants, la toge à dessins imprimés recouvrant une épaule ou nouée à la taille, tirant sur leur pipe, assis jambes écartées, si bien qu'ils occupaient deux fois la largeur de leur corps. Ils renchérissaient les uns sur les autres de leur voix rauque, rugissante d'Ambossans. Soudain mon regard croisa celui d'un homme jeune assis sur le côté, l'air de s'ennuyer ferme, tortillant une plume de pigeon dans son oreille. Il me fixait à travers la buée et le boucan, avec une mine interrogative qui se transforma bien vite en certitude.

Il me connaissait.

C'était Bamwoze.

Le second fils de Bwana, mais son favori.

Lui !

Bamwoze.

Bamwoze que j'avais allaité, dont j'avais essuyé le petit cul sale, que j'avais bercé pour l'endormir. Je l'avais nourri quand on m'avait retiré mon premier-né et que mes seins étaient encore pleins de lait.

Je langeais le petit sacripant avec tout l'amour destiné au mien.

Parfois même je m'imaginais que c'était effectivement le mien.

Il s'accrochait à moi comme une sangsue, ne voulait pas me lâcher.

Puis il grandit et fut expédié dans la forêt pour la cérémonie d'initiation à l'âge adulte. Quand il revint après avoir été enterré jusqu'au cou dans la boue pendant plusieurs jours pour montrer son endurance et tué un crocodile de ses mains pour prouver sa force, il commença à se pavaner dans la propriété comme un mini-Bwana, et moi, dont les seins avaient fourni le lait qui avait formé ses os, son cerveau, sa peau et ses muscles, je cessai d'exister.

Plus de Nannie.

Invisible.

Un peu plus tard, Bwana découvrit que Bamwoze avait mis enceinte une jeune esclave, un rite de passage pour les fils de maîtres, sauf qu'il avait essayé de s'enfuir avec elle pour gagner l'Europa, autant dire qu'il se foutait de la gueule de son père. Qu'envisageaient-ils ? Un Grand Tour ?

Bwana déshérita Bamwoze et le chassa de la maison. Je ne sais pas ce qui est arrivé à la fille – morte ou vivant au Nouveau Monde, probablement. Nous avons tous éprouvé soudain du respect pour Bamwoze en apprenant qu'il avait renoncé à son héritage pour l'amour d'une mulâtresse. Quelque temps plus tard, pourtant, nous avons entendu dire qu'il était devenu lui-même marchand d'esclaves afin de continuer à bénéficier du confort dans lequel il était né. Nous avons compris que la fille n'avait été qu'un moment d'égarement ; juste un joli petit trophée ou simplement l'expression d'une révolte adolescente. Ce que je savais avec certitude, c'est qu'il se fichait de nous, les autres esclaves, comme d'une guigne.

Et voilà que, après tant d'années, il surgissait devant moi, me couvant du regard, sachant très bien que je me trouvais là où je n'aurais pas dû être et qu'il y avait une seule raison possible à cette situation. Le gros gamin était devenu un gros homme, typique des Ambossans. Mais je reconnus l'expression familière d'auto-apitoiement sur le visage grassouillet de l'enfant avant qu'il n'atteigne l'âge d'homme ; avant que les os ne se mettent à façonner ses joues, conférant à son visage un air féroce et arrogant.

Celui d'un garçon gâté, qui obtenait tout ce qu'il voulait – encore plus de burgers à la viande de girafe, de pastilles à la vanille, un autre bébé dromadaire à chevaucher pour se promener. Rien ne lui ayant été jamais refusé dans son enfance, rien par la suite n'était jamais assez beau pour lui, comme pour tous les nantis de ce monde.

Le misérable continuait de s'apitoyer sur lui-même.

Je ne bougeais pas, lui non plus. Je décelais l'indécision dans ses yeux, il soupesait les options, à celle qui lui rapporterait le plus. Si je bougeais, ça reviendrait à prendre la décision à sa place et il sonnerait l'alarme. Les secondes passaient. La surcharge sensorielle de fumée et d'odeurs et les cris des enchérisseurs s'estompaient. Il n'était pas question que mon regard laisse filtrer une supplique parce qu'il aurait l'impression d'être manipulé. Si j'avais l'air effrayé, il me mépriserait. Alors mon visage n'affichait que le vide – la position de retranchement des esclaves. Puis une idée prit forme dans mon esprit. S'il me laissait partir, ce serait une façon de se venger de son père.

Nous savions tous les deux que je lisais en lui.

Un sourire se dessina sur ses lèvres, qui s'adressait plus à lui qu'à moi, et d'un geste magnanime accompagné d'un hochement de tête il me signifia *Allez, tire-toi.*

Je partis en courant.

Peu m'importait maintenant. Je n'avais plus une seconde à perdre.

Si quelqu'un m'arrêtait, eh bien, qu'il en soit ainsi.

Je découvris sans peine les buissons poussiéreux et, tirant de toutes mes forces, réussis à soulever la bouche d'égout. M'appuyant au rebord, je me laissai glisser et sentis deux mains m'agripper par les hanches avec une telle poigne, une telle douceur aussi que ça me rappela mon père, quand j'étais gosse, me rattrapant après m'avoir jetée en l'air. En me retournant, je vis un vieil Ambossan, qui tenait levée une lampe en porcelaine puant le pétrole. Son crâne, aussi chauve, dur et bosselé qu'une calebasse, était ceint d'un bandeau orné de dents de phacochère. Le sourire de guingois avec lequel il m'accueillit me rassura : il n'était pas là pour me piéger.

« Salut à toi, Omorenomwara, de la part de tes amis de la Résistance. Je suis ton Guide. Nous sommes heureux que tu aies réussi. »

Omorenomwara était le nom que PIG m'avait donné quand j'avais été vendue pour la première fois en esclavage. Ça signifiait : *Cette enfant ne souffrira pas.*

Je gardai le silence.

Je pouvais enfin donner mon véritable nom à un Ambossan. Recouvrer mon identité. Je tremblais, je bégayais.

« S'il vous plaît, appelez-moi Doris. Je suis Doris. Je m'appelle Doris. »

Il grimaça et essaya de répéter le nom, lentement, visiblement embarrassé, cassant le mot en trois syllabes longues, sur lesquelles butait sa langue. Quand il réussit enfin à le prononcer, il afficha un air épanoui.

Honnêtement, il était attendrissant.

« Dooo-raaa-shhha. »

Trop chou.

Je lui souris néanmoins. Du moins, il avait essayé.

« Nous devons faire vite, dit-il. Je te conduirai jusqu'à la voie où le train pour Bakalo t'attend. »

LE TRAIN DE L'ÉVANGILE

On n'entendait aucun bruit, sauf la débandade des rongeurs et des lézards, et l'écho étouffé de nos pas. Le sol cédait à certains endroits et je mis un temps fou à descendre l'escalier mécanique, m'agrippant à la rampe caoutchouteuse, mes ongles raclant la saleté boueuse. Quand aurais-je la possibilité de me laver ? Je suis une personne méticuleuse et j'aime me laver à fond au moins une fois tous les quinze jours.

Arrivé en bas, mon guide anonyme s'engagea à droite dans un couloir sentant tellement le moisi et la poussière coagulée que je faillis vomir. Mais mon guide ne rebroussa pas chemin. J'étais censée être une évadée courageuse et pas une mauviette. J'étais une femme mûre, pas une enfant. Pourtant quelque chose bouillonnait en moi. Quand m'étais-je trouvée pour la dernière fois dans un endroit aussi sombre et oppressant ?

Des toiles d'araignées s'étiraient devant nous comme des nervures de feuillage. Il les écartait en balançant sa lanterne, avançant pas à pas. J'imaginais tous ces Ambossans qui pendant des années avaient déferlé dans les tunnels brillamment éclairés, durant ce qu'ils appelaient les Heures de Pointe. Les pas précipités, les esprits tourmentés. Tous ces banlieusards, avides de sucre, de café, de tabac, buveurs de rhum, qui se fichaient pas mal de ceux à qui ils devaient leurs petits plaisirs, leurs petites sujétions.

À l'instar des grottes qui s'enfonçaient profondément dans les collines de mon pays natal où le soleil ne pénétrait jamais, ici les catacombes couraient sous une énorme masse terrestre, gelée jusqu'à la moelle. Un jour le sol et les rivières souterraines feraient droit aux réclamations de la nature.

Mon guide avançait péniblement, sa lanterne créant des motifs effrayants de lumière et d'ombre, comme des goules surgissant devant nous.

Il enjambait prudemment des petits cratères dans le sol et des tas de poussière de plâtre tombé de la voûte, se retournait pour vérifier que j'en faisais autant. Il n'avait pas besoin de s'inquiéter : j'étais à sa merci. Le Métro était un territoire inconnu et je n'avais pas d'autre recours. Le tunnel se refermait derrière nous.

Quand une chose mouillée, poilue et glissante me rampait sur les pieds, je me mordais simplement la lèvre et l'envoyais valser. Il y avait sans doute plus de bestioles dans cette jungle souterraine que je n'osais l'imaginer, familles de tarentules et de scorpions pour qui mes chevilles pouvaient devenir le repas du siècle. Qu'était-il arrivé à la petite fermière de jadis, quand je tordais le cou des poulets, vidais les lapins, accouchais les vaches, et que j'avais un chien pour me tenir compagnie ?

Selon les Ambossans, seuls les êtres primitifs possédaient des animaux domestiques. L'idée que l'on puisse partager son lit avec un chat ou un chien, couverts de puces et perdant leurs poils, embrasser sur la bouche un félin ou un canin qui se léchait l'anus était tout bonnement dégoûtante.

Je reportai mon attention sur mon guide. Il avait pour tout vêtement un pagne orange décoloré. Il était petit pour un Ambossan, grassouillet, mais sa graisse avait la consistance ferme de celle d'un homme qui a travaillé toute sa vie de ses mains. J'avais appris à déchiffrer les gens de dos, la posture traduisant l'état émotionnel, l'inclinaison de la tête exprimant l'état d'esprit. Certains trahissaient la colère qui bouillonnait en eux, d'autres traînaient leur carcasse de perdants, avec la démarche indolente de ceux qui pensent *Qu'est-ce que vous voulez que ça me fasse ?*

Le langage corporel de mon guide était celui de quelqu'un qui affronte une tempête. Les épaules courbées, le visage au front haut prêt au combat de boxe contre n'importe quel opposant. À coup sûr, il venait du quartier des taudis. Il n'était certes pas né avec une cuiller en argent dans la bouche, pourtant il avait fait le choix de la compassion plutôt que du ressentiment.

Je l'aimais bien. Évidemment.

Je devinais toujours si Bwana ou Madama Bienveillante étaient d'humeur agréable ou, plus probablement, s'ils étaient prêts à sortir le fouet, et dans ce cas je me préparais. Le propre d'un esclave compétent est qu'il est capable de prédire l'humeur et les besoins de son maître avant que celui-ci les connaisse lui-même. J'avais acquis mon savoir du programme quotidien de Bwana (une femme avertie en vaut deux), en écoutant aux portes – c'est l'avantage de ceux qui se fondent dans le décor jusqu'à ce qu'on les expédie faire des courses – et je maîtrisais l'art de déchiffrer ses expressions faciales, son langage corporel et ses intonations. Il me fallait aussi posséder une vision périphérique ainsi que la capacité, après tant d'années, de saisir ses désirs les plus profonds.

Quand Bwana déambulait dans son antre après un dîner composé de – par exemple – ragoût d'égousi, igname pilé, cuisse de vache et un pichet de vin de palme, rotant et pétant, puant l'huile de musc, mâchant une noix de cola et visant un crachoir où expédier le jus, s'arrêtant pour pisser dans un pot de chambre qu'un jeune esclave tenait dans la bonne position, je savais si je devais lui verser un rhum sur glaçons, un daiquiri banane ou une piña colada, si je devais le laisser tranquille ou bien commander un peu de sexe livrable dans l'une de ces agences cinq étoiles comme Les Dames de la Nuit, recruté dans l'un des plus pauvres pays aphrikans, Congo ou Malawi.

Étant donné ma familiarité avec son intimité, c'est tout juste s'il se rendait compte de ma présence. Mon boulot consistait à vérifier que ses affaires étaient dirigées avec efficacité.

Les Ambossans sont en général un peuple fier et vigoureux. Selon une plaisanterie largement répandue, les Gambiens frappent à la porte, les Ghanéens la poussent et l'ouvrent, et à votre avis que font les Ambossans ? Ils la défoncent, mec !

Bwana était un vrai chef ambossan. Il avait les lèvres humides et spongieuses d'un homme habitué à les satisfaire, le nez large et poreux qui se fronçait quand il était agacé et suintait quand il enrageait, les épaules rigides de Monsieur Muscle et une corpulence qui lui conférait la solennité d'un vieux dictateur militaire.

Le riche mâle ambossan, souvent agile et mince comme un lévrier dans sa jeunesse, se forge un blindage de graisse en vieillissant. Un gros homme non seulement occupe un espace physique démesuré, mais marche en se dandinant et avec la lenteur de quelqu'un dont l'autorité n'est jamais mise en cause. Un geste de la main, un sourcil levé ou un regard sévère, et tout son petit monde de laquais détale. Inutile de dire : les femmes adoraient Bwana. Les épouses de ses amis et relations se transformaient en gamines gazouillantes quand il usait de ses charmes auprès d'elles. Regards furtifs et passionnés – je serais incapable de les compter.

Naturellement, il occupait la première place dans mes pensées tandis que nous creusions notre chemin souterrain dans la terre et le sable. Quand il découvrirait ma fuite, ses narines émettraient des flammes si brûlantes que ses lèvres fondraient.

Je m'efforçais de me distraire et prêtais attention aux affiches sur les murs du tunnel, tachées, gondolées, effondrées sous leur vitrage fissuré comme des gens au dos voûté, au ventre mou et aux genoux flageolants. Elles annonçaient des spectacles du temps jadis, les classiques : *Devine qui ne vient pas dîner ce soir ?*, *À Monsieur, avec haine*, *L'Histoire de Sambo le petit Blanc*, et les célèbres tragédies *Le Mulâtre tragique*, *La Quarteronne tragique*, *L'Octavon tragique*. Pour lire l'une d'entre elles, j'ai dû m'y reprendre à deux fois. Il s'agissait du *Spectacle du Ménestrel noir et blanc*.

Durant la saison des pluies, les Ambossans continuaient d'affluer par milliers au Palladia pour voir le spectacle. Des acteurs ambossans au visage blanchi à la craie, les lèvres réduites à une fente rouge, jouaient les rôles de ménestrels. Ils chantaient faux d'une voix aiguë, gardant un air impassible tout en se démenant comme des idiots avec des mouvements saccadés qui se voulaient une imitation des sauts, glissades et culbutes des danses folkloriques. Des sabots aux pieds, des clochettes aux chevilles, ils brandissaient les mains et se frottaient le derrière les uns des autres, braillaient des chansons de music-hall où il était question de bouffons paresseux, menteurs, sournois, lâches, ignorants et sexuellement réprimés.

Bwana et sa famille innombrable se rendaient au Palladia chaque année. Ils occupaient toutes les loges et rentraient chez eux en chantant à tue-tête les airs des ménestrels qui les faisaient tordre de rire. C'était dingue parce que les caricatures qu'ils imitaient n'avaient rien de commun avec leurs domestiques blancs. Néanmoins, il faut leur reconnaître ce mérite, ils fournissaient ainsi à leur personnel une occasion unique de s'amuser.

Mon guide tourna brusquement à droite et me fit descendre quelques marches qui menaient à deux tunnels de direction opposée.

Sur une plaque murale poussiéreuse on pouvait lire LIGNE BAKALO SUD – terminus Kanada Wadi.

L'autre plaque indiquait : LIGNE BAKALO NORD – terminus Harro Wa.

Nous avons pris à droite vers un quai, et sur les rails m'attendait le cadeau de la Résistance : un train avec un seul wagon. Un homme occupait la petite cabine du conducteur. Peut-être touareg, il portait un turban indigo enroulé autour de la bouche et de la mâchoire, qui lui cachait ainsi la majeure partie du visage. Seuls perçaient les yeux et le nez, que de profondes rides bordaient de chaque côté.

Il hocha la tête, une seule fois, à l'évidence un homme de peu de gestes et, j'allais m'en apercevoir, de peu de mots.

Donc, je me trouvais devant l'un des célèbres métros qui avaient circulé à une époque sous la ville. C'était une épave – ni fenêtres, ni portes, ni sièges.

Mon guide et moi n'avions pas parlé de tout le trajet.

Il posa sa main sur mes épaules et j'eus du mal à retenir mes larmes. Il risquait sa vie pour moi.

Les membres de la Résistance qui se faisaient prendre étaient torturés, mais je devinais que cet homme ne cracherait jamais le morceau. S'il était capturé, son destin était couru d'avance.

« Prends soin de toi, Doris, dit-il. (Cette fois-ci, ça donna : Duo-ro-sisi.) Le conducteur va t'emmener à Doklanda. Ma tâche est finie, mais je prie pour que tu puisses retrouver ton pays natal. Quand tu seras arrivée, envoie un message à la Co-op. Je veux savoir que tu es saine et sauve. »

Son regard a soutenu le mien. C'était bien fini.

« Ne baisse pas la garde tant que tu ne seras pas arrivée à bon port. »

Il serra mes mains tremblantes dans les siennes, courtes et boudinées.

« Ne fais confiance qu'à ceux qui le méritent. »

Avant que j'aie pu répondre, il avait disparu dans la direction d'où nous venions. Maintenant, je ne pouvais pas repartir dans le labyrinthe de tunnels et retourner à Mayfè, même si la peur m'envahissait et me tirait par le bras comme un enfant.

Le conducteur mit le moteur en marche. J'entrai dans la carcasse du wagon, trouvai un endroit où je pouvais me retenir à un poteau métallique.

Le métro s'ébranla, rampant sournoisement comme un serpent.

J'imaginai des centaines d'Ambossans furieux parcourant les tunnels vêtus de pagnes et brandissant leur torche, j'entendais le claquement des mousquets et les hurlements des chiens de chasse.

Bwana était l'une des personnes les plus influentes de la ville. La nouvelle de ma fuite allait se répandre comme un feu de brousse. Il devrait affronter l'humiliation publique si je n'étais pas rattrapée. En ma qualité d'Assistante Personnelle, je n'étais pas une vulgaire blanchâtre. Je serais le principal sujet de conversation autour des tables communautaires. À cette minute même, je faisais probablement mon entrée dans l'histoire.

RÉCOMPENSE 250 C£

À QUI RAMÈNERA

LA MAIGRE ESCLAVE BLONDE

OMORENOMWARA

– PLUTÔT MORTE QUE VIVANTE

Aux yeux des Ambossans, nous, les « blondes maigres », étions toutes les mêmes. Pour une fois ça jouerait en ma faveur.

Nous avancions dans les entrailles de la Terre, lentement. Personne, en surface, ne pouvait détecter un son ou un mouvement. Je m'appuyais au poteau rouillé. Je devais conserver toute mon énergie. Pendant mon long séjour chez Bwana, la vie était devenue si prévisible que mes sens avaient plongé dans le coma. Maintenant, mes cheveux se hérissaient sur ma nuque, mes oreilles se rabattaient en arrière, ma colonne vertébrale se courbait.

Les heures passaient. Je n'avais personne à qui raconter que les tiraillements dans mon ventre ressemblaient aux coups de pied d'un enfant en gestation et qu'un poids dévalait du sommet de mon crâne jusqu'aux doigts de pied comme du plomb fondu. Mais chaque fois que ma tête tombait et que mes yeux se fermaient, je revenais à moi en sursaut. L'adrénaline circulait. Mon guide m'avait dit de ne me fier à personne.

Néanmoins, bercée par le halètement du train, je commençai à m'endormir. Je glissai sur le sol et m'enroulai autour du pilier.

Peut-être que j'allais me réveiller chez moi à Mayfè, comme si cette nuit n'avait jamais existé.

J'avais continûment vécu dans la peur depuis le jour où l'homme des Régions Frontalières m'avait capturée alors que je jouais à cache-cache avec mes sœurs dans les champs de pommes de terre, derrière notre maison.

Madge. Sharon. Alice.

Mes bien-aimées.

Esclaves ou mortes ? Mortes ou esclaves ?

L'ignorance de leur destin avait fait de mon sommeil une torture pendant des années.

Alice était la plus jeune et la plus jolie – née deux ans après moi, ce qui en soi n'était pas drôle. Jusqu'à l'âge de sept ans, elle n'a pas dit un mot, ce qui la rendait d'autant plus adorable, avec ses cils en toile d'araignée et ses frisettes blondes. (La seule d'entre nous à avoir hérité les cheveux bouclés de P'pa.) Un soir à dîner il lui avait dit qu'elle était une si jolie petite chose qu'elle n'avait pas besoin d'ouvrir la bouche pour parler. Malheureusement elle n'a pas suivi ces conseils. Durant ses années de mutité, elle avait appris à obtenir ce qu'elle voulait au moyen d'une ramification du langage des signes appelée « battement de cils ».

Quand nous étions seules je l'imitais : je grognais comme une imbécile, les yeux révulsés, je me jetais par terre et je bavais. Avec une force surprenante, la petite guenon se précipitait sur moi, enfonçant ses quenottes dans toute partie de mon anatomie facile à atteindre, puis se mettait à pousser des cris stridents alertant la population. Devinez qui en prenait toujours pour son grade, « Comment oses-tu faire des trucs comme ça ? », alors même que les marques de ses dents sur ma peau étaient bien visibles.

Comme nous étions très proches en âge, nous étions censées faire la paire, mais même quand elle a su parler, j'ai refusé. Je jouais seule avec mes poupées, sauf quand les deux aînées m'autorisaient à partager leur connivence.

Sharon avait deux ans de plus que moi, elle et Madge s'entendaient comme larrons en foire. Il était impossible de les séparer ou de s'immiscer entre elles, quel que soit le moyen employé : coups bas, faire de la lèche à l'une et pas à l'autre, user de sous-entendus.

Sharon était une copie miniature de M'man, plus mince que les deux autres sœurs, même si nous étions toutes assez minces pour nous casser en deux à la taille comme un bonhomme de pain d'épice. Nous avions toutes des yeux bleu foncé, mais Sharon tenait absolument à ce que les siens soient bleu *azur*. Elle imitait à la perfection les mouvements élégants de notre mère dans l'espoir que les gens en parleraient (ils n'y manquaient pas), ses bras dansant en l'air même quand il s'agissait de faire une chose aussi banale que récolter des pommes dans le verger de Percy ou se coiffer.

Sharon détestait ce qu'elle appelait les « tâches serviles », ce qui était regrettable parce que ses ongles s'incrustaient et se cassaient autant que les miens quand nous devions aider P'pa aux champs ou creuser des fossés dans la boue jusqu'à la taille, s'abîmaient autant que les miens quand il fallait décrasser le linge sur la grosse pierre au bord du ruisseau, et le blanchir avec un mélange de lessive et d'urine humaine puante recueillie dans un baquet réservé à cet effet.

En été Sharon portait une couronne faite d'une guirlande de renoncules, et de perce-neige en hiver. Apparemment, c'était le look des princesses. Un jour, elle décida de s'appeler Sabine, mais elle dut y renoncer parce que nous refusions de l'accepter. Je suppose que princesse Sabine sonnait mieux dans sa tête que princesse Sharon. Elle espérait que son prince arriverait un jour sur son étalon blanc et qu'elle deviendrait l'étoile de son propre conte de fées.

On la trouvait souvent sur le pas de la porte en train de le guetter.

« Veux-tu que je fasse ta valise ? » lui demandais-je en passant, et ensuite, quand j'étais hors d'écoute, je chantais :

> Bleu lavande, tralalalalère
> Vert de Sienne,
> Quand il sera Roi, tralalalalère
> Tu ne seras pas reine.

Devenir bonne à tout faire de Percy était probablement ce qui la rapprocherait le plus de la royauté.

Notre Madge veillait sur nous tous, y compris P'pa. Une fois, à table, après qu'il avait vomi dans le salon en rentrant d'une de ses soirées du vendredi – juste une pinte – avec « les potes », elle lui a dit sèchement : « Toi et moi nous allons avoir une petite conversation – en privé. »

Une telle façon de s'adresser à un adulte de la part d'un enfant était inédite, tout autant que de la part d'une femme à un homme. Un tel culot, je n'en croyais pas mes oreilles, lui non plus d'ailleurs parce qu'il se contenta de hocher la tête. C'est ce jour-là que nous nous sommes rendu compte qu'elle serait bientôt une adulte, et pas n'importe laquelle. Première-née, Madge n'avait pas eu de concurrente pendant quatre ans, ce qui aurait dû la transformer en monstre à la naissance de Sharon, mais elle adorait sa petite sœur.

Elle était célèbre pour le pétillement de son regard, qui ne ternissait jamais, même quand elle était épuisée d'avoir tondu les moutons, ou que je lui disais qu'elle finirait vieille fille passant ses journées à filer la laine si elle ne se rendait pas à la foire d'été du comté pour se trouver un prétendant. M'man et P'pa affirmaient qu'ils n'avaient pas les moyens de lui offrir une dot, la vérité étant qu'ils ne voudraient jamais la laisser partir.

J'essayais de susciter dans mes yeux le scintillement de ceux de Marge, je passais des heures à m'entraîner devant le miroir, mais ça ne marchait que si je me flanquais de telles claques sur les joues que j'en pleurais.

Il était inutile de dire à Madge qu'elle devrait s'occuper de la maison si M'man mourait. Elle ne fixait jamais l'horizon d'un air mélancolique ni ne se mettait des guirlandes dans les cheveux, mais parlait de « devoir » et de « responsabilité », et répétait qu'elle faisait partie du « grand plan de Dieu ».

Si je nous évaluais sur une échelle d'excellence graduée de un à dix, Madge obtenait neuf et demi. Je me donnais huit. Sharon arrivait péniblement à quatre et Alice à un trois quarts.

Notre M'man était grande pour une femme, mais elle avait eu la variole dans son enfance, ce qui expliquait qu'elle se sentait souvent patraque. Elle avait le teint pâle, et sa peau adhérait à ses os comme le crêpe de Chine dont Mrs Katharine Holme, la couturière, faisait des robes pour les dames « de la haute ». M'man avançait en glissant, si bien que ses mouvements s'enchaînaient sans début ni fin – à la manière d'une danseuse. J'essayais de l'imiter elle aussi, mais mes mouvements s'interrompaient toujours brutalement.

J'étais « gauche », disaient les gens.

Ses cheveux raides lui tombaient jusqu'à la taille comme les miens. Ils étaient d'un « blond vénitien » (blond vénitien ? je n'ai jamais trouvé d'où ça venait) et grisonnaient prématurément sous le bonnet de lin amidonné.

Quand P'pa n'était pas là, nous restions toutes les quatre à broder une nappe qu'on vendrait au marché, et M'man nous racontait comment un soir d'été, après une journée de moisson, c'était le temps où elle attendait avec impatience de devenir une femme, Lord Perceval Montague (elle l'appelait toujours par son nom entier) était arrivé derrière elle. Les champs « baignaient dans la lumière flamboyante de l'été » et, quand il s'était écarté, elle avait senti sa main se poser dans le creux de ses reins et son haleine embuée lui souffler dans le cou pendant qu'il murmurait qu'elle était devenue « une fille séduisante » et qu'elle possédait « une grâce naturelle ».

Notre M'man disait que c'était la première et la dernière fois de sa vie qu'elle avait eu « des papillons dans le ventre », qu'elle avait ressenti des picotements dans la colonne vertébrale et qu'elle aurait pu se noyer éternellement dans son « regard aguicheur », sauf que son grincheux et veuf de père, Bob Woulbarowe, qui remorquait sa vache en pestant, s'est amené et lui a ordonné de le rejoindre, sans tenir compte des sérieux ennuis qu'il risquait d'avoir avec Sa Seigneurie.

Après ça, Grand-Père Woulbarowe l'a gardée enfermée pendant trois bons mois dans leur masure au milieu des terres sauvages battues par le vent, ensuite il l'a obligée à s'habiller de lainages noirs informes comme une vieille servante. C'est là qu'elle a commencé à avoir ses « tournis », elle n'arrivait plus à se « contrôler », et elle a eu le « pressentiment » que ses jours étaient « comptés ». En l'espace de même pas un an, elle s'est retrouvée mariée à P'pa, qu'elle n'avait rencontré qu'une seule fois avant.

Notre M'man enfilait son aiguille en louchant, ses lèvres si serrées qu'elles n'étaient plus qu'une fente, tout en disant que dans la vie il y a « des châteaux de conte de fées » et des « maisons merdiques de paysans », et vous trouvez pas ça lamentable qu'on n'ait pas le choix ?

Cette nuit-là au lit, nous les filles avons débattu des avantages et des inconvénients d'être les enfants de Percy.

Lady Madge. Lady Sharon. Lady Doris. Lady Alice.

Nous pensions que ce n'était pas une chose impossible.

Notre M'man était toujours en train de nous montrer quoi faire « parce qu'elle ne serait pas là éternellement ». Elle gardait un petit crâne en pendentif dans une boîte pour se le rappeler et se déclarait surprise que le Seigneur là-haut lui ait accordé un si long parcours, « mais ça ne va pas durer longtemps, j'imagine ».

« Quand je mourrai, chuchotait-elle, en s'assurant que Pa n'était pas là parce qu'il lui aurait vite ordonné d'arrêter ses idioties, veillez à ce qu'on répande mes cendres sur les sept mers.

— Quelles cendres ? Quelles mers ? Nous essayions de refouler nos larmes à l'idée de notre Maman partant en flammes.

— Oh, vous savez bien, les sept mers. Et je veux qu'on chante ce cantique *When the Saints Go Marching In*, pour que ce soit un événement joyeux, vous m'entendez ? Je ne veux pas un seul œil larmoyant dans la maison. »

Il ne se passait pas un jour sans qu'elle aborde le sujet de sa mort. Ça me donnait l'envie de me rouler en boule sur le sol et de sangloter à n'en plus pouvoir, mais si vous faisiez ça après l'âge de quatre ans, M'man vous donnait un bon coup de pied dans le derrière en vous disant de vous le boucher avec une chaussette.

Ayant grandi, je répliquais : « M'man, s'il te plaît, assure-toi de mourir *après* que tu auras fait le crumble à la rhubarbe. »

Nous allions être des épouses et des mères – nous devions donc apprendre à cuisiner : soupe aux choux, tourte aux choux, chou frit, chou mariné, chou sauté, chou en gratin, chou et navets au four, chou et pommes de terre à la casserole, gâteau de chou et d'épinards. Apprendre à écrémer le lait pour faire du beurre et du fromage. Apprendre à faire du pain avec des pois cassés quand les finances de la maisonnée étaient au plus bas, et sinon – des scones, des muffins, du pain d'épice ; du riz au lait avec de l'orge, de la confiture de groseilles et de fraises ; faire des fruits confits. Exceptionnellement, nous mangions de la morue salée qui pouvait se conserver pendant quatre ans, mais il fallait la battre avec un marteau en bois pendant une bonne heure puis la laisser tremper dans de l'eau chaude pendant quatre heures supplémentaires pour qu'elle soit digeste. Le prêtre disait qu'il fallait manger du poisson deux fois par semaine, mais qui en avait les moyens ?

Maman nous apprenait à fabriquer nos robes et nos chemisiers avec du tissu acheté en gros aux tisserands du marché, du coup on nous prenait les unes pour les autres, ce que nous détestions ; à faire des couvertures au crochet, à tricoter des lainages et des écharpes, à repriser des chaussettes ; à laver la maison, le linge, la cour ; à conserver les légumes dans la remise, et les patates en terre, pour l'hiver ; à distiller de l'eau de rose, à tartiner de la colle sur du pain et à poser une bougie allumée au milieu pour attirer et tuer les mouches, à utiliser des chiffons au moment de nos règles, des blancs d'œufs pour nos cheveux, de la soude, de la chaux et de la potasse pour faire du savon.

Grâce à Dieu, un ruisseau d'eau pure dévalait à moins d'une centaine de mètres de notre chaumière. La plupart des gens buvaient de la bière coupée d'eau.

P'pa fabriquait nos meubles : chaises, tables, armoires, lits – tous bancals et de travers, mais il ne s'en apercevait pas.

On le taquinait, et il se mettait à hurler « Vous savez très bien que je n'ai pas les moyens de payer un menuisier », avant de sortir en trombe de la maison.

Rien qu'à entrer chez nous, je me sentais un peu détraquée.

M'man me disait d'imaginer que nous étions sur un bateau, mais je protestais que ça ne m'était jamais arrivé.

Certains soirs, l'une de mes sœurs s'occupait du dos de Maman avec l'ustensile – le gratte-dos – que P'pa avait fabriqué spécialement pour elle, une main en bois au bout d'un bâton – sauf que la main n'avait que quatre doigts vu qu'il avait oublié le cinquième. Deux autres filles massaient les mains de Maman et je massais ses pieds osseux, si j'avais la chance d'arriver la première. Ainsi installée, elle donnait des directives :

Plus à droite, Madge ! N'oublie pas mes doigts, Alice !

Ce qui suscitait un tourbillon de coudes maigrichons braqués à angle droit, papillons blancs voletant autour d'elle, chacune essayant de se faire aimer plus que les autres.

La sortie la plus importante de la semaine était celle du lundi matin, à Duddingley, où Maman allait vendre nos travaux de couture, nappes et bonnets. Le voyage prenait des heures et seule l'une d'entre nous avait le droit d'y participer, assise à l'arrière de la charrette, tellement il y avait à faire à la maison. Je chérissais ce long moment passé sur la route, m'imaginant être la fille unique, me blottissant contre Maman au rythme de la voiture qui tressautait le long des chemins et sur les pistes boueuses jonchées de pierres et pleines de nids-de-poule qui pouvaient retarder le voyage de plusieurs heures quand les roues s'engluaient.

Au marché, notre Maman se laissait aller aux commérages parce que la rumeur était le moteur des conversations. Les commérages constituaient notre théâtre et nos romans.

Accrochée à son bras, je voyais ses yeux étinceler, son visage s'enflammer et sa bouche lâcher des « Non, pas possible » et « Qui aurait cru ça ? ».

Les campagnards que nous étions ciblaient une personne en particulier, la seule qui n'entendrait pas : Percy.

Petit, ventru, avec un penchant pour les pourpoints de brocart et les chapeaux à large bord hérissés de plumes, Percy était un chasseur-pêcheur comme son défunt père, Lord Peregrine, et, comme son père, il recevait toujours des personnages importants qu'il emmenait vers les Territoires Frontaliers. Il y avait beaucoup de grands dîners et de fêtes au manoir Montague. Nous savions qu'il avait une préférence pour le pain blanc, la peau de sanglier fourrée de viande en gelée, les tartes à la crème épicées et les sabayons, et que son cellier contenait des centaines de tonneaux de vin doux.

Puis il y avait sa femme, Priscilla, à l'allure suspecte d'une étrangère, qui était devenue folle (probablement à cause de ça) et vivait enfermée dans le grenier.

Venait ensuite le fils et héritier, Harold, que tout le monde soupçonnait être le fruit des ébats entre Priscilla et le jardinier, sans oser le dire néanmoins à Percy.

Le fils illégitime, Tom, issu des amourettes de Percy avec Lizzie, la fille de cuisine.

La fille légitime, Phoebe, qui était morte dans des circonstances mystérieuses sur un bateau, sur le lac aux Alouettes, avec sa dame de compagnie, Elinor, en réalité sa demi-sœur (élevée par une vieille tante de Percy) parce qu'elle était le résultat du batifolage de Percy avec la gouvernante, Miss Felliplace, qui finit asphyxiée par son écharpe prise dans les roues de l'attelage de Percy et qu'on soupçonna d'avoir été enterrée le lendemain même dans les bois de Bess la Folle.

Les Montague instillaient du drame dans nos vies par association, du charme par proximité, un statut par relation. Sans eux nous aurions été la typique famille de paysans ordinaires qui vivote des produits de sa terre. Au lieu de quoi, nous faisions partie d'un *domaine*. Nous étions des *Montague*.

Par un matin glacé, Percy trottait sur sa jument tandis que nous traversions à pied la forêt de Coppice. Il ôta son chapeau et nous sourit presque.

P'pa sursauta et leva le poing comme s'il venait de gagner un coffret plein de doublons.

Un autre matin, sous l'orage, alors que nous revenions de la messe et pataugions dans nos sabots détrempés sur le chemin muletier, Percy faillit nous rentrer dedans, criant « Écartez-vous de mon chemin ! », et P'pa prit la mine d'un amoureux éconduit.

Mais, dès qu'il ne fut plus à portée d'oreille, il éructa : « Un jour, Percy recevra ce qu'il mérite. »

Pourtant, malgré les menaces du genre « le jour viendra où l'homme du peuple aura sa revanche », personne ne voulait sérieusement l'élimination de Percy. Il représentait la stabilité, il était le diable que nous connaissions, et de toute façon, si P'pa et ses copains tentaient vraiment de faire la « révolution », ils finiraient tous pendus, traînés et écartelés.

C'est au marché que nous avons entendu parler d'envahisseurs venus des mers lointaines pour rafler des esclaves, même si jusqu'à présent nous n'en avions vu aucun dans le voisinage. On racontait que les Frontaliers étaient impliqués et aussi des hommes appelés Aphrikans, qui avaient la peau noire.

Les chasseurs d'esclaves, semblait-il, étaient de mèche avec les aristocrates comme Percy et avec des intermédiaires. Les criminels et les prisonniers de guerre constituaient le gibier favori, mais, en cas de manque, n'importe qui faisait l'affaire, à condition que ces gens ne soient pas trop vieux, ou, dans le cas de Percy, ses propres serfs. Les enfants étaient raflés également.

On racontait aussi qu'en fournissant à ces aristocrates cupides des armes en échange d'esclaves, on les encourageait à déclencher de nouvelles guerres afin de satisfaire la demande des marchands d'esclaves qui voulaient une augmentation annuelle de leurs exportations.

Les Aphrikans construisaient des châteaux très fortifiés pour y entreposer leurs cargaisons en attendant les bateaux qui venaient les chercher. Selon la rumeur, un de ces châteaux sur la côte pouvait loger un millier d'esclaves à la fois.

Mais tout ça se passait très loin de chez nous. Et nous ignorions totalement ce qu'il advenait des prisonniers sur le bateau, même si la rumeur courait que dans les cales c'était bondé, et que le mal de mer terrassait plein de gens.

Pour être honnête, nous n'y accordions pas beaucoup d'importance. Notre monde se limitait à nos voisins immédiats et le terme « étranger » s'appliquait aux populations des régions centrales ou des terres marécageuses.

Nous étions de simples paysans, qui s'efforçaient de vivre entre eux et de se comprendre les uns les autres.

Nous passions nos nuits à chanter. Qu'y avait-il d'autre à faire quand on avait fini de travailler, de manger, qu'on était très fatigués mais pas encore vraiment prêts à aller se coucher ? Les ronflements de P'pa fournissaient une basse sonore. Nous nous tenions devant la cheminée en hiver, à la lumière vacillante des chandelles de suif, enveloppés de nos couvertures de laine pour avoir plus chaud. Ou dehors l'été, assis sur des tabourets sous un ciel dont la vastitude dépassait nos capacités de compréhension (nous étions capables de nous débrouiller avec les hectares mais pas avec les planètes), environnés du silence de la campagne en réalité pleine de bruits – les criquets, les chouettes, toutes les petites bêtes qui trottinent sous terre, les moustiques qui bourdonnent, le cochon qui grogne, la volaille qui s'agite dans son poulailler, et le ruisseau qui coule à côté.

On trépignait, on tapait sur des pots d'argile, on frottait des bâtons contre une planche à laver, on faisait cliqueter les couverts en bois, on battait des mains, il s'en dégageait des harmonies familières. Quand une chanson était parfaitement rendue, on acclamait l'interprète, sinon on pointait du doigt celui dont la voix déraillait.

Quand mon esprit fait un saut périlleux arrière, à un certain moment il remonte plus loin que ce dont je me souviens, jusqu'à ce qui m'a été raconté. Il y a les jambes, les mains, la souple épine dorsale d'un enfant, en ce jour où ma mère était en travail, où la Vieille Sarah, la sage-femme du coin, m'a sauvé la vie.

Les douleurs avaient commencé au petit matin un mois avant le terme prévu pour ma naissance alors que, par chance, P'pa était parti aux champs. Maman avait perdu les eaux et savait que j'allais sortir toute tordue. J'étais son septième enfant – quatre étaient déjà morts. Elle n'arrêtait pas de secouer des cailloux dans la paume de ses mains, ce qui était censé prévenir les fausses couches.

Maman dut dépêcher la petite Madge chez la Vieille Sarah, qui vivait loin tout là-bas à Sheepwash. Par miracle, Madge y arriva, la Vieille Sarah débarqua chez nous en trombe et expédia Madge faire chauffer de l'eau, pendant qu'elle me libérait.

Après elle m'emmaillota de la tête aux pieds dans des bandes de tissu afin que je ne pousse pas difforme et donna un bouillon de vin épicé à Maman pour qu'elle garde la santé et le moral.

La Vieille Sarah vivait seule, ne s'était jamais mariée, n'avait pas d'enfants mais un chat, Tibbles, et plus de cinquante ans – toutes choses qui auraient dû suffire à la voir ligotée dans un sac et noyée dans la rivière pour sorcellerie. Elle connaissait aussi l'usage des herbes et était réputée pour ses pouvoirs guérisseurs, ce qui aurait pu la faire brûler vive sur le bûcher devant l'église de Duddingley. Elle avait de la chance qu'on ne l'ait pas déshabillée pour voir si elle n'avait pas des tétons supplémentaires (que suçaient ses diablotins), pour chercher un grain de beauté révélateur (signe qu'elle « convolait » avec un démon), elle avait de la chance de ne pas avoir été piquée avec des aiguilles pour voir si elle saignait, qu'on n'ait pas fouillé sa cabane à la recherche de tas de pénis volés et agités qui se nourrissaient d'avoine ou de blé (comme ils font) ; et que, en l'absence de tout ça, quelques jours d'une bonne vieille torture ne l'aient pas amenée à avouer qu'elle chevauchait des bâtons, se changeait en animal, prenait part à des Sabbats de sorcières et avait des rapports sexuels avec le Diable.

Mais nous étions si nombreux à lui devoir la vie que lorsque les racontars malveillants commencèrent à circuler – qu'elle était la cause de la mystérieuse maladie de la vache des Copplestone, ou du sixième orteil du dernier-né des Durridge, ou de l'ouragan inattendu qui s'était déchaîné au milieu de l'été et avait laissé raide morte la jeune Jennet Briggs –, nous avons été nombreux à la défendre.

Elle est morte dans son sommeil longtemps avant que j'aie pu la remercier.

Ils ont autopsié son corps mais n'ont trouvé ni marques particulières ni tétons supplémentaires, à la déception de quelques-uns.

Quand P'pa revint à la maison après ma naissance, il me prit dans ses bras, m'emporta à l'extérieur et, selon la tradition des Scagglethorpe, brandit vers le ciel son dernier petit paquet emmailloté.

Il faisait nuit mais la lune était pleine et dirigeait sur moi un rayon lumineux, surnaturel, à ce qu'on dit.

« Je te baptise, ma très chérie, adorée nouvelle petite fille, Doris Scagglethorpe », dit-il d'une voix enrouée par l'émotion.

« Doris Scagglethorpe – contemple la seule chose plus extraordinaire que toi. »

LA PROIE

Dix ans plus tard, j'étais « la proie » d'une partie de cache-cache et Madge, Sharon et Alice braillaient que mes jours étaient comptés.

Je les avais semées et je me cachais derrière des fourrés au bout du champ. À l'abri de mon buisson, je m'en souviens, je jetais un œil pour voir si elles se dirigeaient vers moi quand un bras a ceinturé ma taille et m'a traînée en lisière de la forêt de Coppice, qui bordait les champs.

Si rapidement que, avant que j'aie pu me débattre ou crier, je me suis retrouvée projetée sur une épaule vigoureuse, la tête emprisonnée dans un sac et bringuebalant sur le dos de l'assaillant.

Ensuite il s'est mis à courir. Je n'avais pas vu à quoi il ressemblait, et personne ne m'avait vue disparaître. J'avais du mal à respirer, le sang s'accumulait dans ma tête et commençait à couler par le nez. Je me rappelle avoir également mouillé ma culotte.

Voilà. Ce fut aussi rapide et brutal que ça.

BRAQUAGE EN PLEIN JOUR

Après avoir parcouru ainsi une certaine distance, moi, robe de laine et jupons retroussés, rebondissant comme un ballon contre les muscles du dos de mon kidnappeur, et lui, étreignant mes genoux de ses mains grossières si fermement que le sang ne passait plus, il s'est arrêté brusquement et m'a jetée sur le sol comme un sac de betteraves.

Je restais là, toute tordue, ne sachant pas différencier mon cul de mon coude, littéralement, tandis qu'il dénouait le sac et me libérait la tête.

Je me suis frotté les yeux, ai réajusté ma tête à mon cou, sa place exacte, et j'ai agrippé un estomac qui, miraculeusement, ne s'était pas retourné sens dessus dessous. Mon kidnappeur entreprit de dérouler une chaîne extraite d'une sacoche en cuir, j'entendais cliqueter les maillons qui raclaient l'un contre l'autre, et j'ai glissé un œil dans sa direction. La visière d'un vieux casque en fer rouillé lui recouvrait les yeux et des filaments gris parsemaient sa barbe fournie. Son visage était marbré de taches violacées, son nez envahi des veinules rouges et des pores noircis des vieux ivrognes qui se prélassaient sur les pelouses du village pendant que leurs femmes ratatinées mendiaient à l'extérieur de l'église. Je voyais bien qu'il était en manque parce qu'il était secoué de ces mouvements convulsifs qu'ont les pochards, comme s'il essayait de chasser des mouches atterrissant sur différentes parties de son anatomie.

Il me semblait être un géant. En tout cas pas un homme, plutôt l'un de ces ogres des légendes que P'pa adorait nous raconter assis devant la cheminée les nuits d'hiver.

Je reconnaissais le kilt crotté à carreaux verts et jaunes que portaient les populations frontalières. Et quand finalement il me parla, ce fut avec l'accent pâteux de cette langue étrangère. Il aboya une sorte d'avertissement, utilisant le langage corporel qui ne nécessite pas d'interprète.

Si seulement je n'avais pas été sous le choc. Si seulement j'avais été plus âgée, plus avisée, plus vive d'esprit et plus courageuse, j'aurais pu saisir cette unique chance de m'enfuir. Je courais vite. Il était trop lourd pour en faire autant. J'étais libre de mes mouvements, je connaissais cette partie de la forêt, la nuit allait bientôt tomber, j'aurais pu retrouver le chemin de la maison.

Si seulement j'avais su alors que j'avais déjà perdu ma famille et mes voisins, que d'ici peu je perdrais mon nom, ma langue et mon pays, mes idiotes de jambes auraient pu prendre le risque – j'aurais foncé dans les broussailles sans me retourner.

Puis ce fut trop tard. L'individu pencha la tête, se retourna et marcha vers moi, m'agrippa par les jambes si bien que je tombai sur le dos, mes jupes remontées indécemment. Il me bâillonna avec un bout de tissu, me ligota les mains avec une corde, et m'entoura le cou d'un collier de fer auquel il attacha une chaîne, en homme pour qui c'est une occupation routinière.

Et il me traîna au plus profond de la forêt, suivant le chemin tracé par Gervase l'apicultrice.

On était dimanche. Gervase passerait toute la journée à l'église.

Nous avons continué ainsi : moi derrière, hypnotisée par le bruissement de son kilt, la saleté incrustée dans les creux de ses genoux, la contraction de ses mollets de lanceur de poids.

Il prenait de l'élan à chaque foulée, frappant le sol de la perche qu'il tenait à la main, écrasant les branches et les feuilles sous la semelle de ses sabots ébréchés.

Il marchait si vite que je m'étranglais avec le collier de fer comme un bouc qu'on tire vers le haut de la colline.

Je voulais lui taper sur l'épaule et lui dire que je n'étais ni un braconnier ni un prisonnier de guerre, que je n'avais jamais rien volé de ma vie, sauf un peu de la crème du lait qu'on m'envoyait chercher le matin, mais toutes mes sœurs faisaient la même chose, alors, s'il vous plaît, monsieur, laissez-moi partir.

Si seulement j'avais su ce que je sais aujourd'hui, que j'étais prisonnière de quelqu'un sans scrupule qui avait signé un contrat avec le Diable longtemps auparavant.

Et maintenant je lui appartenais.

Le soleil faiblard entamait sa pénible descente vers l'est. Ça faisait des heures que nous marchions, et la position du soleil m'indiquait la direction à prendre pour rentrer chez moi, même si je me trouvais au cœur d'une forêt que je ne connaissais pas. À peine tombée en servitude, j'atteignais un degré de maturité étonnant. Passé le choc initial, mon esprit s'était mis à comploter avec la roublardise d'un adulte. Si à un moment l'homme lâchait la chaîne, je foutrais le camp et suivrais la lune et les étoiles pour revenir à la maison.

Je regardais constamment derrière moi.

Au début, je m'attendais vraiment à voir mon père et ses « potes » sortir en rampant des broussailles, tous brandissant des coutelas et faisant un tel boucan que mon kidnappeur lâcherait la chaîne et s'enfuirait.

P'pa m'a libérée de la chaîne, m'a serrée dans ses bras, et de la pulpe de ses pouces il a caressé et écarté doucement mes cheveux de mon visage. Il m'a séché les yeux et, gentiment, m'a réprimandée : « Regarde dans quel pétrin tu t'es fourrée cette fois-ci. »

L'attente s'est transformée en prière.

Et quand la prière n'a pas marché, la fureur l'a remplacée.

Bordel de Dieu, où pouvait bien être mon père, mon géniteur, mon protecteur ?

Quand le jour finalement succomba à la nuit, nous arrivions dans une clairière. Il y avait un campement. Des feux étaient allumés. Un sanglier rôtissait à la broche. Il y avait des barils d'alcool. J'entendais des rires. C'était une foire ?

Mais avant que mon euphorie n'émerge, je vis quelque chose qui me remplit d'inquiétude.

Au milieu de la clairière, un enclos interdit d'accès, entouré de gardes armés d'épées, de mousquets et de matraques. À l'intérieur il y avait des centaines de gens, enchaînés les uns aux autres, oisifs, manifestement sales et épuisés.

Je n'étais plus seule, mais la communauté que je m'apprêtais à rejoindre était misérable.

Parmi ces gens, il y avait des travailleurs, des hommes costauds rendus aussi impuissants que des enfants. Certains auraient pu combattre dans des guerres, porter une vache sur leur dos et fanfaronner à l'auberge du village, flinguer une pomme placée sur la tête d'un gamin sans le déséquilibrer.

Les femmes étaient assises le dos tourné aux gardes. J'allais vite comprendre pourquoi.

J'allais aussi apprendre à faire la différence entre épuisement et défaite. À déceler le stade où l'esprit d'une personne est anéanti, avec la mort pour conséquence inévitable. Le choix de sa mort constituant le seul moyen d'exprimer sa liberté.

Par la suite, j'ai appris que certains de ces gens venaient de pays aussi lointains que l'Espagne, la France, la Belgique, le Portugal, le Danemark et l'Allemagne.

Mais je n'ai jamais su alors que nous venions aussi de toutes les couches sociales. Peu importait d'ailleurs le statut social, la profession, les convictions politiques ou religieuses, nous nous dirigions tous vers les frontières ultimes de l'Europa – la fin de la civilisation que nous connaissions.

Le temps passant j'ai croisé des ex-paysans, forgerons, boulangers, pâtissiers, médecins, prêcheurs, musiciens, poissonniers, volaillers, bateliers, pêcheurs, cardeurs de laine, fileuses de soie, lutteurs, paveurs, cuisiniers, dresseurs de coqs, corsetiers, charpentiers, merciers et femmes aux foyer, aussi bien que des lords et des ladies, même de sang royal. Parmi eux, il y avait le roi et la reine du Portugal, et tous leurs enfants.

À la droite de l'enclos se tenaient les marchands d'esclaves qui jaugeaient les nouveaux arrivants comme moi, échangeaient les produits qu'on hissait ensuite sur les charrettes ; ou bien, assis par terre jambes croisées, leur boulot quotidien achevé, ils buvaient à leur bonne fortune et à leur santé, choquant leurs chopes d'étain remplies de grog qu'un serveur puisait dans un tonneau.

On aurait dit qu'ils avaient découvert l'un des grands secrets de la vie – que l'argent pousse bel et bien sur les arbres.

Mon kidnappeur me poussa vers eux. J'avais perdu le contrôle de mon corps. Ce n'était plus moi qui décidais si je devais aller à droite, à gauche, vers l'avant ou vers l'arrière, et à quelle vitesse.

Il se dirigea vers deux hommes coiffés de grands chapeaux à plume et aux cheveux noirs cascadant jusqu'à leurs épaules – dans le style des pirates des histoires que nous racontait P'pa. Ils avaient la barbe noire taillée en pointe, comme celle du Diable dans les sermons que j'écoutais à l'église. Ils portaient des redingotes en velours vert à brandebourgs, des hauts-de-chausses en soie et des bottes de cuir à petits talons, recouvrant le genou. Ils avaient l'air de jumeaux. De riches frères jumeaux. L'attitude de mon kidnappeur changea quand il se rapprocha d'eux. Il s'inclina profondément, casque à la main. Eux, le torse droit, le saluèrent de la tête, courtoisement.

Ils firent une offre. Qui fut acceptée. J'étais vendue.

Je n'étais pas un objet digne de marchandage.

Un garde me poussa de son mousquet dans l'enclos, où je fus insérée dans une caravane – une corde en fer à laquelle on attachait les collets. Attaché derrière moi, il y avait un garçon qui portait des culottes bouffantes en toile et une blouse d'ouvrier. La figure parsemée de taches de rousseur et des cheveux plantés au hasard hérissés comme des épis de maïs. Il souriait, je le regardai d'un air absent. Il loucha sur moi.

Je venais de trouver un ami.

Il s'appelait Garanwyn et venait d'une ferme à la frontière du pays de Galles et de l'Angleterre. Lui et son jeune frère Dafyyd avaient été vendus par un fermier rival qui voulait agrandir son troupeau de moutons.

Attaché devant moi, Dafyyd dormait, recroquevillé sur lui-même, suçant de sa petite bouche les doigts de sa main droite. Des veines bleues indiquaient le tracé de la circulation sanguine sous une peau translucide qui recouvrait les côtes de la carcasse qu'il deviendrait bientôt.

Levant les yeux, je vis mon kidnappeur rebrousser chemin dans la forêt, d'un pas élastique revigoré, tout en essayant de stabiliser deux bidons de gnole posés en équilibre sur ses épaules.

Une bouilloire flambant neuve pendait accrochée à sa taille.

Reportant mon attention vers l'endroit où les négociants étaient réunis, j'aperçus, contre toute attente, quelqu'un que je connaissais. Sa charrette venait d'arriver avec son chargement de laine de mouton, de peaux de bovins, et d'une paire de bœufs bien vivants. Enchaînés derrière, deux hommes suivaient en trébuchant, furieux, couverts d'ecchymoses, les cuisses aussi grosses que des jarrets de taureau.

La personne en question n'était autre que Gideon – le fils aîné du Vieux John Hopkins, le maître tanneur de Duddingley. Gideon vendait les cuirs de son père dans la lointaine et riche station thermale d'Upper Whiddon. Il se prétendait homme à femmes alors que ses dents de lapin proéminentes les faisaient reculer, effrayées à l'idée de claquer les leurs contre les siennes. Nous les quatre sœurs nous l'évitions parce que sinon il trouverait le moyen de nous toucher quand Maman regarderait ailleurs.

Maintenant, je le fixais avec une telle intensité qu'il finit par se retourner. Il allait sûrement me sauver, même si ça signifiait pour moi claquer mes dents contre les siennes.

Il devint rouge cramoisi à ma vue – l'une des filles Scagglethorpe. Embarras ? Sentiment de culpabilité ? Pitié ? Avait-il mené ces hommes jusqu'à notre comté ?

À peine eut-il posé les yeux sur moi qu'il fit volte-face et reprit son commerce avec les négociants qui s'étaient rassemblés autour de sa charrette et pinçaient les deux jeunes gens tentant de repousser tous ceux qui les touchaient.

Le temps était venu de nous mettre en route, enchaînés, en file indienne. Des torches éclairaient la nuit. La chaîne m'entaillait le cou. Le jeune Dafyyd se débattait sous le poids.

On forçait les plus faibles à avancer à coups de matraque.

Au bout de plusieurs heures, Dafyyd se mit à trébucher comme un poulain nouveau-né hébété, vacillant sur ses jambes. Je voulais l'aider, mais nous étions à près d'un mètre l'un de l'autre.

Finalement, il s'écroula, entraînant tous ceux attachés à lui, comme des dominos.

Notre procession solennelle fit une pause. Dafyyd ne bougeait pas. Les gardes essayèrent de le faire se lever en lui flanquant des coups de pied.

Garanwyn tenta de leur dire qu'il porterait son petit frère sur ses épaules, mais ils s'en fichaient.

Le cœur de Dafyyd avait-il déjà cessé de battre à ce stade, je l'ignore.

Ils le détachèrent de la chaîne, le prirent par les bras et les jambes et le balancèrent dans les buissons.

Pas plus lourd qu'un sac d'orge de vingt kilos.

J'ai entendu le bruit sourd du paquet à l'atterrissage.

Il nous fallut deux nuits et trois jours pour atteindre la mer qui, ai-je découvert, ressemblait exactement au ciel hivernal : terne, décolorée, vide.

Les vagues postillonnaient sur la plage de galets.

Des cages en bois fabriquées à la hâte nous attendaient.

Au large se balançaient d'énormes navires.

Sur la plage on avait tiré de petits bateaux appelés chaloupes.

La première fois que j'ai vu les hommes noirs, je n'arrivais pas à croire que leur peau puisse être si foncée, leurs traits si épatés, leurs cheveux si crépus. Toutes les histoires qu'on racontait se révélèrent exactes parce que, malgré le froid, ils n'étaient couverts que de bandes de tissu cachant leurs parties intimes, alors ils éternuaient, ils frissonnaient et avaient la chair de poule.

J'ignorais qu'ils préféraient souffrir d'engelures, de la grippe redoutable et même mourir que de s'habiller comme les indigènes.

Ils ont inspecté nos corps, nos bouches, nos membres, et ils nous ont entassés à plat ventre dans les chaloupes.

En attendant mon tour, je m'imaginais rentrée à la maison et racontant à mes sœurs que j'avais vu les hommes noirs, de mes yeux vus, parfaitement ; que les histoires sur les chasseurs d'esclaves n'étaient pas des racontars inventés pour pimenter nos vies, mais la terrible réalité qui, rapide comme l'éclair et en douce, s'était introduite dans nos pays.

Juste avant qu'on me pousse dans une chaloupe, j'ai regardé ces énormes navires, prêts à me transporter dans un endroit que je ne connaissais pas, et l'idée m'a frappée.

Je n'avais personne à qui rendre compte de ce qui m'arrivait.

DOKLANDA

Le lent balancement avait cessé, le train avait glissé contre une butée, et je me suis réveillée.

On était dans le noir. Il n'y avait pas de porte. Est-ce que j'étais allongée à plat ventre ou est-ce que je tournoyais pendue au plafond ?

Je vis la lune danser au-dessus de ma tête et un faucon fondre sur moi pour m'arracher les yeux de son bec.

Levant les bras pour me protéger, je me rendis compte qu'il s'agissait du conducteur qui tenait une lanterne et me secouait pour me réveiller. Je constatai que c'était un de ces nomades touaregs qui parfois parvenaient à gagner Londolo après une sécheresse ou une guerre dans leur pays natal. Engloutis dans leur ample robe fluide, ils circulaient en ville à l'écart de tout le monde. C'était donc un immigrant, comme moi.

« Viens », me dit-il de cette voix douce des gens du désert qui se propage si aisément à travers des kilomètres de dunes ininterrompus. Je réussis à me lever, oubliai mon panier et sortis du train derrière le Touareg et sa lanterne.

Une sorte de brouillard bleuté recouvrait le quai qu'il parcourut en longues foulées élastiques. Je le suivais du mieux que je pouvais.

Nous avons monté quelques marches jusqu'à un palier où j'ai vu miroiter une lueur à travers une fente dans le mur. Qui était en réalité une porte qu'il a déverrouillée, et par où se sont engouffrés le violent éclat du soleil de midi et une rafale de bruits semblables au ronflement d'une fournaise. J'eus un mouvement de recul comme si les flammes m'avaient atteinte, prête à détaler pour retrouver la sécurité du tunnel, mais le Touareg s'est retourné vers moi, sa silhouette élancée se détachant sur la brillante lumière du jour.

« Attends », m'a-t-il dit, et il est parti. Je ne l'ai plus jamais revu.

Avant que j'aie eu le temps de refermer la porte, mon nouveau sauveteur, ou plutôt ma nouvelle sauveteuse, arriva avec un paquet de feuilles de bananier pleines de nourriture.

« Salut, dit-elle, passant la tête par la porte comme si elle débarquait chez une vieille amie. Tu peux m'appeler Ezinwene ! »

Je reconnus l'odeur du parfum Ylang Ylang, originaire de Madagascar. Il se présentait en flacons ayant la forme d'une femme voluptueuse, et c'était le parfum favori de Madama Consolation. Des bouffées de cette senteur douceâtre et écœurante nous parvenaient bien avant qu'elle apparaisse, ce qui nous laissait le temps de filer au pas de course dans la direction opposée.

Je devais avoir l'air sauvage et affamée parce que la jeune femme m'a immédiatement tendu le paquet et a observé comme fascinée mes yeux larmoyants et mes mains qui déchiquetaient un poulet à la sauce coco posé sur un monticule de semoule tiède.

Ensuite, j'ai séché mes doigts en les léchant un par un.

Ezinwene était jeune et venait d'une famille aisée, ce que prouvaient les deux couronnes d'or sur ses dents de devant. (S'il était riche, l'Ambossan tenait absolument à ce que tout le monde le sache.) Ses lèvres énormes et molles étaient tachées de rouge rubis par les fleurs de tabac. Sa peau couleur cannelle resplendissait sous l'effet combiné d'un régime sain et de crèmes hydratantes hors de prix telles que le beurre de cacao et l'huile de karité. Ses dents étaient taillées en pointe juste comme il faut, selon la mode. Sa coiffure de tresses enchevêtrées formait un échafaudage en arc de cercle, signifiant qu'elle n'était pas mariée. Cousues dans cette masse, des pendeloques en bois repoussaient les méchants esprits. Sur ses seins nus en forme de cônes parfaits tintinnabulaient des colliers de coquillages et ses tétons bruns se dressaient coquettement vers le ciel. Des bracelets d'or enlaçaient ses bras comme des serpents. Ses hanches rondes et plantureuses, drapées de soie verte imprimée de flamands orange, lui garantissaient un bon mariage.

Ezinwene exsudait la confiance en soi propre à ceux que les dieux ont favorisés.

Honnêtement, je dois avouer que j'ai détesté me trouver face à cette jeune Aphrikane belle, en pleine santé et riche.

Elle me donnait l'impression d'être une vieille truie.

Qui plus est, elle me rappelait la Petite Miracle.

Elle n'arrêtait pas de bavarder, mais je m'en fichais. Après tant d'heures passées seule avec moi-même, j'aspirais à de la conversation. Les Ambossans ne croyaient pas aux bienfaits de la solitude, moi non plus désormais. Avais-je vraiment été heureuse jadis chez moi à jouer seule avec ma poupée de chiffon ? Ils disaient que ce besoin de solitude des Europans constituait une preuve supplémentaire de notre infériorité culturelle, de notre incapacité à *partager*. Pour tous les Aphrikans, l'intimité était un concept étranger. La vie était communautaire, et pour les esclaves, intime par nécessité.

« Je suis si heureuse d'avoir découvert ma vocation, babillait-elle. Je suis ici pour aider les moins chanceux que moi. Je suis de ceux qui croient que, même si nous avons tous été créés égaux, certains auront des vies faciles et certains devront endurer les plus grandes tribulations. Seigneur, moi et mes grands mots ! Ça veut dire *malchance*, tu comprends. La vie peut sembler si injuste, n'est-ce pas ? Prends-moi, par exemple. Un seul claquement de doigts, et mes serviteurs accourent obéir à mes ordres. Pourtant, même pour moi, la vie est un combat. Personne ne comprend à quel point c'est affreusement ennuyeux, fastidieux, horriblement monotone, mortellement déprimant de ne pas être censée lever un doigt, littéralement. Que diable peut-on faire de son temps ? »

Elle se pencha vers moi.

« Ce commerce d'esclaves est effroyable. Vraiment. Je le désapprouve totalement. Ça m'a même donné des cauchemars. J'ai entendu raconter ce qui se passe sur ces horribles bateaux et dans les colonies. Toi, pauvre petite chose douce, aimable, tourmentée, infortunée. Comme tu as dû souffrir ! »

Elle lissa et rejeta vers l'arrière des cheveux bouclés qui s'étaient égarés sur son front luisant, tapota et arrangea son pagne luxueux de ses longs doigts aux ongles peints d'un vernis citrouille orangé et parsemés d'étoiles de diamant. Puis elle pencha la tête sur le côté et me sourit – ce sourire étiré, entre sympathie et compassion, une ligne que quelqu'un venait juste d'enjamber.

Quand j'avais son âge, je transportais un plateau en bois plein de chips de patate douce sur mon épaule avec, dans ma tête, la certitude que j'étais membre à part entière de la race la plus méprisée du monde, les Blancs, ou pour utiliser le terme inventé par les Ambossans – les *Caucasoi*.

« Écoute-moi bien, poursuivit-elle en articulant exagérément, nous sommes aux docks de Kanada Wadi. Nous devons atteindre les Quais du Japon-Occidental un peu plus bas où un bateau t'attend. Nous ne pouvons pas attendre la nuit parce que la nouvelle de ta fuite se sera répandue. Tu comprends ? »

J'ai hoché la tête, réprimant l'envie de lui cogner la sienne.

Elle se congratula, croisant les bras contre sa poitrine, comme si sa mission était accomplie et qu'elle pouvait rentrer chez elle en vantant sa dangereuse escapade de combattante pour la liberté.

Était-ce vraiment si simple ?

J'aurais voulu lui demander si elle avait déjà fait un truc comme ça, mais je connaissais d'avance sa réponse.

Elle serait insouciante.

Je serais prudente.

Les docks de Kanada Wadi grouillaient de dockers ambossans, protège-sexe en cuir, le visage encroûté de saleté, le corps barbouillé de poussière de suie et de sueur. Avec leurs sabots durs et craquelés, ils exposaient la masculinité brute d'hommes qui gagnent leur vie au prix de travaux physiques exténuants.

Ils puaient aussi, cette odeur repoussante des matelots dont les pores n'exsudent pas la sueur mais la bière et le rhum qu'ils boivent à longueur de journée parce que l'eau douce est rationnée en mer.

Telle une bande de gros chats, ils commencèrent à se rapprocher, reniflant les phéromones de la nubile Ezinwene, dénudant la moitié basse de son corps dans une scène de porno soft ou hard en fonction de ce que chacun était capable d'imaginer ; inhalant son parfum mielleux comme si c'était un aphrodisiaque tandis qu'elle se pavanait devant eux, jetant des sourires aguicheurs par-dessus son épaule avec la confiance en soi d'une femme certaine de récolter des regards admiratifs.

Qu'est-ce qu'elle pouvait bien fabriquer ?

Le soleil frappait avec la férocité tropicale typique, sans considération pour ceux d'entre nous qui étaient nés sans produire assez de mélanine protectrice.

Les coups de marteau, les cris et les bruits métalliques étaient insupportables. Je me faisais l'effet d'un chiffon mou, les cheveux trempés et tordus, une flaque de sueur ruisselant de ma lèvre supérieure.

L'air était étouffant. Les voies d'eau fumaient. Les allées boueuses, visqueuses, glissaient sous mes pieds. Partout des poulies, des roues, des caisses en bois de la taille de cabanes ; des cordes enroulées sur le sol comme de grands serpents endormis.

Des grues s'élevaient dans l'air, on aurait cru des oiseaux exotiques préhistoriques. Il y avait des paniers de toutes les formes, des tonneaux qui auraient pu contenir dix personnes de ma taille, des pots d'argile géants, des bascules si robustes que deux buffles aphrikans pouvaient s'y peser ensemble.

Les navires négriers encombraient les docks comme des mammouths, leurs trois-mâts se dressant vers le ciel à la façon d'immenses cornes.

La plupart exhibaient en figure de proue Yemonja, la déesse ambossane de la mer, aux seins voluptueux et aux sourcils froncés.

Des bras articulés jaillissaient des étraves comme des rostres d'espadons prêts à fendre les océans du monde.

Chaque bâtiment était constellé de cavités rondes, dans lesquelles on poussait les canons, qui émergeaient comme des phallus en érection à l'approche de la côte europane.

Les navires se balançaient et tanguaient dans l'eau, impatients de reprendre la mer et de nourrir leur ventre carnivore du succulent bétail humain.

Les matelots grimpaient au gréement, en descendaient, grouillaient sur les ponts, embarqués pour la traversée de trois mois du Passage du Milieu.

Je me tenais le ventre.

Les négriers naviguaient vers la côte de l'Europa où ils appâtaient mon peuple avec des perles, des couteaux, des chapeaux, des gourdes, des bols, des lances, des mousquets, des rouleaux de coton, du cognac, du rhum, des bouilloires même.

C'est agréable de savoir ce qu'on vaut.

Les bateaux venaient d'arriver ou s'apprêtaient à partir pour les diverses côtes de l'Europa : la Côte du Charbon, la Côte du Chou, la Côte de l'Étain, la Côte du Maïs, la Côte d'Olive, la Côte de Tulipe, la Côte de Blé, la Côte de Vigne, la Côte de la Grippe et le Cap de la Malchance.

Parvenus au Nouveau Monde, ils échangeaient des esclaves contre du rhum, du tabac, du coton, puis ils retournaient chez eux – riches, obèses, indolents, satisfaits.

Nous sommes passées devant des hangars sur le quai de Doklanda où trois millions de barriques de rhum étaient entreposées en permanence. L'odeur douceâtre enivrante de bois imbibé de rhum suffisait à me griser.

Puis nous sommes tombées sur plusieurs petites boutiques vendant des marchandises essentielles pour les gens de mer telles que poulets et moutons vivants, des produits secs, des marmites et des ustensiles, puis sur une autre que je connaissais de nom. Je contemplai la vitrine de « Fashion Victim », exposant des *Joyaux de créateurs pour le Maître qui a du goût*. Clouée sur la porte, une plaque bleue portait le sceau royal du Royaume-Uni.

C'était haut de gamme, c'était classe, réservé à ceux qui pouvaient se permettre de parer leurs esclaves de « joyaux » coûteux afin de parader aux mariages, fêtes rituelles et autres.

Posés sur une couche de velours pourpre, il y avait un tour de cou en or incrusté de saphirs, avec un crochet à l'arrière auquel attacher une chaîne (possibilité de graver un nom moyennant supplément) ; de gros bracelets en or incrustés d'améthystes avec chaîne de couplage (disponibles aussi en platine) et des bracelets de cheville plaqués argent (avec clés assorties).

Un homme nu de deux mètres de haut gardait le seuil, le torse encombré de perles multicolores, une coiffure en crinière de lion teinte en rouge le rehaussait de cinquante bons centimètres, il tenait à la main une épée et un bouclier. Il était blanc, bien entendu. Les agents de sécurité l'étaient toujours. Celui-ci avait l'air très nordique avec ses tresses blond de lin et sa stature.

Ezinwene me devançait et avait fini par se retourner, notant enfin que j'étais à la traîne. Elle me décocha un regard plein de reproches, même de loin je voyais scintiller ses yeux. C'était le regard typique de la maîtresse d'esclaves. Destiné à instiller la peur et la servilité.

Je m'arrachai à la contemplation des Pourvoyeurs Royaux de Chaînes et de Menottes et courus vers elle. Le temps que je la rejoigne, elle s'était remise en marche, longeant de près les navires qui nous surplombaient. Je lisais leurs noms : *Le Héros ambossan*, *Reine europane*, *Beauté noire*, *Meilleur Vireur*, *Blanchelande*, *Ô chère Mama*.

J'ai alors remarqué les sourires narquois que les gens me lançaient : les belles dames à la mode, poitrine dénudée et regards dédaigneux, les beaux messieurs plastronnant, une luxueuse étoffe jetée par-dessus l'épaule, les robustes enfants menés par des nannies blanches plus maternelles que leurs propres mères.

Ezinwene s'arrêta devant un petit bâtiment ancré à l'extrémité du quai, attendit que je la rejoigne puis essaya de me faire grimper la passerelle, grimaçant, lèvres retroussées. Les rayons du soleil se réverbéraient sur ses dents en or mais laissaient le reste de son corps dans l'ombre. Sous cette chaleur dévoreuse d'énergie, au milieu du bruit, épuisée nerveusement, l'idée me vint que la mission réelle d'Ezinwene était de me conduire sur un bateau négrier où je serais vendue illégalement, à moins qu'un policier m'y attende pour me ramener enchaînée chez Bwana.

La Résistance avait-elle été infiltrée ? Évidemment.

Tout se mettait en place.

La chaleur me grillait le cerveau.

J'étais incapable de penser correctement.

Mes pieds ne pouvaient pas, refusaient de grimper à bord.

Plus jamais de chambre de torture flottante.

Plus jamais de cercueil flottant.

J'enfonçai mes talons dans la gadoue des docks et je me sentis sombrer.

Plonger après toutes ces années dans l'époque où j'étais une enfant captive.

LE PASSAGE DU MILIEU

Ligotée sur le dos au fond de la chaloupe du kidnappeur, me débattant, j'avais l'impression d'être un poisson pris au filet, aux affres de la mort, crachant des écailles pourries.

La tête cognant contre des éclisses de bois, j'inhalais l'étrange et nouvelle odeur d'algues imprégnant la paroi de la chaloupe, qui s'éloignait de la côte.

J'étais comme écartelée : mon corps poussé loin du rivage, cependant que mon cœur me tirait vers la masse continentale à laquelle se rattachait toute ma vie.

Deux hommes ramaient, muscles pompant fort, sans se préoccuper de nos contorsions, pauvres captifs, coincés entre leurs jambes. C'étaient les mêmes Noirs étranges qui s'étaient emparés de notre cargaison sur la plage. Ils n'étaient pas de mon espèce. Mon espèce ? Si je devais préciser le moment où la race humaine s'est divisée en deux extrêmes catégories, la blanche et la noire, c'est celui-là : dans la société que j'allais rejoindre, ma couleur seule, ni ma personnalité ni mes capacités, déterminerait mon destin.

Les rameurs s'arrêtèrent et on me hissa sur une échelle de corde qui se balançait dangereusement le long de la paroi du bateau.

J'ai jeté un dernier regard en direction de la côte et il m'a semblé que la sombre forêt s'avançait vers la mer – une légion d'étalons noirs courant à ma rescousse.

Puis j'ai aperçu des oiseaux tomber en piqué dans les flots en un jaillissement de petites éclaboussures, l'exhibition insouciante d'un ballet aquatique.

C'était éblouissant.

De l'eau scintillait sur mes cils.

J'ai cligné de l'œil pour la chasser.

Au-dessous l'océan se mouvait en silence.

Le navire négrier, avec son équipage noir, pesait environ deux cents tonnes. Six canons étaient installés sur le pont-batterie. Je me tordais le cou pour voir la multitude de filets et de cordes qui s'étiraient haut dans le ciel afin de stabiliser les voiles que gonflaient les alizés. Elles ressemblaient aux ailes des blancs albatros de la légende, prêts à nous transporter vers un étrange endroit inconnu.

L'un des hommes me monta à bord sur son épaule, mes mains liées, mon corps meurtri et trempé. Le bateau roulait d'un bord sur l'autre sous l'effet du vent qui se renforçait, et moi je dansais d'un pied sur l'autre pour garder l'équilibre. Chèvres, moutons et poulets dans leurs cages, bêlant et piaillant, étaient embarqués. Des barils d'eau étaient hissés le long des parois, ainsi que des sacs de blé et des piles de peaux de bovins, et aussi de nouveaux captifs dégouttant d'eau par-dessus la rambarde de la poupe, tandis qu'on en poussait d'autres dans la trappe vers la cale.

Garanwyn réussit à se glisser à mes côtés. Il mesurait une bonne tête de plus que moi, ses genoux bulbeux verrouillaient des jambes beaucoup plus maigres, alors que ses épaules noueuses tentaient de se défausser de l'enfant qui n'avait pas encore gagné la carrure et les proportions que procure la virilité.

Pourtant, comme l'homme qu'il voulait devenir, il prit ma main molle et mouillée dans la sienne, poisseuse et vaillante, et la serra. J'en fis autant. La tiédeur m'envahit.

Le capitaine Wabwire, qui commandait le navire, appuyé contre une rambarde, jambes négligemment croisées, observait l'activité à son bord.

À l'ombre d'une voile, ses yeux semblaient des cavités sans fond.

Il faisait tournoyer une canne en bois entre ses doigts fins.

Contrairement aux marins qui se rasaient le crâne, se coupaient les cheveux ras ou les portaient dressés en touffes, il coiffait les siens en tresses plaquées nettement séparées. Un pagne d'un blanc impeccable entourait des hanches minces, les pans jetés par-dessus les épaules avec le panache habituel.

J'étais fascinée.

C'était un paon au long cou, plein de morgue, debout à l'écart du chaos régnant sur son bateau.

Il m'aperçut qui l'épiais par l'interstice existant entre deux captifs à hauteur de la taille. Nous étions tous les deux pétrifiés. Je voulais détourner les yeux mais les larmes en débordaient et coulaient en déluge sur mes joues.

Il ébouriffa ses ailes, se retourna et se pavana en direction des cabines sur le gaillard d'arrière, sa canne tourbillonnant avec fureur.

Après cette scène, j'eus peu d'occasions de revoir l'oiseau précieux.

Les corps et les paroles des marins avaient une étrange présence physique. Dotés de muscles parfaitement dessinés et très compacts, la langue qu'ils parlaient m'était totalement inconnue. Ils entrecoupaient les mots de cliquetis et de claquements – des sons produits en pressant leur langue contre le palais. Ils caquetaient des voyelles très ouvertes tandis que le son des consonnes dures se réverbérait et se propageait le long de mes vertèbres, me faisant frissonner.

Je regardais bouche bée les entailles qui façonnaient leur visage et sur leurs biceps les tatouages de femmes nues dont les fesses démesurées s'élargissaient quand ils fléchissaient les muscles. L'un d'entre eux pissait par-dessus bord. Les autres croulèrent de rire quand le vent rabattit l'urine sur un groupe de captifs.

Je tressaillis de dégoût, ne me doutant pas que ce comportement grossier n'était rien en comparaison de celui que ces lions de la mer nous réservaient une fois au large.

Les hommes qui travaillaient comme négriers constituaient la lie de la communauté maritime parce que même leurs propres chances de survivre au Passage du Milieu étaient faibles. Ceux qui avaient été enrôlés de force dans ce trafic n'avaient pas d'autre choix que sombrer dans le code moral des négriers, à savoir : Tout est permis.

J'étais là figée au milieu de ce chaos, et tout à coup un marin me cramponna le cou de ses mains avec une telle force qu'il propulsa mes jambes vers la trappe.

Je dégringolai les étroites marches en bois et me retrouvai dans l'obscurité, tandis que mon esprit déguerpissait de nouveau, sautait par-dessus la rambarde, atterrissait dans la chaloupe, ramait à toute vitesse vers le rivage et galopait à travers la forêt vers ma maison.

Sous le pont, le système de stockage était unisexe et utilitaire : des planches de bois constituaient des rayonnages qui couraient en six rangées parallèles sur toute la longueur de la cale.

Les rayonnages étaient à la fois peu encombrants et peu coûteux, ai-je compris plus tard. Il y avait deux options : l'ajustement serré, qui permettait d'ajouter trente pour cent de chargement mais avait le désavantage d'augmenter les pertes humaines. Ou l'ajustement lâche, qui offrait plus d'espace par personne mais réduisait les profits.

On m'assigna un espace sur une latte puis je fus entravée aux pieds par des fers boulonnés dans le bois. Je n'étais pas menottée. Les femmes ne l'étaient pas. Pas de bracelets fantaisie pour nous, seuls les hommes portaient des chaînes qui reliaient leurs bracelets de chevilles à ceux de leurs poignets.

À quoi s'ajoutait le désagrément du grouillement des asticots sur leurs entailles, qui suppuraient à cause du frottement continu des fers sur la peau. Les hommes ne pouvaient malheureusement pas se pencher pour ôter les bestioles gluantes de leurs chevilles.

Les miennes étaient presque assez fines pour s'extraire des fers.

Notre rayonnage était réservé aux femmes et nous allions devoir passer la quasi-totalité du voyage couchées dessus. Plus exactement couchées sur le côté car le capitaine Wabwire avait opté pour l'ajustement serré – plus de fret, moins d'espace.

Si l'une se retournait, nous devions toutes en faire autant.

L'espace en hauteur de moins de cinquante centimètres rendait la position assise impossible, sauf pour les plus petites.

Quand j'étais allongée sur le côté droit, mon visage s'écrasait contre le dos de Hildegaard. Sa peau crème et élastique se décollait facilement des os. Elle devint mon matelas et mon oreiller.

Sur le côté gauche, mon nez cognait la colonne vertébrale de Samantha.

Hildegaard venait d'une autre nation que la mienne. Je n'ai jamais découvert laquelle parce que nous n'avons jamais dépassé le langage des signes.

Elle avait deux longues nattes blondes qui s'enroulaient deux fois autour de la tête. Les poux grouillaient sur son crâne, comme sur les nôtres. On se grattait tellement que le cuir chevelu saignait et s'infectait. Les hommes avaient le crâne rasé, mais les tresses augmentaient la valeur marchande des femmes. On s'épouillait le devant de la tête. Et derrière les oreilles, ça grouillait tant et plus. Cette activité se révélait très efficace pour soulager la tension.

C'était néanmoins très traumatisant de découvrir que votre voisine était morte pendant la nuit et que les poux continuaient de s'activer.

Comme la fois où je me suis réveillée.

Mais pas Samantha.

Samantha avait travaillé comme vachère sur le domaine de Throgmorton, quelque part au sud de chez moi.

Elle était maigre alors que Hildegaard était bien en chair, pleine de taches de rousseur alors que la peau de Hildegaard était immaculée, ses cheveux bouclés auburn lui tombaient sur les épaules à l'opposé des nattes enroulées de Hildegaard.

Samantha m'avait raconté qu'elle avait dix-sept ans, qu'elle était mariée depuis un an et avait une petite fille d'un mois, Rosie-May. Son mari, Wilf, avait été loué par leur maître à un fermier voisin, mais il venait voir sa femme et sa fille tous les dimanches après la messe. Il les prenait toutes les deux dans ses bras et les tenait ainsi le plus longtemps possible.

À l'avènement de l'été, le maître, le seigneur Thurston Throgmorton, commençait ses visites saisonnières dans la masure qu'elle partageait avec sept autres femmes.

Celles qui refusaient n'étaient pas de taille à lui résister.

Mais Samantha était maintenant une femme mariée et une mère.

Elle l'avait laissé sur le sol, se tenant l'entrejambes et hurlant les plus immondes jurons.

Quelques jours plus tard, elle se rendait à la laiterie, Rosie-May attachée dans son dos, sifflant la comptine *Mary avait un petit agneau*, remarquant le joli vert qu'avait pris la mousse sur la lande, s'émerveillant de la douceur de l'air, quand deux géants avaient surgi au tournant, vêtus de capes marron et de hautes bottes en cuir. Ils lui bloquaient à la fois le passage et les rayons du soleil.

Leurs yeux étaient embrasés.

Ils arrachèrent Rosie-May de son dos et la jetèrent par terre. Juste comme ça.

Et ils traînèrent Samantha vers la vallée au pied des collines.

Quand elle réussit à regarder derrière elle, le seigneur Throgmorton se tenait debout au milieu du chemin.

Triomphant.

Le petit tas à ses pieds était son bébé.

Dans la forêt ils l'ont violée chacun à leur tour – elle n'éprouvait rien.

Soulagés, rhabillés, ses kidnappeurs l'ont attachée avec de la ficelle et installée sur le cheval d'un cavalier qui la maintenait devant lui, les bras passés autour de sa taille, tout en galopant vers la côte.

Elle sentait contre elle son sexe dur, et, toutes les deux ou trois heures, il la descendait le temps de se soulager en elle.

Ils l'ont fait chacun à leur tour.

Jusqu'à ce qu'ils atteignent la côte.

Plus le navire progressait vers les tropiques, plus la chaleur devenait insupportable. Un peu d'air frais entrait par les grillages en bois et les bouches d'aération, mais ce n'était jamais assez. Quand il pleuvait, on entendait l'ordre redouté : « Fermez les écoutilles, avant, arrière. »

Si la tempête durait plusieurs jours, mes poumons sifflaient comme ceux d'une asthmatique.

Pour les repas, on nous donnait des fèveroles et des patates douces à la sauce spéciale marins.

Femmes et enfants étaient autorisés à s'asseoir sur le sol et à piocher dans une cuvette commune avec chacun sa cuiller en bois.

Samantha n'avait pas beaucoup d'appétit.

Elle me donnait ce qu'elle ne mangeait pas.

Je comptais ses os de plus en plus visibles.

Ses yeux ne s'éloignaient jamais de cette chaude matinée anglaise.

J'étais la fille que la sienne aurait pu devenir.

Mes joues qu'elle caressait étaient celles de sa fille.

Quand elle plongeait son regard dans le mien, elle ne me voyait pas.

Et quand elle parlait, c'était à Rosie-May qu'elle s'adressait.

Nous étions des substituts familiaux les unes pour les autres.

Hildegaard empilait tant de nourriture sur sa cuiller que sa main vacillait en la portant vers sa bouche en cœur, d'où sortait sa langue rose humide pour guider la cuiller sans rien perdre. À la cinquième ou sixième fois qu'elle se resservit, son adversaire, une femme nommée Bethany qui égalait Hildegaard en taille et voracité, envoya valdinguer la cuiller loin du pot.

Gifles, coups de poing, coups de pied tournèrent à la mêlée générale chez les femmes. L'équipage accourut dans la cale, hurlant, applaudissant, aiguillonnant Hildegaard qui donna un coup de boule à Bethany si fort qu'elle lui ouvrit le front, et Bethany qui tentait de ses poignes d'arracher les nattes de Hildegaard.

Je souhaitai que toute cette nourriture qu'engouffrait Hildegaard finisse par l'étouffer.

Nous mourions *toutes* de faim.

J'ai commencé à régurgiter ce que je mangeais.

Je devenais un fil de fer.

Un jour j'ai réussi à glisser mes pieds hors des fers.

Puis je les ai fait rentrer en vérifiant que personne autour de moi ne l'avait remarqué.

L'équipage tirait à l'écart ceux qu'il avait vus ne pas manger.

Le châtiment consistait à placer des charbons brûlants si près des lèvres des délinquants qu'elles cloquaient.

Ça ne marchait pas toujours.

Les mâles de mon espèce restaient enchaînés pour servir d'expérience. On les nourrissait à la louche. S'ils étaient trop faibles pour lever la tête, ils devaient manger couchés, parfois ils s'étranglaient, quelquefois ils en mouraient.

Si nous étions obéissants et si le temps le permettait, nous mangions sur le pont.

Nous faisions sur nous. Évidemment. Ça coulait entre les lattes sur les gens du dessous.

Les grands seaux coniques à l'extrémité des rangées se remplissaient rapidement.

En cas de terrible tempête, nous étions incapables de nettoyer la cale. (Vous l'imaginez bien.) L'une d'elles a duré dix-huit jours.

On aurait aussi bien fait de nous dénuder au bout de la première semaine.

L'eau fraîche est devenue mon nouveau dieu.

Et Lui, où était-Il quand j'avais besoin de Lui ?

On priait, on chantait des hymnes, on attendait le miracle qui n'arrivait jamais.

Escarres, coupures, asticots, faim, déshydratation, asphyxie, saleté – je me dégoûtais moi-même.

Les premiers temps, j'essayais de retenir ma respiration en une tentative enfantine de suicide.

Mes rêves étaient pleins de vents hivernaux.

Mes rêves étaient pleins de gobelets de limonade maison.

Mes rêves étaient remplis des rires de mes sœurs qui avaient perdu tous leurs traits de personnalité énervants.

Mes rêves étaient emplis de l'amour de ma mère et de mon père.

Mes rêves étaient remplis des arômes du chèvrefeuille, du pain juste cuit et du buisson de lavande derrière la maison avec laquelle nous fabriquions des boules antimites, et de l'arôme frais, piquant de l'herbe après une nuit de pluie.

Quand je partais en voyage dans mes rêves, je ne voulais pas revenir.

Le Dr Nwonkorey, le chirurgien, était la personne la plus âgée à bord. Son teint brun inégal était recouvert de mousse blanche, de l'écume blanche formait sa moustache, des herbes blanches lui servaient de barbe et il avait de remarquables dents blanches. Une telle couche sale s'était formée sur les miennes qu'il aurait fallu une pelle pour la gratter.

Le Dr Nwonkorey se déplaçait dans la touffeur nauséabonde de la cale avec un bandeau de mousseline imprégné de citron vert sur la bouche. Il disait que la cale ressemblait à un abattoir avec des mares de sang, de la merde liquide dégoulinant partout, des mucosités visqueuses coulant du nez des hommes qui ne pouvaient se redresser pour les essuyer – et puis la sueur, les fièvres, la dysenterie, les vomissures, le désespoir, et un sol si couvert de détritus humains qu'il fallait faire attention de ne pas glisser d'une extrémité à l'autre.

Il avait un faible pour nous les enfants et au début il nous soignait avec un bon gros rire.

Quand on se contentait de le fixer avec des yeux de poisson mort, il laissait tomber, en riant toujours.

Quand il me versait du vinaigre dans la bouche pour prévenir le scorbut, il me tapotait le front avec un linge humide et soupirait avant de s'éloigner, son haleine alcoolisée flottant derrière lui.

Il allait et venait dans la travée, son ventre nu ballottant par-dessus son pagne de coton blanc, brandissant ciseaux et lames, fils de coton, cataplasmes et potions, récitant des formules magiques et des incantations, tout en murmurant : « C'est sans espoir ! Inutile ! Qu'est-ce que je peux faire ? Qu'est-ce que je peux bien faire ? »

Un jour il était si soûl qu'il a dégringolé les marches de la cale sur les fesses. Ses cheveux crépus étaient tout emmêlés, ses yeux injectés de sang, et il avait souillé son pagne. Quand il atterrit sur le sol il bafouilla : « J'étais le docteur-sorcier personnel du roi Wamukoto Landuleni Eze ! »

Ensuite il a vomi.

Nous l'avons de moins en moins vu : tous les trois jours, tous les cinq, tous les dix…

Sur d'autres navires négriers, les médecins étaient payés en prime par tête – au prorata du nombre d'accouchements. Une incitation à maintenir la cargaison en vie. Mais je ne crois pas que cette rémunération au rendement fonctionnait avec notre vieil ivrogne de docteur ex-sorcier.

Le silence ne régnait jamais sous les ponts. La cacophonie de geignements et de grognements, jour et nuit, ponctués de cris, était contagieuse. Quand un hurleur ne la fermait pas, il était fouetté jusqu'à ce qu'il s'arrête.

Et si un passager devenait fou, il y avait une seule solution – la solution finale.

Les corps basculaient par-dessus bord et constituaient un repas pour les requins.

On raconte que le fond de l'Atlantique est pavé des squelettes de ceux qui ne s'en sont pas sortis.

S'ils se réveillaient tous et nageaient vers un rivage, ils pourraient fonder leur propre pays.

« Balancez-les par-dessus les écoutilles ! » J'avais toujours ce cri dans les oreilles.

L'air frais me grisait tellement que je m'évanouissais presque. C'était le cas pour certains.

La vue sur l'océan était… spectaculaire et panoramique.

On nous versait dessus des seaux d'eau – quelques instants de bonheur suprême.

Nous étions obligés de chanter et de danser en cercle, agitant vigoureusement les bras, le chat à neuf queues s'abattait sur les pieds qui s'arrêtaient.

Les mâles de mon espèce demeuraient menottés et ligotés par une chaîne elle-même boulonnée au pont. Dans ces conditions, leur chorégraphie se limitait à un trépignement de plantes de pied. Le pont en tremblait.

Comme s'ils étaient en colère.

Là-haut, par des journées claires, pures et ensoleillées, les marins pouvaient satisfaire leurs fantasmes.

C'était prévu.

Un des avantages du commerce.

Leurs femmes n'étaient-elles pas sur une terre lointaine ?

La vie en mer n'était-elle pas dure pour eux aussi ?

Les femelles captives n'étaient-elles pas accommodantes ?

Faciles, si l'on peut dire.

La plupart des nuits la cale s'ouvrait. Les femmes étaient arrachées à leurs planches. Une bagarre pouvait s'ensuivre, mais plus le voyage durait, moins elles avaient la force de résister. Elles revenaient au bout de quelques heures, ou de quelques jours : pleurant, en sang, furieuses, muettes. Certaines disparaissaient à jamais.

Hildegaard se convulsait comme une folle quand la cale s'ouvrait la nuit.

Toujours belle, elle ne tarderait pas à être cueillie, nous le savions toutes.

Et une nuit ils sont venus la chercher.

Je les regardai s'efforcer de la faire descendre de sa planche, tandis qu'elle se transformait en poids mort, les obligeant à l'en arracher.

Samantha m'entourait de ses bras squelettiques.

Tandis qu'ils la traînaient, Hildegaard serrait les poings, les lançait au hasard, son corps nu se tordait, elle donnait des coups de pied, crachait, essayait de mordre.

Elle était impressionnante, mais j'avais si peur pour elle.

Je voulais lui dire adieu, mais quand j'ai ouvert la bouche, seul un croassement en est sorti.

Si je ferme les yeux, je sens encore le corps chaud, maternel de Hildegaard ; quand elle m'étreignait, je dormais comme si j'étais en liberté.

La personne à qui on attribua son espace était restée assise pendant des semaines dans une coursive si peuplée qu'elle ne pouvait pas s'allonger. Les esclaves en surplus étaient entassés là, ou bien à la proue, ou vers le timon s'il y avait de la place.

Appelons ça la classe d'entrepont.

Jane avait treize ans. Elle pleura de soulagement la première fois qu'elle put s'allonger sur la planche et étirer tout son corps. (Elle ne savait pas ce qui l'attendait). Prisonnière de guerre, elle était restée incarcérée des mois dans un fort sur la côte avant d'être embarquée. Comme elle, des centaines d'esclaves avaient été fourrés dans un donjon sans fenêtres. Elle disait s'attendre à un traitement spécial en raison de son état – elle était enceinte. Elle a babillé pendant des heures. Peut-être même une cabine particulière ? Un lit ? Une robe ? Une cuvette ? Du savon ? Un gant de toilette ? Un peigne ? Une couverture ? Un pot de chambre ? Une assiette ?

Oui, bientôt.

Jane s'était enfoncée si profondément dans son rêve qu'elle s'était perdue et n'avait plus rebroussé chemin.

Garanwyn était allongé sur une latte face à la mienne. Nous n'entendions nos voix que si on criait plus fort que le chœur discordant dans la cale.

Quand sa voix commença à se casser, il me dit qu'il était en train de devenir un homme.

On discutait de notre destination, mais personne ne savait vraiment où nous allions. Est-ce que c'était l'endroit qu'on appelait le Nouveau Monde ? Mais pourquoi ? Qu'est-ce qu'on nous réservait ?

Nous n'en avions aucune idée.

Quand je vomissais, Garanwyn me rassurait : ça n'allait pas durer. (Il avait raison.)

Si quelqu'un mourait durant la nuit, il me disait de remercier Dieu d'être toujours vivante. (Je le faisais.)

Quand je suis tombée en dépression, il m'a affirmé que la liberté était imminente. (C'était faux.)

Je lui ai raconté mon expérience avec mes fers aux pieds. Il en parla à Slade, qui dormait à côté de lui.

En réponse, on me dit que je devrais monter sur le pont cette nuit même pour découvrir où étaient rangées les clés des cadenas. Ce n'était pas une simple requête.

Mes chevilles avaient maintenant l'épaisseur de pattes de canard. Je souhaitais tant qu'elles grossissent.

Pour la première fois de ma vie, des gens dépendaient de moi – pas pour récolter des œufs ou empêcher le lait bouillant de déborder, ou balayer la cour – pour leur sauver la vie.

Je me suis extraite de mes fers et j'ai rampé dans la cale, surveillée par tous ceux qui avaient la possibilité de tourner la tête dans ma direction.

Les marins étaient devenus négligents. La cale n'était pas verrouillée.

J'émergeai sur le pont, mon cœur battant à s'échapper de ma cage thoracique.

Les vagues éclaboussaient les flancs du navire.

Le ciel était du même bleu étoilé que celui de mon pays natal.

Tout était si paisible et si beau.

La pleine lune glissait derrière les nuages, procurant assez de clarté pour ce que je devais faire mais sans m'éclairer vraiment.

Un unique garde se tenait recroquevillé sur un rouleau de corde épaisse. Il ronflait. Puait le rhum. Comme tous les autres.

J'ai rampé vers un garçon, un adolescent si foncé qu'il était presque noir. Ses lèvres semblaient s'étaler d'une oreille à l'autre. Plusieurs semaines avant, nous l'avions vu lâcher accidentellement une voile du haut du mât de misaine. Le capitaine en second avait immédiatement ordonné la flagellation, il avait été attaché à un poteau et avait reçu trente coups de fouet.

Il avait dû écoper du quart de nuit dont personne ne voulait.

Les clés de nos chaînes pendaient à une corde qui lui entourait le cou. Mes doigts tremblaient pendant que je travaillais à défaire le nœud. Soudain il changea de position et tomba à plat sur le dos. Il restait là, hébété, fixant le ciel en clignant des yeux d'ivrogne. Je m'étais précipitée derrière le rouleau de corde et j'épiais. Il se retourna sur le côté et se rendormit. Les clés étaient maintenant coincées sous lui. Zut ! Je pensais à tous les autres sous le pont. Je ne pouvais pas les abandonner.

Je me suis mise à chercher un truc capable de casser des chaînes ou un cadenas. Je courais partout, paniquée. Mes mains sont devenues mes yeux, elles plongeaient dans des paniers et des boîtes, en ressortaient avec des boucles, des outils de gréement, et finalement un maillet plus un épissoir.

J'ai foncé comme une dératée avec mes instruments de libération que j'ai donnés à Slade, qui a travaillé avec l'épissoir, soigneusement, rapidement.

Garanwyn m'a ordonné de retourner sur ma planche.

Je me suis allongée, j'ai réintroduit mes pieds dans les fers.

Les hommes étaient détachés l'un après l'autre. Quatre, cinq, six, sept. Ils travaillaient en douceur, en silence, ressuscités.

J'ai vu Slade, pied léger, rapide, monter les marches avec le sang-froid d'un serpent prêt à attaquer. Mon Garanwyn juste derrière lui.

Ils arrivaient en haut des marches quand la cale s'est ouverte. Ils se sont trouvés nez à nez avec deux marins qui venaient chercher une proie pour une séance de baise.

Ces deux connards n'avaient même pas pris leur mousquet.

La lune éclairait les visages de Slade et de Garanwyn. Figés.

C'est devenu l'enfer. Les marins hurlaient à l'aide. Nos hommes les ont maîtrisés.

Là-haut on appelait aux armes et l'équipage entra en action. Bruits de pieds, tirs de mousquet, la trappe refermée, quelques hommes essayant de la rouvrir avec le maillet. C'était inutile. Ils essayèrent de se renchaîner. Peine perdue.

Les imprécations pleuvaient sur nous à travers les grilles. Ils allaient nous découper la peau du dos en lamelles. Nous serions enterrés vivants. Pas d'eau. Pas de nourriture.

Vingt marins armés sont entrés et ont emmené tous les hommes non enchaînés.

Nous nous sommes tus.

Quatre jours passèrent avant que la trappe s'ouvre de nouveau.

Nous étions faibles, déshydratés, nous crevions de faim, nous allions mourir.

Samantha mourut.

Elle resta allongée contre moi – se décomposant rapidement à cause de la chaleur – pendant trois jours et trois nuits avant qu'ils viennent l'enlever.

Il n'y avait pas d'espace qui m'aurait permis de m'écarter de son corps.

Ses entrailles s'étaient vidées. Les miennes aussi.

Les asticots qui sortaient de sa bouche, de son nez et de ses oreilles essayaient d'entrer dans les miens.

L'odeur était – inoubliable.

Je suis devenue un peu folle.

Le cinquième jour on nous a ordonné de récurer la cale, on nous a laissés prendre un peu d'exercice et on nous a nourris. Les femmes et les enfants étaient maintenant, eux aussi, enchaînés sur le pont.

Ils ont amené les « rebelles ». Un spectacle allait commencer.

Slade n'était pas parmi eux.

Puis j'ai aperçu Garanwyn, qui se traînait sur le sol en s'aidant d'un bras. On lui avait brisé les rotules. Les yeux disparaissaient sous des enflures et des ecchymoses. Le côté droit du visage avait deux fois sa taille normale. Il lui manquait l'oreille gauche, la droite était de la chair ensanglantée. La poitrine s'était effondrée comme si on en avait extrait toutes les côtes. Un bras pendait, désarticulé. Il n'avait pas d'ongles aux mains ni aux pieds. Ses parties génitales étaient de la bouillie.

Il était le plus jeune des hommes. On avait essayé de le faire parler.

Garanwyn me chercha du regard, et quand ses yeux croisèrent les miens, il articula : « Shhhh ! »

J'imaginais qu'il devait être furieux contre moi, mais non, il ne cherchait que mon bien-être.

Ils l'ont suspendu.

Le fouet vrillait l'air, lui déchirait en lambeaux la peau du dos, des fesses et des jambes.

Les marins chargés de l'exécution se relayaient. Quatre équipes.

Sans s'arrêter.

Ils n'eurent pas besoin de vérifier qu'il respirait avant de le balancer par-dessus bord.

Tout était ma faute.

Je vivrais avec ce sentiment de culpabilité le restant de ma vie.

Les autres hommes s'en tirèrent avec trente coups de fouet chacun. Il fallait qu'ils guérissent avant l'accostage du bateau, qu'ils soient des mâles en bonne santé pour être vendus un bon prix.

Sur quatre cents esclaves embarqués, deux cent vingt-sept survécurent.

Soit la moyenne internationale.

Le capitaine Wabwire fit une apparition ce matin-là. On ne l'avait pas vu depuis des lustres. Il surveilla les opérations en se balançant sur ses pieds, d'avant en arrière. Le caftan jaune canari qu'il portait ce jour-là était couvert de reliefs de nourriture. Les tresses de ses cheveux desséchés se défaisaient. Ses yeux avaient perdu leur éclat. Sa peau était terne, il avait l'air hébété.

Il s'avança vers nous en titubant comme s'il voulait faire une déclaration, un sermon sur la futilité de l'insurrection.

Mais quand il ouvrit la bouche, il s'écroula par terre.

Deux marins se précipitèrent pour le relever et le ramener dans sa cabine.

L'idée me traversa qu'il avait perdu la tête.

Ensuite notre bateau poursuivit sa route sans incident vers sa destination – l'île paradisiaque de la Nouvelle-Ambossa au Japon-Occidental.

OH PETITE MIRACLE

À notre arrivée au port de Nouvelle-Ambossa, j'ai connu la ruée traditionnelle du marché aux esclaves. On nous a poussés dans un enclos jusqu'à ce qu'à l'heure convenue les barrières se lèvent et qu'une populace d'hommes hurlants déboule comme un troupeau de hyènes affamées prêtes à nous déchiqueter.

Ils agrippaient les esclaves qu'ils désiraient, nous ligotaient avec une corde ou nous traînaient simplement hors de l'enclos par un membre ou n'importe quelle partie du corps sur laquelle ils pouvaient mettre la main.

Je me suis effondrée au milieu de la mêlée et me suis fait piétiner. L'homme qui m'a remise debout me voulait, mais il y en avait un autre, ce qui a débouché sur une lutte acharnée, chacun essayant de déboîter l'épaule de l'autre.

Le vainqueur a lié mes poignets avec une corde en serrant si fort qu'ils saignaient, puis il m'a tirée comme si j'étais une chèvre (ça m'était déjà arrivé).

J'ai mouillé ma culotte, mais j'y étais habituée à présent.

Il m'a attachée à un poteau, a inspecté mon cuir chevelu et mes oreilles, écarté mes lèvres et introduit dans ma bouche des doigts qui puaient le tabac et ont laissé leur amertume sur mes gencives. J'ai accumulé de la salive mais l'ignoble goût a persisté des siècles. Il a soupesé mes seins de ses mains, m'a tapé sur les fesses comme sur un jarret de vache et pincé chaque cuisse pour tester la musculature. Puis il m'a fait asseoir et écarter les jambes afin qu'il inspecte mon vagin, introduisant ses doigts charnus dans ma partie virginale. Je n'ai pas crié. J'étais déterminée à ne pas crier. À la fin, j'ai dû me lever et me courber de façon qu'il « inspecte » aussi mon anus.

J'ai crié.

Personne n'a fait attention.

Satisfait, il alla m'acheter au capitaine Wabwire, qui était vêtu d'une longue tunique immaculée en lin couleur crème bordée de glands noirs. Il se tenait le dos bien droit à une table sur tréteaux sous un dais de feuilles de bananes, l'air éminemment respectable et digne après son épreuve maritime, même si j'ai remarqué qu'après un imperceptible froncement du nez il ouvrait une minuscule tabatière et reniflait dedans.

Je l'ai observé décompter les cauris de ma vente qu'il dressait en petites pyramides puis inscrire la transaction dans un registre – sans nul doute d'une écriture calligraphiée d'homme instruit.

Avant de quitter le port, j'ai dû me mettre à genoux et on m'a marqué au fer sur l'épaule les initiales PIG – Panyin Ige Ghika –, ma nouvelle maîtresse.

Il a fallu deux semaines pour que les incrustations se dessèchent en croûte et tombent.

Poussée brutalement à l'arrière d'une carriole, un sac sur la tête, j'ai été trimballée pendant des heures sur des routes pleines de nids-de-poule. L'épaule marquée me faisait si mal que je me suis presque tranché la lèvre inférieure à force de la mordre. Mes poignets et mes chevilles étaient toujours liés et saignaient. Et puis j'étais pleine de démangeaisons dues à l'urine et aux excréments (ouaip, ça aussi) qui attiraient les mouches étant donné que mon postérieur nu était exposé à l'air.

Tard dans la nuit, nous sommes arrivés au domaine du Fleuve Rugissant où j'allais passer le reste de mon enfance.

Je n'ai jamais revu un seul de mes compagnons du navire négrier.

Ni réussi à leur dire adieu.

On m'a poussée dans une hutte sans fenêtres et on m'a entravée, le lendemain j'ai été lavée et mes blessures ont été soignées. Puis on m'a emmenée dans la Grande Maison où j'ai été présentée à mes propriétaires, la famille Ghika : Massa Tschepi, Madama Panyin Ige et, née après de nombreuses fausses couches, la *merveilleuse*, l'*incroyable*, la *plus plus* du vaste monde, oui la voilà, c'est elle, vous savez que c'est elle – roulements de tambour, clairons, chœurs de louanges – petite miracle ! – applaudissements frénétiques, trépignements, hystérie collective.

Saucissonnée dans des linges de soie ivoire froufroutante, le petit chou brun se tenait assise entre ses parents souverains comme une princesse.

Madama, dont les tresses lisses étaient tirées en un chignon serré, portait huit anneaux de cou en cuivre qui étiraient son cou à deux fois sa longueur originelle. Elle bougeait à peine le corps en parlant et elle glissait plutôt qu'elle ne marchait.

Massa Tschepi avait une bouchc pleine de dents en or. Je ne pouvais en détacher mes yeux. Elles n'étaient sûrement pas vraies.

Tous occupaient des sièges semblables à des trônes dans une salle bourrée de meubles et d'objets encore plus bizarres que l'assemblage aristocratique d'animaux empaillés de Percy.

Qui étaient ces gens ? Comme les marins, ils étaient si foncés que je ne pouvais pas (pas encore) déchiffrer leur visage ni comprendre un mot de ce qu'ils disaient. De nouveau ces clic-clac. Étaient-ils aimables ou en colère ? Tout était étrange : le mobilier, leurs vêtements (sans bras ni jambes), la girafe empaillée à côté de la fenêtre – quel genre de créature était-ce ? Avait-elle vécu un jour ? Pour de vrai ? Même les fleurs étaient bizarres, et pourquoi les déraciner et les mettre dans des bols ? Comment se faisait-il qu'une botte ressemblât à des oiseaux à aigrette orange et une autre à des choux violets sur une tige ? Des choux décoration ? Et la chaleur me donnait l'impression de bouillir dans une cuve d'huile. J'ai mis des années à m'y habituer.

Et pourquoi mon Papa ne venait-il pas à ma rescousse ?

Pour être honnête, je dirai que je ne le lui ai jamais vraiment pardonné.

Jamais.

Je me suis mise à pleurnicher, mes nouveaux propriétaires s'en sont fichus. Puis, une fois encore, je me suis rendu compte que ces gens ne pouvaient pas me voir *moi*.

Petite chose précieuse, Petite Miracle était protégée par les titans de la plantation.

Ses lèvres juteuses faisaient une moue si prononcée que leur propriétaire semblait avoir décidé de se fabriquer une bouche en cœur. Ses narines se dilataient en permanence. Elle avait des joues gonflées et un cou si inexistant que ses épaules semblaient voûtées.

Elle portait un seul anneau de cou. Les autres s'ajouteraient au fur et à mesure qu'elle avancerait en âge.

Elle décocha un petit sourire avide à son nouveau joujou, comme si elle mourait d'impatience de poser les pattes sur moi.

Ses parents l'appelaient Missy, et sa nouvelle « compagne » fut rebaptisée Omorenomwara. J'ai mis des semaines à prononcer ce nom correctement.

« Omorenomwara, répétait Madama en surarticulant. C'est facile. Tu le casses en six syllabes, O-MO-RE-NOM-WA-RA. Fais un effort, petite. »

(*Mon vrai nom est Doris Scagglethorpe. Essayez de le prononcer...*)

Les Ghika m'ont achetée pour leur fille parce qu'il n'y avait pas de camarades de jeux ambossans dans un rayon de trente kilomètres, et plutôt que de la voir chahuter avec n'importe quel « rat des champs » de la plantation, pouilleux, morveux, vaurien, ils en voulaient une qu'ils pourraient transformer en petite lady.

Bon sang, je n'allais quand même pas me plaindre. Après le bateau négrier, le moindre bienfait suscitait ma reconnaissance.

La fille qui m'avait précédée avait attrapé la maladie du pian. Quand sa peau s'était couverte de grosseurs semblables à des mûres, elle avait été placée en quarantaine dans une hutte éloignée.

On lui déposa de la nourriture sur le seuil, jusqu'au jour où elle mourut.

Petite Miracle, sautillant d'un pied sur l'autre (autant qu'elle le pouvait), me dit que désormais j'étais sa meilleure amie.

Son amie à elle, mimait-elle. À elle et à personne d'autre.

Elle attrapait mes longs cheveux raides et les tirait jusqu'à ce que je crie, alors elle gloussait. Me tordait le nez jusqu'à ce que je postillonne, et gloussait encore plus. Pinçait ma peau blanche jusqu'à ce qu'elle bleuisse, et s'étouffait presque de rire. Et, en m'entendant parler ma langue maternelle, elle eut presque une attaque.

J'ai ri moi aussi.

Mon boulot consistait à faire plaisir à Petite Miracle.

Son job consistait à se faire plaisir à elle-même.

Nous avions toutes les deux onze ans, ou plutôt onze *saisons de pluie*, comme j'ai vite appris à le dire, mais Petite Miracle paraissait plus jeune parce qu'elle était de petite taille, avec les rondeurs et les plis d'un corps d'enfant.

J'étais grande, mince et anguleuse.

« Toi, laide », disait-elle, employant le parler bébé, comme si ça excusait sa grossièreté, pointant du doigt mon visage réfléchi dans une flaque d'eau après la pluie.

« Moi, jolie », ajoutait-elle en fanfaronnant.

Elle avait raison, bien sûr.

Et personne dans cette société n'aurait pu dire le contraire.

Dès que j'ai su parler un ambossan basique, elle entreprit de m'apprendre à lire et à écrire, mais secrètement, parce que les esclaves n'avaient pas le droit d'être alphabétisés. J'ai vite compris que c'était parce qu'elle voulait que je lui lise les contes d'Anansi l'araignée à l'heure du coucher et que je lui fasse ses devoirs. Non, j'en suis sûre, que sa préceptrice ait jamais été dupe, mais elle se gardait bien de critiquer la fille unique des Ghika.

Un jour que je récitais l'alphabet ambossan à Petite Miracle, Madama est passée devant la porte, seul le tremblement de son pendant d'oreille droite en forme de lustre de cristal indiquant sa colère. Quand elle a vu que je la regardais, elle s'est esquivée et n'a jamais dit un mot de cette histoire.

« Suis-moi », m'a dit Petite Miracle, en se dandinant sur ses pieds plats et longeant le couloir qui menait à une chambre bourrée de Reines Aphrikanes en divers accoutrements, une collection qui devait avoisiner la centaine de pièces.

Une bonne était spécialement chargée de veiller à l'entretien de ces poupées.

Petite Miracle me cita leur nom, un par un.

Elle ne m'a jamais rien légué. Au début, je me demandais pourquoi elle ne me donnait pas les choses dont elle ne se servait plus. Mes sœurs et moi partagions tout. Mais Petite Miracle accumulait tout : vêtements, poupées, bijoux, jouets. Elle devenait hystérique quand quelque chose venait à manquer, s'assurant que l'une des esclaves serait fouettée par un surveillant jusqu'à ce qu'elle avoue le « vol ».

Ce n'était en tout cas pas moi. *Toi-Moi-Meilleures-Amies*, répétait-elle.

Je me suis vite rendu compte que ce n'était pas vrai.

Je n'avais pas le droit de toucher le moindre de ses biens sans qu'elle m'y autorise.

Si je le faisais, elle me pinçait le bras, très fort.

En réalité, je ne pouvais rien faire sans son approbation. Je n'avais le droit de parler à aucune des esclaves domestiques, surtout celles de notre âge, ni de sortir me promener seule.

Quand j'enfreignais les règlements, au début de ma servitude, elle piquait une crise et menaçait de m'envoyer travailler aux champs.

Son lit surbaissé avait été taillé dans du bois de cerisier, avec un appuie-tête et des parois sculptées de motifs de fleurs et d'araignées.

Il n'y avait ni matelas ni oreiller : les Ambossans en ignoraient l'usage.

La housse était enjolivée de formes d'animaux marquées au pochoir.

Je dormais par terre au pied de son lit sur une natte, recouverte du pagne que j'avais porté dans la journée.

Les premiers temps de ma nouvelle vie, la nuit je rêvais de ma famille. Juste avant de m'endormir je rejouais chaque souvenir que j'avais d'alors, m'imaginant toujours près d'eux, essayant de les garder vivants en moi.

Même quand je ne m'endormais pas en pleurant, je me réveillais avec le sel des larmes incrusté dans mes joues.

Peu à peu je me suis efforcée de penser à autre chose la nuit. Dans mon fantasme le plus plaisant, je m'imaginais à la place de ma maîtresse, la fille qui possédait tout. J'avais un teint parfait, des parents parfaits, un statut social parfait, une maison parfaite, des biens parfaits.

Je me réveillais le visage souriant.

Durant mes heures de veille, j'étais tout ce que ma maîtresse désirait que je sois.

Durant mes heures de sommeil – je devenais elle.

Je faisais des cauchemars aussi – de noyade.

Mais quand je hurlais, Petite Miracle me criait de me taire, sinon elle dirait à ses parents que je troublais son sommeil.

Quand elle faisait des cauchemars, je devais grimper dans son lit et la cajoler.

« Câlins, pleurnichait-elle. Câlins pour petite Missy. »

Madama faisait venir des artisans qualifiés pour satisfaire les caprices de sa fille.

Ils nous apprenaient à imprimer des symboles Adinkra sur les tissus, à découper des étoiles et des carrés dans des moitiés de pommes de terre, à les tremper dans de la teinture et à les tamponner sur du coton blanc. On utilisait une pointe pour créer des lignes sinueuses.

On extrayait de l'argile de la base des termitières et on en fabriquait des poteries.

On créait des masques avec du cuir, du métal, des feuilles d'arbres, des fibres de légumes, de l'herbe et des graines d'abrus rouges toxiques.

Nous ornions nos masques de cheveux en raphia.

On fabriquait des tambours avec du bois et de la peau d'animal, et on en jouait le plus fort possible quand il n'y avait pas d'adultes dans les environs.

Nous avons aussi appris à tisser sur un métier que sa mère avait acheté et installé dans une hutte construite à cet effet. On nous donnait deux modèles, l'un intitulé « Mon talent est épuisé » et l'autre « Mes idées ont disparu ».

Elle montrait nos travaux à sa mère qui lui disait qu'elle était *une petite fille tellement tellement intelligente. Oh oui, tu l'es, mon petit chou chéri.*

Tout ce que nous fabriquions devenait propriété de Petite Miracle.

Je lui tressais les cheveux, y insérant des rondelles en laiton, des coquillages, des perles d'ambre, de corail et des perles fines.

Je portais les miens en queue-de-cheval.

Chaque matin je lui faisais faire une promenade de santé en direction de la Rivière Rugissante qui traversait la propriété.

Toutes les deux on aimait s'asseoir près de la cascade et ressentir la dangereuse excitation produite par toute cette eau qui débordait sur le côté et dont l'écume crémeuse bondissait ensuite vers la rivière rocailleuse si loin en dessous qu'on ne l'entendait pas y tomber.

Et chaque après-midi, je lui faisais faire sa sieste.

Une fois par an, Madama nous emmenait jusqu'à la capitale visiter une boutique pour petites filles appelée « Anges » où elle achetait le tissu destiné aux toilettes de Petite Miracle. Elles étaient brodées, peintes ou imprimées de fleurs, fruits, oiseaux et poissons.

Et puis, nous avons grandi, et sa Missy n'a plus voulu de ces trucs-là. Elle obligea sa mère à la conduire au magasin ultramode « Nippes Ta Mère ». Elle devint l'incarnation du style décontracté, avec ses tissus fluorescents barbouillés d'images des tours de la capitale impériale Londolo, de gamins sur leur planche à roulettes, et des silhouettes d'adolescents secouant leur popotin dans des rave-parties.

Sa mère grimaçait de dégoût en voyant ce que sa fille achetait. Elle n'aurait pas dû s'en faire, c'était juste pour la forme.

Contre quoi sa fille aurait-elle bien pu se rebeller ?

Les années s'amalgamaient comme la sève qui s'écoule d'un arbre à caoutchouc.

Vivant en isolement luxueux dans la Grande Maison, je devins languissante, mes émotions se tarirent, la frontière entre qui j'étais et celle que j'avais été s'estompa.

Petite Miracle et moi étions ensemble vingt-quatre heures sur vingt-quatre.

Quand il y avait des visiteurs, je n'étais pas autorisée à me mêler à la conversation.

Elle était la seule personne qui m'entendait parler.

Quelque chose changea le jour de mes quatorze ans.

Je me suis réveillée et je me suis demandé – devinez quoi ? La fille qui s'appelle Doris ? Où diable est-elle passée ?

Peu après Petite Miracle a souffert d'un si violent accès de malaria qu'elle dormait des journées entières.

Je m'ennuyais et un après-midi je me suis retrouvée écroulée contre un mur dans un coin de sa chambre à griffonner sur une ardoise d'écolier. Sans bien m'en rendre compte, j'écrivais une diatribe contre ma maîtresse.

Petite Miracle est nulle. Tuez la garce. Boom, boom, bye, bye.

Je ne pouvais pas m'arrêter.

Elle se prend pour quelqu'un c'est que de la merde. Elle est totalement pourrie gâtée.

Le vitriol jaillissait.

C'est que moi, rien que moi, avec cette imbécile, cette tête de linotte qui est ma maîtresse.

Des sentiments choquants qui me choquaient moi-même.

Jusque-là, si vous m'aviez demandé quels étaient mes sentiments envers ma patronne, j'aurais affirmé une totale dévotion. Je n'avais aucun doute sur ce que j'étais censée éprouver.

Seulement voilà, la rivière avait débordé.

Impossible de revenir en arrière.

Quand je me suis trouvée à court de mots, dans cet après-midi torride de la saison des pluies, j'ai laissé tomber la tête sur ma poitrine et j'ai fermé les yeux, juste une seconde.

Et, malgré moi, je me suis endormie – sans avoir effacé l'ardoise.

La malchance a voulu que Petite Miracle se réveille guérie, la fièvre disparue.

Elle m'appela et constata que je dormais.

Et en s'approchant, elle découvrit ce que j'avais écrit.

Avant que j'aie pu tenter de lui expliquer (comment ?), elle suggéra que nous allions nous promener au bord de la rivière.

Ni furieuse ni calme, elle semblait vidée de tout sentiment.

Je l'ai suivie à travers les prairies au moment où les cieux se sont déchirés.

Il s'est mis à tomber des grêlons. Nous avancions en traînant les pieds, sous la pluie torrentielle, traversant les vergers de papayes et d'avocats, en direction de l'endroit où la rivière entamait son trajet vers les chutes.

On croirait qu'elle est en transe, me suis-je dit, observant le dos brun et souple qui se redressait au fil des années sous l'effet de l'accumulation des anneaux de cou, qui lui conféraient l'inconcevable – une certaine élégance.

Un pagne en organza nacré lui enserrait les genoux, comme c'était la mode.

Elle élabore sa réponse, ai-je conclu, ce qui était menaçant venant de quelqu'un qui exprimait toujours ses sentiments spontanément, sans crainte de blesser ou de subir des représailles.

Nous arrivions à portée du rugissement des chutes.

Elle se dirigea tout droit vers le bord de l'eau, puis se retourna pour me faire face et dit, en larmes, élevant la voix par-dessus le vacarme : « Tu m'as trahie, Omo, et je suis, genre, complètement anéantie. Comment as-tu pu me poignarder dans le dos alors que j'ai toujours été si gentille avec toi ? Je te croyais ma meilleure amie, *à jamais*. »

Un soupçon de méchanceté perça dans sa voix quand elle ajouta : « Tu seras punie. »

Elle releva le menton, fixa l'espace derrière moi, statue de l'héroïne de tragédie. Cette fille avait le pouvoir de vie et de mort sur moi et, en cet instant, elle décidait si elle allait en user pour me pardonner ou exercer sa vengeance.

Le verdict tomba, calme, carré : « Et expédiée au bordel du port. »

Finir au bordel était le destin réservé aux jeunes femmes du domaine de la Rivière Rugissante qui se « conduisaient mal ».

Un bordel, ça signifiait les horribles maladies qui précipitaient le sujet vers une mort prématurée.

Pourquoi faisait-elle ça ?

Parce qu'elle en avait le pouvoir.

Nous étions face à face.

Maîtresse et esclave.

Je n'ai pas baissé les yeux contrairement à l'habitude.

L'herbe mouillée, épineuse, trépidait sous mes pieds nus, stimulée par le tambourinement des chutes.

Comment osait-elle m'expédier vers la pire sorte d'enfer ?

Je me suis précipitée sur elle avec la rage amassée de tous ces gens dont les os reposaient au fond de l'océan ; tous ces gens arrachés à leur famille et condamnés aux travaux à vie sans être payés ; tous ces gens supportant les abominations incroyables infligées par leurs maîtres.

Petite Miracle, stupéfaite, tétanisée, handicapée par ses anneaux de cou et son pagne, bascula en arrière, lentement, et tomba.

Sa bouche s'ouvrait et se fermait, mais s'il s'en échappait un son, il était étouffé par le flot rugissant de la rivière.

Son pagne gonflé et dénoué révéla sa peau nue, puis flotta à sa suite comme la membrane translucide d'une méduse.

Entraînée par la force stupéfiante du courant, elle agitait les bras, mais elle était aussi légère que l'une de ses Reines Aphrikanes.

Les gouttes de pluie s'abattaient sur elle et la transperçaient comme des lances expédiées du haut des cieux.

Elle leva les bras, on aurait dit une tentative de nage papillon, mais elle se retrouva sur le ventre, le visage tourné vers le lit de la rivière, poussée par la puissance de millions de tonnes d'eau, et – projetée tête la première par-dessus le précipice – elle dégringola tout en bas, de plus en plus bas, dans les abysses.

OÙ SUIS-JE ?

Une terrible tragédie, dirent-ils. Une Petite Miracle, tremblant de fièvre, errant toute seule sur le domaine alors qu'elle aurait dû rester au lit…

Sa compagne, rappel de ce que les Ghika avaient perdu, fut vite envoyée travailler pour la famille Katamba à Londolo.

Et puis je me suis réveillée pour constater que je n'étais plus sur la passerelle en train de paniquer devant Ezinwene, mais que j'étais allongée dans le noir sur un bateau, qui avançait.

Tout recommençait.

Je guettais des bruits – il n'y en avait aucun.

Je regardais autour de moi – que de l'obscurité.

Aucune lumière – j'étais enfermée hermétiquement.

Je vérifiai ma respiration – saccadée, mais bien là.

Je sentais des odeurs de cire à bois, et mon haleine fétide.

J'avais besoin d'étancher ma soif – j'avalai ma salive à la place.

J'agitai mes pieds et mes poignets sans entrave – je n'étais pas enchaînée. (Dieu merci.)

Je me soulevai et sentis une couverture tomber par terre.

Le sol sous mes pieds nus était lisse et verni.

Je tendis les bras devant moi – et marchai lentement jusqu'à ce qu'ils heurtent un mur.

Je suivis le mur, mes mains tâtonnant les panneaux.

Une porte se présenta quand mon front tapa l'encadrement.

Je cherchai une poignée – il n'y en avait pas.

Je sentis un trou de serrure et plongeai le regard dans son obscurité.

Utilisant mon épaule comme effet de levier, je poussai de tout mon poids avec l'espoir vain de faire bouger la porte.

À défaut de vue, mes autres sens s'aiguisaient.

Je commençais à entendre des vagues.

J'entendais le roulis du bateau.

J'entendais ma respiration rachitique.

J'avais fait le tour de l'endroit et retrouvai ma couverture.

Elle était constituée de pièces disparates : laine, toile de lin, coton, mousseline, brocart, velours, toile de jute.

Je me souvins que dans mon pays on aimait les patchworks.

Nos femmes les cousaient à la maison, quand leurs jointures préféraient la position assise et que leur colonne vertébrale se courbait et se contractait.

J'enfouis mon visage dans la couverture.

L'air piquant de la nuit devait l'avoir séchée – car le vent s'était engouffré dans le tissu.

En entendant des pas, je me suis figée.

Quand ils se sont arrêtés juste derrière la porte, je me suis enroulée dans la couverture.

Quand la porte s'est ouverte, j'ai compris que c'était Bwana.

Il se tenait là, dissimulé par un flambeau.

Je l'entendais haleter dans le noir, je humais son eau de Cologne, percevais sa rage.

Il avait foncé depuis Mayfè dans une voiture tirée par des dragons crachant du feu.

J'avais été repérée. Évidemment.

Bwana. Bwana. Bwana.

Comment aurais-je pu évincer de mon esprit le nom de mon maître, qui l'avait squatté si longtemps ?

Chef Kaga Konata Katamba Ier.

LIVRE II

LA FLAMME

RÉFLEXIONS, PENSÉES, EXPÉRIENCES & SENTIMENTS

SINCÈRES & SANS RESTRICTION

SUR

LA VÉRITABLE NATURE DU COMMERCE
DES ESCLAVES & REMARQUES
SUR LE CARACTÈRE ET LES COUTUMES
DES EUROPANS

PLUS

UN RÉCIT

(MODESTE ET VÉRITABLE)

**DE MA PROGRESSION DEPUIS
DES ORIGINES DÉFAVORABLES
JUSQU'AUX PLUS HAUTS ÉCHELONS
DE LA SOCIÉTÉ CIVILISÉE**

Dédié avec la Plus Grande Vénération

Aux Fils de la Vertu
&
Aux Droits de l'Humanité Par leur Plus
Respectueux et Humble Serviteur
L'Auteur

Chef Kaga Konata Katamba Ier

Cher Lecteur,

Je suis un homme raisonnable et un homme à raisons.

Nº 1 Étant l'un des Capitaines d'Industrie de mon pays, je me dois de maintenir le niveau des affaires de mon pays parce que ce n'est pas avec des atermoiements ou des rêveurs farfelus que l'Ambossa est devenue la Grande-Ambossa, mais grâce à des *self-made* entrepreneurs, réalistes et durs au travail tels que moi.

Nº 2 Le droit de propriété est le droit de l'humanité, qu'il s'agisse de terres, de bœufs, de maisons, de bateaux, de marchandises, d'enfants, d'épouses ou d'esclaves. Quand ce droit est violé, c'est la liberté de l'homme qu'on attaque.

Nº 3 C'est donc pour défendre mes droits que j'ai dû procéder à la difficile recapture de la misérable esclave Omorenomwara. N'ai-je pas des choses plus importantes à faire que perdre mon temps précieux dans la poursuite d'une fuyarde ?

N° 4 Combien d'esclaves se sont-ils vu accorder le rang de secrétaire personnel de Grands Maîtres tel que moi ? À combien d'esclaves a-t-on demandé d'accomplir des tâches de bureau aussi simples qu'écrire des lettres avec une plume d'autruche trempée dans l'encre de seiche de l'océan Indien sur un parchemin importé d'Égypte à cet effet ? Quel travail éreintant, n'est-ce pas ? Combien d'esclaves sont-ils ainsi privilégiés et que doit faire un homme à ceux qui abusent d'un tel privilège ?

N° 5 Quand le châtiment corporel est-il plus qu'une simple punition ? Quand il devient une leçon de perfectionnement, dans la mesure où il profitera à celui qui le reçoit si celui-ci détient la capacité de tirer un enseignement de ses fautes. Il est vrai que le cerveau du Caucasoi possède des aptitudes limitées, mais on a la preuve que certains fondements moraux peuvent s'apprendre. Dans un cas d'échec, la cravache et le fouet se révèlent utiles. Ou bien le serre-joint et le chevalet.

N° 6 Un bon homme d'affaires n'autorise jamais les personnes à son service à le traiter cavalièrement. C'est lui le patron, il doit être obéi. C'est un équilibre délicat. On se montre ferme mais on est aimable. On donne un doigt mais on garde la main. On est respecté mais on ne sera jamais, jamais un ami.

N° 7 À ceux d'entre vous qui disent : « Pauvre Omorenomwara, laisse-la partir ! », je dis lisez la suite.

À ceux d'entre vous qui disent le Commerce est cruel, je dis lisez la suite.
À ceux d'entre vous qui disent le Commerce est juste et nécessaire, je dis lisez la suite.
À ceux qui ne disent ni l'un ni l'autre, je dis lisez la suite.

Humbles origines – Tragédie personnelle

Cher Lecteur,

Il me déplaît d'être le messager de mauvaises nouvelles, mais à ces ridicules personnages qui pontifient avec des gesticulations spectaculaires au nom de leur pharisaïsme que le Commerce est cruel et inhumain, qui déplorent les souffrances de ces misérables créatures comme si elles et nous étions de la même espèce, je dis que leurs assertions fallacieuses sont une totale perte de temps parce que le raz-de-marée de l'opinion publique est contre eux et le demeurera éternellement.

D'autres personnages livrent de Sombres Pronostics procurés par la Sagesse de l'Expérience, la Sérieuse Contemplation, des Débats Érudits, ainsi que par la Recherche Universitaire Rigoureuse et l'Analyse de Statistiques Vitales, toutes choses les amenant à découvrir certaines Vérités Objectives.

En conséquence de quoi, mon devoir et mon plaisir me contraignent à renseigner le lecteur sur ces dernières.

Pour commencer, et pour ces nouveaux lecteurs qui connaissent mal mon parcours vers la Propriété, la Prospérité et la Culture, laissez-moi revenir sur mes pas à travers les savanes du temps, les rivières sinueuses de la mémoire, les forêts sombres du passé, vers les ciels bleus de ma jeunesse.

Mes ancêtres, le clan Katamba, étaient des chasseurs-cueilleurs qui pendant des générations avaient sillonné les abords méridionaux de la Grande-Ambossa.

Quelle modestie ! J'entends votre sidération. Oui, effectivement, Cher Lecteur, la distinction de Chef m'a été conférée par la Chambre des Maîtres pour Longs et Remarquables Services rendus à l'Industrie. Que la chose soit admise : contrairement à d'autres qui collectionnent les récompenses sans les mériter, je ne suis pas né pour hériter du Trône d'Or du Royaume, et les lingots d'or se sont entassés dans mes caves au cours de décennies de sacrifice et grâce à un esprit qui a toujours cherché à s'élever.

Or donc, durant ma prime jeunesse j'ai été stimulé par les rêves de réussite que font tous les jeunes garçons désireux de marquer le monde de leur empreinte.

En tant que fils aîné, j'aurais dû être le favori de mon père, mais ce ne fut pas le cas. Je n'étais ni assez fort ni assez rapide pour plaire à celui qui était le plus courageux et le plus puissant des chasseurs.

Ce fut Kwesan, mon frère cadet, qui bénéficia de ses faveurs.

En ce jour fatal, il y a longtemps, mon père nous envoya Kwesan et moi capturer une proie sur le territoire que notre clan avait récemment choisi comme terrain de chasse. C'était la première fois que nous chassions sans adultes et, après la poursuite épuisante d'un jeune impala, mon frère, qui se vantait constamment d'être plus fort et plus rapide que moi, fila brusquement et disparut dans les bois, juste quand le voile de la nuit commençait à tomber.

Je lui ai crié d'attendre son frère aîné, qui haletait derrière lui comme un guépard à trois pattes.

L'écho de son rire m'est parvenu, léger, heureux, tintant, de dessous les arbres.

J'ai couru pour le rattraper, mais je me suis perdu dans les broussailles et j'ai mis des heures à retrouver le chemin de la maison.

Quand j'y suis parvenu, l'impala rôtissait sur un feu de camp, et un Kwesan victorieux était assis, rayonnant d'orgueil, à côté de mon père qui le couvrait d'éloges.

Je ne trouvais pas les mots pour expliquer pourquoi j'avais failli à la tâche, sur quoi mon père s'est levé et a proclamé que je constituais sa plus grande déception ; de fait, il a posé tout haut cette question : « Mon fils Kaga est-il plus une femme qu'un homme ? »

Ce qui a provoqué l'hilarité des membres du clan assemblés.

Le lendemain de la nuit la plus misérable et insomnieuse que j'avais jamais passée, j'ai décidé que j'en avais assez, et je suis parti. D'errance en vagabondage, je me suis retrouvé sur la côte et immédiatement sous le charme du paysage.

Ce serait comment, me suis-je demandé, si j'étais transporté aux quatre coins de notre planète sur l'écume de ces ondulations ?

J'ai pris la décision d'essayer et, très vite après, j'ai trouvé un emploi à bord d'une goélette, l'*Adana*, ancrée non loin de là.

Mais je ne pouvais savoir, Cher Lecteur, le sort qui attendait le Jeune Kaga, comme on m'appelait alors, en train d'acquérir le pied marin.

La malchance a fait que, jeune garçon sérieux mais malingre, je suis devenu la cible naturelle de mes compagnons plus âgés, acariâtres, grossiers, pour qui je n'étais guère plus qu'un punching-ball sur qui déverser leur bile.

Souvent, quand ces salopards dormaient en cuvant leur rhum, leur paillardise et leur rage, je restais seul sur le gaillard d'arrière tandis que le bateau s'élançait, voiles aplaties contre le vent, effleurant la mer comme une mouette, déchargé de tous les malheurs du monde.

Un bon vent de huit nœuds m'éclaircissait la tête et calmait ma turbulence intérieure. L'espoir gonflait dans ma poitrine et je résolus de grimper l'échelle de corde de la vie jusqu'à ce que j'atteigne le sommet. Ensuite je hisserais chaque échelon laissé derrière moi, je le brûlerais et offrirais un banquet de trois jours pour fêter ma victoire.

Comme il en va toujours avec les déambulations, les tergiversations et les pérégrinations sur terre – le Temps Passa. Le Jeune Kaga s'aguerrit en vivant sur mer et le Kaga qui se trouve devant vous aujourd'hui commença d'émerger, celui qui est décrit par *les autres* (je n'allègue rien d'immodeste pour moi-même) comme : fort mais sensible, puissant mais pacifique, faiseur d'argent pour le bien de la nation et se parant d'une haute moralité par souci de l'Empire de la Grande-Ambossa.

Ainsi armé, j'ai saisi l'occasion de réaliser mes rêves quand elle s'est présentée.

Nous venions juste d'entrer dans le port de Do Va, par un matin humide au cœur de la saison des pluies, et étions en train de débarquer d'une goélette de thé qui naviguait depuis les mers de Chine du Sud, un voyage tranquille mais long durant lequel, Dieu merci, les pirates pernicieux de cette contrée avaient gardé leurs distances étant donné que notre formidable vaisseau dépassait les leurs en vitesse et en armement. Tandis que, pris de tremblements, mes pieds marins s'efforçaient de s'adapter au sol ferme, je vis s'approcher, sortant du tohu-bohu de prostituées, de porteurs, de messagers et de voleurs, un gentleman à monocle d'un certain âge vêtu de soie verte à fils d'or qui bruissait d'une manière ostentatoire, tout comme le jeune page attentif à ses côtés qui le rafraîchissait avec un éventail de plumes de spatule.

Chef Ambikaka avait eu vent de ma réputation de commandant en second honnête, fiable et respecté, et m'invita à dîner pour discuter d'un sujet d'intérêt mutuel.

Je ne pouvais détacher les yeux de l'énorme tête de bélier en or qui pendait à une chaîne autour de son cou. À l'évidence il n'était pas un simple mortel mais un dieu au panthéon du Big Business. Cet après-midi-là, je fus invité d'honneur d'une fête somptueuse donnée dans la cour d'honneur blanchie à la chaux entourée de balcons d'où ruisselaient des bougainvillées pourpres et lilas.

Chef Ambikaka me plaça à côté de personnages de haut rang tel que lui-même, tous assis jambes croisées sur des nattes. Leurs torses nus étaient saupoudrés de poils gris et leurs ventres débordaient sur une jupe d'herbe fraîchement coupée. Des pépites d'or insérées dans des bagues scintillaient au soleil. Je supputais l'annonce prochaine de bonnes nouvelles.

Hélas, il m'a d'abord fallu supporter les chants d'un griot décrépit joueur de kora, qui ne connaissait que deux notes aussi bien pour chanter que pour racler son instrument et vrombir mes héroïques et mythiques qualités. Je fus enfin soulagé lorsque le soleil se mit à pâlir et à se fondre dans la lumière déclinante, que le bruit cessa et que les serviteurs entrèrent en action – un tourbillon de turbans jaunes flamboyants et de jupettes en kenté.

On nous servit des canards en broche nageant dans leur jus, des ignames rôtis, brun doré, des épinards frits pimentés et aillés, et des bananes plantains si bien rôties que la chair jaune jaillissait de la peau noircie.

Tandis que nous consommions ce festin succulent, Chef Ambikaka s'est adressé à moi, de la poussière d'or étincelait dans ses yeux. Il m'offrait le commandement de la dernière acquisition de sa flotte marchande, un vaisseau négrier appelé *Espoir & Gloire* destiné à rallier le Continent Gris deux fois par an afin d'augmenter sa fortune déjà considérable grâce au butin presque illimité que procure le trafic d'esclaves.

Je ferais un commandant digne de confiance car mes références, qu'il avait déjà consultées, étaient impeccables.

L'*Espoir & Gloire* transporterait quarante caisses de mousquets, trente-deux mille pierres à fusil, des colliers de corail, des peintures aphrikanes, des bijoux en perles, des plumes d'apparat, du papyrus, des objets ménagers tels que des bouilloires et des instruments de musique du genre tambour d'aisselle, en échange du bétail. Mon hôte s'amusait à l'idée que les armes encourageraient les Europans à déclencher plus de guerres d'où résulteraient davantage de prisonniers offerts en esclavage.

Une fois parvenus à destination – l'île de Nouvelle-Ambossa au Japon-Occidental –, nous échangerions les esclaves contre du sucre, du rhum et du tabac.

Lesquels produits de luxe, en Grande-Ambossa, rapporteraient une petite fortune à la vente.

De plus, au titre d'incitation spéciale à demeurer loyal envers mon trésorier-payeur, je recevrais dix pour cent du bénéfice global réalisé avec chaque cargaison d'esclaves arrivée sans encombre à la Nouvelle-Ambossa.

Il me fallut une seconde pour apprécier l'invitation, et une autre pour lui donner mon accord.

Capitaine Kaga Konata Katamba Ier.

La jubilation faisait tellement bondir mon cœur qu'il débordait.

Ce soir-là, j'ai frotté mes genoux et tourbillonné des hanches avec les jeunes filles élégamment huilées de Chef Ambikaka, qui exposaient leur poitrine généreuse et leur croupe rebondie – au son de la musique highlife qui vibrait dans les cieux au-dessus de nous.

Vous imaginez aisément ce que j'ai ressenti cette nuit-là, allongé sur un tapis dans une des suites du chef, ma faim rassasiée par deux putains appétissantes casées sous chaque bras, les battements de tambour et le rhum circulant encore dans mes vaisseaux sanguins, tenu éveillé jusqu'à l'aube par les fantasmes extravagants du commerce que j'allais bientôt commencer à développer.

Blotti entre des seins comprimés, des bras tendres et des cuisses qui emprisonnaient chaleureusement les miennes, j'ai louangé les dieux de m'avoir octroyé cette extraordinaire bonne fortune.

Capitaine, en vérité !

Certaines personnes sont plus humaines que d'autres

Comme tous les hommes poussés à courir les océans, j'avais entendu raconter les histoires du Continent Gris. *Europa* – le nom dansait sur les lèvres de chaque marin, aventurier et marchand qui rêvait d'accumuler des richesses grâce au commerce des esclaves. Néanmoins seuls les plus courageux et les plus coriaces osaient s'aventurer vers ses côtes tempétueuses, parce que si les sifflements bronchitiques, la toux et les éternuements de la grippe mortelle ne vous saisissaient pas, les sauvages eux le feraient sûrement.

Oui, Cher Lecteur, les indigènes de ces terres commencent seulement maintenant à émerger des profondeurs abominables de la sauvagerie que nous, nations civilisées, avons abandonnée dans les temps préhistoriques.

En vue de mon voyage vers l'Europa, j'ai entamé une sérieuse période d'études.

Les plus éclairés d'entre vous savent déjà qu'il existe trois stades ou, si vous préférez, trois classifications de l'humanité selon l'Anthropométrie Crânio-Faciale, une science exacte essayée et testée qui mesure la taille des crânes dans le champ rigoureux et très valorisé de l'Anthropologie Physique.

Ces classifications sont :

N° 1 – Le Négroïde, autochtone du continent aphrikan.

N° 2 – Le Mongoloïde, autochtone des territoires asiatiques.

N° 3 – Le Caucasoïnide, autochtone de ce trou à rats appelé Europa.

Nous convenons tous que la tête négroïde se caractérise par un large front proéminent, un arrière rond et spacieux, et ce qu'on appelle une mâchoire prognathe (ou protubérante). Au cours des millénaires, le vaste crâne du Négroïde s'est révélé capable de loger un cerveau en pleine croissance. Ce qui a permis l'évolution d'une intelligence hautement sophistiquée.

En outre, la mâchoire prognathe dénote un caractère déterminé et un grand sens de l'orientation. En conséquence, le crâne négroïde a produit les particularités suivantes : ambition, automotivation, ingéniosité, autodiscipline, courage, intégrité morale, éveil spirituel et sens de la responsabilité sociale.

Il est aussi intéressant de noter que, étant donné sa position sur l'échelle de l'évolution, le Nègre est très Sensible et capable d'une Grande Profondeur de Sentiments.

Inutile de le préciser, l'Anthropométrie Crânio-Faciale prouve que le Nègre est biologiquement supérieur aux deux autres types. Alors que le Nègre appartient à l'espèce dénommée « Humanité », le Mongolo et le Caucasoi se rangent sous la plus large définition de « Genre Humain », lequel s'étend des espèces pleinement évoluées de l'« Humanité » à celles les moins évoluées classées « Néo-Primates ».

Le crâne caucasoïnide, d'autre part, est, malheureusement, relégué à l'échelon le plus bas de l'Humanité. Il est long, étroit et vaguement carré à l'arrière, avec une mâchoire orthognathe (moins proéminente). Ce type de crâne contient un cerveau beaucoup plus petit parce qu'il a été incapable de se développer au-delà des limites de sa petite structure crânienne. En outre, l'étroitesse du crâne dénote un esprit que nous dirions dans notre langage de profanes « comprimé ».

La mâchoire orthognathe indique pour sa part une faiblesse de caractère, une imagination limitée et une intelligence restreinte. Le consensus admet aussi que ces défauts induisent les traits de l'infantilisme, le désœuvrement, la paresse, la lâcheté, une déficience de coordination, la dégradation morale et un langage ou des langues absurdes ; si inintelligibles, en réalité, que les experts linguistiques n'ont pas encore décidé si l'Europa possède un langage, du type « Bredouillis », plusieurs langues, ou une seule langue avec plusieurs dialectes.

Par ailleurs, le Caucasoi est incapable de calcul mental au-delà de ce qu'il appelle la « table de dix ».

Du fait qu'il est si rabougri, le cerveau caucasoïnide n'éprouve que des émotions émoussées. Tout comme les bêtes de somme qui travaillent les champs, le Caucasoi est incapable d'une émotivité aiguë, car son statut de Néo-Primate le situe à quelques pas seulement du règne animal et de ses besoins d'Ambulation, d'Agitation, de Capitulation, de Somnambulisme, d'Éjaculation, de Procréation, de Mastication, de Procrastination et d'Hibernation.

Quant à la douleur physique, il ne la ressent pas de la même façon que vous et moi. Frapper la peau d'un Caucasoi équivaut à peu près à frapper le cuir d'un chameau pour le faire avancer plus vite. Mais ne vous laissez pas embobiner et n'allez pas croire que faire couler le sang ou déchirer la peau du Caucasoi est un crime contre l'humanité, quelles que soient les larmes de crocodile qu'ils versent pour convaincre les jobards parmi vous.

Je suis sûr que même vous, les libéraux intransigeants, commencez à douter de vos anciennes vérités.

Si vous n'êtes pas encore tout à fait convaincus, soyez assurés que ces catégories et ces conclusions proviennent de *mesures précises et systématiques* des os du crâne humain par des médecins de premier plan qui ont mené des recherches empiriques pendant de nombreux mois sur une centaine de crânes avant d'annoncer leurs conclusions.

Pour le dire simplement, la race caucasoïnide *n'appartient pas à notre espèce.*

D'autre part, l'espèce du milieu, le Mongolo, est extrêmement désireuse de s'aligner sur le type négroïde. Mais la vérité est que le Mongolo possède à peine trente-cinq pour cent de nos admirables qualités.

Ou, pour présenter les faits autrement :

Imaginez un cerveau fonctionnant à pleine capacité avec cent milliards de neurones (négroïde).

Puis un cerveau avec trente-cinq milliards de neurones (mongoloïde).

Enfin un cerveau de vingt milliards de neurones (caucasoïnide).

Faisons un pas de plus : il apparaît que l'évacuation de certains spécimens du *genre* caucasoïnide de l'Europa vers l'Aphrika et ses dominions est, en vérité, un Acte de Miséricorde.

Réfléchissez un instant, hommes cyniques et désinformés – le Commerce représente une chance pour ces pauvres âmes d'échapper à la barbarie prévalente sur le Continent Gris où des horreurs innommables constituent un mode de vie normal.

J'ai été témoin direct de certaines d'entre elles et vous les connaîtrez au fur et à mesure de ma narration.

Comme vous le découvrirez bientôt, les esclaves europans ont été sauvés des morts les plus horribles, des punitions, des complaisances moralement répréhensibles et du servage, tout en ayant l'occasion d'adopter les manières et les coutumes des hommes civilisés.

Dès que moi-même j'eus maîtrisé les faits, je confesse que c'est avec une formidable excitation, et un grand soulagement, que je me suis embarqué pour voguer vers l'Europa. Non seulement mon sens moral demeurait intact, il allait en sortir renforcé.

De fait, je me rendais compte que mon voyage était, en outre, une Mission de Libération – le Sauvetage des Âmes.

Néanmoins, aux bourdonnements dans mes oreilles qu'avaient créés les terribles récits sur le Continent Gris s'ajoutaient les palpitations que suscitait dans mon cœur l'idée de la barbarie qui m'attendait sur ces rivages.

Moi, capitaine Katamba, j'épargnerai au lecteur les détails banals de mon premier voyage en Europa, il me suffira de dire que les aléas sur mer ont été nombreux, comme d'habitude.

Le pire nous arriva la nuit du soixante-quinzième jour quand un vent de nord-ouest se transforma rapidement en une tempête si puissante que si nous continuions à dériver nous courions le risque de faire couler l'*Espoir & Gloire*.

Hélas ! Je me suis réveillé pour constater qu'il était trop tard pour amener le bateau sous le vent. On ne pouvait pas accéder à la vergue de misaine et pas non plus aux garcettes de ris afin de les découper. Le pont avant fut rapidement attaqué et submergé par les abominables rouleaux de l'Atlantique et les membres de l'équipage ne purent que se blottir les uns contre les autres tandis que le timonier s'efforçait de nous maintenir à flot. Bientôt la quille allait se retourner, exposant sa structure en bois aux cieux tumultueux cependant que l'équipage et moi-même, hommes valeureux s'il en fut, nous agiterions dessous.

J'ai prié Yemonja avec plus de ferveur que jamais auparavant. J'étais jeune. J'avais une fortune à construire et une famille à fonder qui un jour perpétuerait le nom du clan Katamba.

Miraculeusement, Yemonja entendit mes cris et la tempête cessa. Les trombes se calmèrent aussi subitement qu'elles étaient survenues. Les vagues s'aplatirent si bien que la mer ressembla de nouveau à une mare tranquille, les cieux s'éclaircirent et déversèrent soleil et chaleur.

J'ai compris que Yemonja approuvait ma mission.

À partir de ce moment, nous avons labouré les flots tranquillement jusqu'à ce que nous abordions la côte de l'Europa.

Le Continent Gris – à première vue, il semblait inoffensif : une plage déserte, plutôt monotone, serpentant aussi loin que portait l'œil nu, sous un ciel terne que le soleil n'arrivait pas à percer. De la distance où se tenait notre bateau, les arbres qui empiétaient sur le ciel paraissaient normaux – peut-être des bois hachurés de soleil ou même une ancienne et majestueuse forêt ?

Mais en approchant dans nos chaloupes, j'ai compris que c'était la jungle tant redoutée.

Soudain un vent se leva derrière nous, si fort que nous n'avions pas besoin de ramer et que les vagues nous poussaient inexorablement vers la côte. Avant que nous ayons eu le temps de souffler elles nous jetèrent sur une plage de cailloux et de fragments pointus de roche qui scintillaient comme des lames de couteau.

Le dessous des chaloupes dérapait et griffait les galets et c'est avec une forte appréhension que je tirai la mienne vers le haut de la plage où elle serait en sécurité.

Le vent semblait avoir surgi de nulle part comme pour nous fouetter avec de mauvais esprits. Des nuages maussades s'étaient amassés au-dessus de nous dans un calme mortel, rendant le rivage sombre et menaçant, et tandis que je contemplais la plage désolée, l'idée me transperça que nous étions arrivés sur la plus sinistre des terres fermes.

Le pays nommé Europa.

La région nommée Côte des Choux.

On comprendra aisément que je me sois senti en grand danger.

Je décidai de ne pas m'attarder. Notre contact d'affaires, l'illustre et célèbre agent ambossan Byakatonda, qui avait vécu sur ce continent plus longtemps que la plupart des hommes sains d'esprit pouvaient le supporter et, apparemment, était devenu indigène (engendrant une telle quantité de petits mulâtres lui ressemblant qu'il pouvait constituer sa propre tribu), aurait dû nous attendre avec des centaines d'esclaves dans des baraquements, pour que nous fassions notre sélection – mais il n'était nulle part en vue.

Mon regard s'est porté vers la mer, vers le convivial *Espoir & Gloire*, dont la coque rebondie dansait innocemment sur l'eau, et j'ai envisagé la possibilité qu'il ne fût pas trop tard pour abandonner tout bonnement cette mission.

Mais, comme vous le savez désormais, le capitaine Katamba n'est pas du genre à baisser les bras.

À peine avais-je ordonné à mes hommes de s'égailler le long de cette plage dangereusement instable et d'explorer ce paysage morne que j'aperçus des sauvages émerger de la jungle.

Une tête apparut d'abord près d'un arbre, puis une autre et encore une autre jusqu'à ce que des dizaines de ces scélérats commencent à s'approcher à pas de loup comme des voleurs qui vont vous dévaliser d'une main et vous trancher la gorge de l'autre.

Ces créatures brandissaient un assortiment d'armes, grotesques mais néanmoins dangereuses : casseroles, cuillers en bois, marteaux, fourches, bêches, canifs, pierres, binettes, matraques, lances, tournevis, épées, cannes à pêche, clés à molette, scies, bref n'importe quel outil sur lequel ils pouvaient poser leurs misérables mains.

Tandis qu'ils rampaient ainsi vers nous, je les entendais chuchoter rapidement dans leur « langue » absurde. Une langue qui, sans les clics, les clacs, les clocs et tous les ttsk d'un parler normal, semblait d'une tristesse inimaginable, plus proche des gémissements lugubres du bétail que des sons exubérants des humains.

Nous apportaient-ils des cadeaux en signe de bienvenue ? Accueillaient-ils avec des sourires les nouveaux venus sur leur sol ? Pas le moins du monde.

Je me posais la question : quel crime avions-nous commis, nous marins, pour susciter une telle hostilité ? Qu'avions-nous fait sinon nous arrêter sur une plage et déambuler en attendant qu'arrive notre partenaire en affaires ?

En les regardant approcher, je notai le mépris qui s'affichait sur chaque visage ; bien que, pour être honnête, laisser entendre que j'étais capable de les distinguer les uns des autres soit une exagération tant leur pâleur de fantôme les rendait tous semblables.

Je présumais qu'ils étaient des mâles de l'*espèce*, mais impossible d'en être certain.

Nous respirions à peine, mes hommes et moi, frissonnant, confrontés à deux maux : le froid qui piquait ma peau nue (mon pagne excepté) comme des aiguilles, et la proximité menaçante des sauvages.

J'hésitais délibérément tout en surveillant leur approche.

Qu'était supposé faire un jeune homme sans expérience militaire ?

Devais-je essayer de raisonner l'ennemi, le persuader de déposer les armes ? Comprendraient-ils ou bien, comme leurs compatriotes à quatre pattes du règne animal, nous chargeraient-ils sans pitié – grinçant des dents, déployant leurs griffes, agitant leurs lances – pour tuer ?

J'observais, paralysé.

Naturellement, les sauvages étaient surhabillés, comme on m'avait prévenu qu'ils le seraient. Ils portaient plusieurs couches de vêtements et de lainages crasseux, dans les bruns et verts, si ternes qu'ils pouvaient aisément s'incorporer à la fange et n'avaient nul besoin de se camoufler.

Les vêtements étaient taillés, chose ridicule, selon les formes du corps humain. Comme si, sans ouvertures pour les bras, le cou et les jambes, ces nigauds étaient incapables de s'habiller eux-mêmes.

Sur la tête, ils portaient d'étranges objets qu'on appelait, ai-je appris plus tard, des chapeaux.

Leurs pieds aussi étaient vêtus, de choses nommées bottes, fabriquées en peau de bête. Elles serraient la jambe et montaient jusqu'aux genoux, allez savoir pourquoi.

Certains, pourtant, couvraient leurs pieds de choses appelées chaussures, en peau de bête ou, chose encore plus étrange, en bois. Quel esprit dérangé avait eu cette idée ?

Et, le croiriez-vous ? Ces individus étaient velus à un point indécent.

Partout où la chair se dévoilait elle était couverte de poils hideux, comme en ont les singes ou les gorilles, particulièrement sur la tête et sur le menton, semblables à des fils de laine sales.

L'ennemi accéléra sa progression, enhardi par notre apparente inaction qu'il confondait stupidement avec de l'impuissance.

Je repris mes esprits, il n'était pas question que je meure ici – pas maintenant, et pas comme ça.

« Stop ! Ne faites plus un pas, mes amis ! » leur criai-je, dressant la main devant eux avec toute l'autorité que je pouvais rassembler.

« Stop ! Immédiatement ! »

Ils se trouvaient maintenant si près qu'on sentait presque leur odeur et que je voyais leurs yeux étrangers aux couleurs qui ne devraient jamais déparer un visage humain. C'était particulièrement effrayant de plonger dans ces yeux et de voir un ciel gris vous renvoyer votre regard. Ou de saisir un autre regard et de couler dans un océan bleu-vert sans fond.

Je lançai un nouvel avertissement, leur ordonnant de lâcher leurs armes.

Mais soudain une casserole sembla trembler en l'air.

Une cuiller en bois fut brandie comme une dague prête à s'abattre.

Une canne à pêche se transforma en javelot dans de mauvaises mains.

Une pierre fut jetée avec beaucoup d'agressivité vers la mer.

Finalement je laissai ma colère éclater et appelai mes hommes aux armes.

Et surtout ne les manquez pas !

Mousquets hissés sur l'épaule, ils tirèrent.

J'admets m'être montré un peu impétueux, mais je devais agir d'une manière décisive, n'est-ce pas ?

Une dizaine d'entre eux furent abattus par le premier tir, deux fois plus par le deuxième. Les autres s'enfuirent dans la jungle en miaulant, ceux qui restaient en se contorsionnant sur la plage furent achevés.

Quand ils eurent tous disparu, un calme étrange s'étendit de nouveau sur ce pitoyable littoral.

L'air silencieux était aussi glacé que le cœur d'un empoisonneur.

Les vagues léchaient le rivage avec le sifflement d'une vipère.

Les arbres maléfiques nous espionnaient.

Devant nous s'étalait le carnage sanguinolent de la guerre.

Un spectacle déchirant qui suscita un terrible gonflement de mon estomac. Je luttai pour le maîtriser, mais, hélas, sans y parvenir.

Le Capitaine Katamba, Meneur d'Hommes, se précipita dans la mer et, oui, en vérité, il vomit.

Oh, j'aurais pu me jeter à l'eau et m'y noyer. Oui, je l'aurais pu !

Cependant, tout aussi rapidement, je fus sauvé des abysses de l'autodestruction par Shangira, Dieu de la Guerre, qui me chuchota à l'oreille.

Premièrement, j'étais vainqueur, ce qui devait se fêter ; deuxièmement, ce n'était pas moi le meurtrier, après tout. Moi, qui possédais les meilleures intentions du monde, je n'avais jamais de toute ma vie tué un homme (nous pouvons inclure ici « âme vivante ») et mon casier judiciaire était intact.

Je n'avais pas tiré un seul coup – c'étaient mes hommes, ou plutôt l'équipage, qui l'avaient fait.

Tandis que je regagnais la plage, ayant complètement vidé mon estomac, je vis un Aphrikan avancer sur les galets, suivi d'une véritable légion de sauvages, tous armés, cette fois, de mousquets.

C'était Byakatonda, bien sûr, accompagné par ce qui semblait être sa garde personnelle.

Grand, mince et, conformément à la rumeur qui courait, devenu un véritable indigène : chapeau sur la tête, chaussures de bois, lainages avec ouvertures pour les bras couvrant la moitié supérieure du corps, et grosse toile avec ouvertures pour les jambes.

Le tout couleur de merde.

Toutefois, il était peu judicieux de lui reprocher son retard, vu que nous avions du travail à faire et que ses hommes étaient plus nombreux que les miens. Je tenais cependant à lui dire qu'il était *le seul* responsable de ce fiasco. Que c'était *lui* qui nous avait laissés sans protection, à la merci des sauvages dans la nature.

Il me devança.

« Capitaine Katamba ! cria-t-il, furieux. Que diable avez-vous fabriqué ici ? »

Au cœur de la Grisaille

Cher Lecteur,

Byakatonda avait passé quelque dix-huit saisons sur la Côte des Choux, et ça se voyait. Il avait perdu la foulée souple des hommes de l'Aphrika et marchait comme si on lui avait enfoncé une tige dans le fondement.

Tandis que je pataugeais dans l'eau pour revenir vers lui, je remarquai que son nez coulait mais qu'au lieu d'utiliser son pouce pour lâcher la chose au vent, comme le veut l'hygiène, il sortait un chiffon sale, visqueux, et soufflait dedans, multipliant ainsi les germes et prolongeant la maladie !

Puis d'une voix nasillarde et grinçante, il explosa, dénonçant « un massacre sur les rivages de l'Europa » !

Apparemment, l'ennemi, qui nous avait surpris, était un de ses proches alliés. De braves types, pourrait-on dire. Ils étaient simplement curieux et, par nécessité, prudents.

Je n'étais qu'un imbécile sans cervelle, fulminait-il, ses crachats atterrissant sur mes joues. Mon comportement irréfléchi pouvait ruiner ses relations établies de haute lutte avec les indigènes.

Je mis en pratique alors la chose que je le soupçonnais d'ignorer – l'autodiscipline – et lui expliquai que nous avions été menacés par des individus qui nous étaient apparus comme des sauvages belliqueux déterminés à commettre des actes délictueux, et qu'il ferait bien de se rappeler que je me trouvais sur ce rivage pour placer un coffret plein de cauris dans son coffre.

Sur quoi il commença à se calmer au point que, sans prévenir, il me saisit une main et la serra dans la sienne !

Je retirai immédiatement ladite main et levai l'autre afin de me défendre.

« Mon cher capitaine, le serrement de main est une coutume ici, grimaça-t-il, révélant des dents aussi noires et en désordre que son habillement. C'est une marque d'amitié. On s'y habitue et on finit par l'adopter. »

Je me dis que c'était là son problème.

« Je vous en prie, laissons cette regrettable histoire derrière nous car, ainsi que vous l'avez justement fait remarquer, vous et moi avons des affaires à régler. Puis-je maintenant souhaiter chaleureusement la bienvenue à vous et vos hommes ? » dit-il en tendant les bras en un geste cérémonieux d'invitation, avant d'ajouter, dans un chuchotement de conspirateur : « Au milieu d'une barbarie que vous n'imaginez même pas. La vie ne vaut pas cher dans ces contrées, mais on y joue facilement de la gâchette, hein, capitaine ? »

Je n'avais tiré sur personne, mais je l'ai laissé croire que j'étais un bagarreur au sang chaud.

J'allais passer les vingt-quatre heures suivantes avec Byakatonda, qui était, malheureusement, très phraseur.

« Pardonnez-moi de vous dire ça, capitaine, cria-t-il par-dessus son épaule en partant soudain à grandes enjambées, me laissant, moi son invité, trotter derrière lui comme un âne. Mais vous allez vous geler les fesses à traîner ainsi avec votre pagne. Allons, venez, venez, nous entrons dans la forêt ! »

Je le suivis dans la jungle qui était aussi maléfique que je l'avais anticipé – sans soleil, sans âme, sans couleur. Elle bouillonnait d'insectes inconnus, débordait d'une épaisse frondaison pourrissante, arborait un air de désespoir et de dévastation. Des plantes rampantes extraterrestres menaçaient de nous bloquer le passage, les branches contorsionnées d'arbres grotesques menaçaient de m'étrangler, le sol était tapissé de feuilles malades, le climat humide me gelait les os. Des bruits aigus fendaient le silence. Quelque chose se faufilait en grimpant dans les arbres. Du sous-sol émanaient des sons qui n'étaient ni humains ni animaux.

Des démons frôlaient mes lèvres de leurs lèvres glacées.

Je me sentais *surveillé*.

C'était, Cher Lecteur, comme revenir aux premiers jours du monde quand les arbres et la végétation de la nature sauvage répandaient leurs vrilles et leurs griffes sans que l'homme civilisé y fasse obstacle.

Cependant que nous pénétrions plus profondément dans le cœur sombre de l'Europa, mon hôte se montrait de plus en plus cordial, jacassant sur son éducation de fils de pauvres fermiers cultivant le maïs dans l'arrière-pays de la Grande-Ambossa. (Comme si je devais l'admirer.)

Il ne professait aucun intérêt pour le pays qu'il avait quitté.

La jungle l'avait conquis.

La jungle était son foyer désormais.

Finalement nous sommes arrivés en vue d'un haut mur au pied duquel coulait une rivière, Byakatonda me disant que le mur constituait une ceinture de protection aux résidents.

« Contre quoi ? demandé-je dans toute l'innocence de ma jeunesse.

— Les indigènes sont des sanguinaires, monseigneur. Sans ces murs fortifiés ils seraient assassinés dans leur sommeil par des tribus de maraudeurs venant du nord. Ceux qu'on embarque pour l'outre-mer sont des chanceux. Même vous devez savoir ça, non ? »

Un vrai Monsieur-Je-sais-tout, celui-ci !

« Mon *cher* ami, en ma qualité de capitaine très estimé, je connais beaucoup beaucoup de choses, par exemple que nous, nations civilisées, ne sommes pas dénuées de l'envie de conquérir et de vaincre, un léger accrochage ici et là, une guerre à part entière à l'occasion. Tous les hommes *cultivés* savent cela. »

Byakatonda s'arrêta net et, m'agrippant le bras, me tira vers lui.

« Écoutez-moi, *monsieur*, cracha-t-il. Je parle de meurtres à une échelle dont vous n'avez pas idée – cent millions, et ce n'est pas fini. N'oublions pas les milliers de miniguerres depuis des temps immémoriaux. Parfois, ils entrent en guerre et déclarent que c'est au nom de leur idole – Xtia –, celle-là même qui ordonne *Tu ne tueras point*. Et maintenant, regardez ça ! »

Nous étions arrivés à l'endroit où un pont traversait la rivière et il me montrait deux rangées de poteaux de chaque côté, au sommet desquels trônaient ce qui ressemblait à des têtes.

Sûrement pas, me dis-je, avant d'arriver à la conclusion irréfutable qu'il s'agissait bien d'un étalage de têtes tranchées.

Je m'effondrai et régurgitai le peu qui me restait dans l'estomac.

« Vous êtes averti ! » me siffla Byakatonda dans l'oreille tandis que je vomissais mon âme.

(Ça va, mec ! Lâche-moi un peu !)

« Ils sont pendus, éviscérés, décapités et écartelés – c'est-à-dire le corps tranché en quatre parties. La pratique existe depuis plus de trois siècles pour ceux qui commettent des crimes contre leur grand chef – le Roi. Puissamment dissuasif, non ? »

Je ne sus pas quoi répondre. De massives portes de fer s'ouvrirent dans le mur pour laisser sortir un cortège d'indigènes en transe vêtus de noir.

Le chef était habillé d'une longue robe pourpre et portait deux bâtons de bois devant lui, le plus court horizontal croisant le plus long vertical.

Six des plus grands hommes tenaient en équilibre sur leurs épaules une longue boîte en bois.

Je faillis bondir quand ils se mirent à chanter ensemble, une sorte de babillement, un assemblage de sons incongrus qui donnait à peu près ceci : *notepère-quiêtesaux*, etc., etc.

Une personne morte se trouvait dans la boîte, m'informa Byakatonda, tandis que nous les regardions disparaître dans les fourrés, qui serait bientôt enterrée dans le sol, comme le voulait leur coutume. C'était particulier parce qu'ils ne se flagellaient pas et ne se lamentaient pas de douleur, n'employaient pas des pleureurs officiels, mais gardaient ce qu'ils appellent une mine impassible.

Tandis que nous franchissions les portes de la colonie, l'arrière-goût de vomi me donna une telle nausée que je sentis mes jambes se dérober sous moi.

« À quoi dois-je m'attendre à l'intérieur ? questionné-je mon hôte, m'efforçant de maîtriser le tremblement de ma voix, m'appuyant d'un bras sur son épaule.

— Je n'ose pas vous le dire, éluda-t-il. Si ce n'est : bienvenue dans mon monde. »

Nous passâmes devant des gardes armés, qui, chose étrange, étaient recouverts de ferraille de la tête aux pieds. Comment pouvaient-ils combattre aisément habillés ainsi ?

Une fois entrés, Byakatonda m'informa qu'il s'était attiré les bonnes grâces des indigènes en leur procurant un contingent stable d'acheteurs d'esclaves qu'ils capturaient pour lui, même s'il aimait bien chasser lui aussi de temps en temps.

Plusieurs allées sinueuses se ramifiaient, bordées de chaque côté de maisons en bois carrées. Oui, carrées !

Des indigènes traînaient dans les caniveaux comme des limaces dans la vase.

Ils étaient émaciés et portaient des guenilles crasseuses.

Certains étaient allongés raides sur le sol, les mouches bourdonnant autour des bouches ouvertes d'où s'échappaient des râles de mourants.

Parfois, un cadavre remuait, de quoi faire sursauter de frayeur.

Des mains suppliantes s'élevaient à notre passage.

Des mères décrépites accroupies comme des chimpanzés nous tendaient des bébés emmaillotés.

Le premier petit paquet que j'ouvris contenait une chose grise et immobile, plus proche d'une pierre que d'un enfant.

Je demandai à mon hôte si les maladies mentales sévissaient aussi dans ces contrées.

Il me répondit que c'était ce qu'on appelle la pauvreté.

Je me sentis très soulagé lorsque nous débouchâmes sur une place pleine de monde. Mais de nouveau à court de mots pour expliquer un spectacle de fous extrêmement coloré.

Les femmes paradaient dans des vêtements au buste qui broyait leurs côtes au point qu'il devait leur être impossible de respirer. Le tissu de ces habits se resserrait autour du cou, comme pour étouffer le porteur. Des armatures ondulées pendaient sur la moitié inférieure du corps, donnant à leurs hanches des proportions ridicules, et les objets-chaussures étaient si pointus et étroits qu'ils déformaient leurs pieds.

Comment elles réussissaient à rester en vie dépassait ma compréhension.

Les hommes se pavanaient le torse recouvert de vêtements beaucoup moins élégants que nos peaux de tigre ou de lion, mais destinés à faire paraître leurs épaules deux fois plus larges que la normale. Sur la moitié basse du corps, ils portaient des culottes qui descendaient jusqu'aux genoux, parfois attachées par des rubans. Les objets couvrant la tête étaient si grands que les visages restaient dans l'ombre.

Dire qu'ils sortaient dans la journée accoutrés ainsi !

« C'est ce qu'on appelle "la mode", gloussa mon hôte, me tapant sur le dos comme si nous étions devenus de bons compagnons en plus de simples compatriotes. Au nom de quoi ils sont prêts à souffrir, voire à se retrouver défigurés en permanence. Bon, venez, allons vers le gibet où la foule est en train de s'amasser. »

À l'extrémité de la place, des centaines d'indigènes goguenards se bousculaient pour trouver où s'installer. Byakatonda se dirigea prestement vers le premier rang.

« Pile au bon moment. Ces types sont des voleurs. Vous pouvez trouver la punition trop forte, mais nous dormirons tous mieux sans cette bande de bons à rien traînant dans les rues la nuit. »

Juste devant nous stationnait une charrette tirée par un cheval, sur laquelle se tenaient cinq indigènes les yeux bandés, le cou attaché à une corde qui pendait d'une unique poutre.

On entendit un coup de gong et la charrette partit en trombe, laissant les victimes se balancer à la corde, tordues de douleur et gargouillant jusqu'à ce qu'elles deviennent toutes molles.

Alors la foule tomba dans un silence satisfait et entreprit de se disperser.

J'avais à peine digéré ce que je venais de voir quand, à l'extrémité opposée de la place, une autre foule se mit à pousser des acclamations folles.

« Je vous épargne ça. Ils ont posé la tête d'un type sur un billot et l'ont tranchée. »

Dans la foulée, Byakatonda m'informa qu'il allait m'emmener chez lui prendre un bon repas et qu'ensuite nous pourrions nous mettre au travail.

Pour être franc avec vous, Cher Lecteur, j'avais perdu presque tout appétit.

Pourtant personne n'aurait pu me préparer au spectacle qui allait suivre.

Je sentis une terrible odeur de brûlé. Peut-être faisaient-ils rôtir l'un de leurs étranges animaux ?

Byakatonda me conduisit vers le troisième coin de la place et, en approchant, je vis qu'une de leurs femmes, d'âge moyen, avec un écheveau de cheveux noirs, était attachée à un poteau sur un bûcher.

Elle était en train de brûler vive.

Oui, vivante.

Whoosh ! Ses cheveux s'enflammèrent, mais elle avait beau hurler, on n'entendait aucun son.

Pour la troisième fois, mon corps fut saisi de convulsions, mais mon estomac était vide.

Qu'exprimer d'autre, Cher Lecteur, sinon l'horreur, l'horreur à l'état pur…

Il s'agissait apparemment de ce qu'ils appellent une sorcière, c'est-à-dire une femme accusée de frayer avec leur principal personnage démoniaque, dénommé le Diable.

Le destin d'une sorcière est de se retrouver ligotée, lestée et jetée dans une rivière. Si elle coule elle est innocente, bien que déjà morte, évidemment. Si elle surnage, elle est décrétée coupable de sorcellerie et on y met le feu.

Quelque chose, dans cet enfer, avait-il du sens ?

Le Massacre sur la Place était la distraction du samedi après-midi. Le lendemain ils se rendaient au temple adorer le dieu qui leur avait enjoint de ne pratiquer aucun de ces actes innommables.

« Vous devez vous souvenir qu'ils ne sont pas comme nous, capitaine, pas du tout comme nous, me dit Byakatonda, m'observant intensément pour évaluer ma réaction.

— Je n'ai pas besoin de garder un tel souvenir », répondis-je, les yeux levés vers un ciel vide de couleurs, asséché de vie, vide d'humanité, vide de raison.

Puissé-je quitter cet abominable endroit.

Byakatonda habitait à une certaine distance de la place du marché et, malgré la tristesse du paysage, je me sentis revigoré par une légère brise. Tout en marchant, il continuait de m'instruire sur les coutumes et les traditions de cette ignoble société.

Le samedi précédent, il avait vu un indigène sanglé dans un panier plein de guêpes jusqu'à ce qu'il meure de leurs piqûres ; quelques mois auparavant, un autre avait été placé dans un tonneau garni de clous, qui avait dévalé la colline. Le supplice du chevalet était aussi très apprécié pour obtenir des confessions – étirer une personne jusqu'à ce que ses os sortent de leur cavité.

Incapable d'en entendre davantage, je demandai ce que le mot samedi signifiait. Byakatonda m'expliqua que les indigènes utilisaient un système pour mesurer le temps en le divisant en « jours ». Sept de ces jours formaient ce qu'ils appelaient une semaine, et quatre semaines formaient un mois, même si le nombre de jours dans un mois variait entre vingt-huit et trente et un. Et trois cent soixante-cinq de ces jours formaient une année. Sauf les années où ce n'était pas le cas.

J'essayai d'en comprendre la raison.

J'essaye *encore*.

Je lui demandai pourquoi il avait choisi de passer sa vie parmi ces tribus sauvages, à quoi il répondit : « Ici je suis quelqu'un – le grand chef noir au milieu des petits Blancs. En Grande-Ambossa, je n'étais personne. Alors ? »

J'admirai son honnêteté, sinon son esprit sarcastique.

Nous dépassâmes des champs arides recouverts d'une sinistre brume diaphane. Des idoles païennes à l'air menaçant se dressaient au milieu des champs. C'étaient en fait des bâtons de bois habillés en indigènes, avec des cheveux de paille.

Ma tête commençait à s'éclaircir, et notre conversation prit un tournant plus humoristique. Byakatonda me raconta que ces gens étaient affreusement superstitieux. Voici ce qu'ils font pour attirer la chance :

Ils doivent toucher un morceau de bois, croiser deux doigts, accrocher un sabot de cheval sur la porte d'entrée, passer devant un chat noir dans la rue et répéter « lapin blanc » trois fois de suite dès qu'ils se réveillent, le premier jour de chaque mois.

« Pourquoi pas un cochon rose ? » plaisantai-je. Je commençais à me sentir de nouveau moi-même.

Inversement, était censé porter malheur le fait de marcher sous une échelle, briser un miroir, porter du vert, renverser du sel ou croiser quelqu'un en montant un escalier, et le treizième jour de leur création appelé vendredi est si maudit que certains restent au lit toute la journée de peur de ce qui pourrait leur arriver.

Lorsque nous arrivâmes chez Byakatonda, j'étais de joyeuse humeur.

Mon hôte me raconta que s'il retournait un jour en Grande-Ambossa pour y mener une vie de luxe, il envisageait d'y fonder la Société Internationale pour la Suppression des Croyances et des Coutumes des Sauvages.

Finalement, je commençais à l'apprécier.

Le sauvetage des âmes

Cher Lecteur,

Nous en arrivons maintenant à cette partie de mon récit qui concerne l'achat d'esclaves.

Grâce à Dieu, le domicile de Byakatonda était construit selon le modèle ambossan. Il ne vous emprisonnait pas dans une boîte carrée, ses murs au contraire décrivaient un cercle. Et il n'était pas fait de bois inflammable mais d'une boue solide, de grande qualité et facile à entretenir.

L'embêtant, c'est que, au lieu de m'asseoir par terre les jambes croisées et de manger avec les doigts comme un être normal, j'ai dû m'installer à une table et me bagarrer avec des instruments en fer conçus davantage pour l'agriculture ou la guerre que pour manger.

On nous servit un « ragoût d'hiver », composé des ingrédients suivants : une viande si dure et filandreuse qu'elle me restait dans les dents, une espèce de légume-chou qui consistait en des membranes fines, vertes et aqueuses aussi insipides que des feuilles d'arbre mouillées et, flottant au-dessus, des boulettes de farine et d'eau qui ressemblaient à des cadavres de souris boursouflés.

Quand j'ai demandé du poivre pour épicer tout ça, mon hôte affable m'a rétorqué que son palais ne le supportait plus et que si j'en voulais je n'avais qu'à en apporter.

Charmant !

Finalement, c'était un imbécile revêche et odieux.

Il m'offrit une boisson appelée thé qui ressemblait à de l'eau sale et avait un goût de paille bouillie.

J'affirme cependant au lecteur que je m'en suis sorti.

Il s'avéra que mon hôte vivait avec une femme officielle et engrossait autant d'officieuses qu'il pouvait en ramasser. L'officielle, qui portait le nom de Janet, était, rien d'étonnant à cela, une indigène. Sagement, il la gardait hors de vue.

Il se vantait d'avoir pondu plein de métis qu'il voyait occasionnellement gambader sur les chemins et dans les champs de la colonie comme autant de petits orangs-outangs.

Le « dîner » terminé, nous nous sommes dirigés vers un immense terrain, derrière la maison, où les esclaves (enchaînés, indolents, dociles) étaient parqués dans un enclos à bestiaux. Apparemment il était imprudent désormais de les entreposer dans des cages sur la plage à cause des nuisances créées par les tribus nordiques bellicistes.

Byakatonda râlait parce que la très puissante Association Ambossane des Marchands d'Esclaves envisageait de construire très prochainement un fort sur cette côte, ce qui ferait probablement capoter le commerce des négociants indépendants tels que lui.

Il me présenta à son « garçon » de confiance, Tom, un Europan trapu, ridé, aux cheveux blancs, d'environ soixante saisons.

J'ai immédiatement joint mes mains derrière mon dos afin qu'il ne puisse pas en attraper une et la serrer.

« Bonjou, michié capitine. Nou on a bon lot pou vous. Di zhommes et di dames fo, en bon santché. On vou jattend depis long ta. Ji va avé vous si vou vouloi les choisi. Jusse venez et ji vou les fai so'tir. »

Sûr que je voulais y aller.

Je suis entré dans l'enclos et me suis mis à la tâche. Aiguillonnant pour vérifier les réflexes, pinçant les muscles pour en constater la force et les articulations pour la souplesse, inspectant les parties intimes à la recherche d'éventuelles souillures vénériennes, les dents pour leur qualité, et je me suis assuré que les jeunes femmes avaient des courbes prometteuses, ce qui pouvait tripler leur valeur.

Les individus choisis étaient conduits par Tom Trucmachin vers les enclos à cochons vides de l'autre côté de la cour.

Le processus se déroulait calmement quand, soudain, l'un des indigènes, juste au moment où je l'obligeais à se courber afin que j'examine son anus, piqua une crise. Il fit volte-face et me menaça du poing.

J'avais déjà remarqué qu'il était tendineux mais solide, pas dans sa prime jeunesse mais pas trop vieux, susceptible d'accomplir une bonne journée de travail dans les champs du Japon-Occidental. D'horribles cheveux rouges pendouillaient plus bas que ses épaules.

Aussitôt deux gardes lui attachèrent les bras dans le dos, cependant qu'il écumait et marmonnait dans un charabia que Byakatonda me traduisit, afin que je sache à qui j'avais affaire.

J'aurais préféré qu'il s'en abstienne.

« Vous devez m'aider, monsieur ! Vous êtes mon seul espoir. Je suis Jack Scagglethorpe, citoyen du

Nord, dur au travail, craignant Dieu, et respectueux des lois. La dame que vous voyez est ma chère femme Eliza et elles, ce sont mes filles Alice et Sharon. Ces diaboliques kidnappeurs sont arrivés chez nous pendant qu'on dînait, et, avant que je puisse me lever pour protéger ma famille, ils m'ont assommé et je me suis retrouvé par terre, évanoui. Ils avaient déjà pris ma Doris le printemps d'avant, et, en chemin pour venir ici, ils ont traîné mon aînée, Madge, dans les bois. On entendait ses cris. Oh, Seigneur, quels cris !

« Nous sommes de braves gens, des gens simples, pauvres. Je vous en supplie, faites-nous sortir d'ici. Nous voulons seulement rentrer chez nous et vivre en paix. Oh, Seigneur, libérez-nous ! Libérez-nous ! »

Sur quoi, Byakatonda flanqua son poing dans la joue du type – ce qui le fit taire.

Je fis remarquer à mon hôte que cette créature n'avait pas les moyens de comprendre qu'on le sortait d'une abjecte misère. Peut-être fallait-il éduquer le cheptel avant de le vendre ?

Il me répondit que ce n'était pas son boulot de lui inculquer les mérites de la civilisation ambossane, merci bien.

Puis il ordonna qu'on bâillonne l'homme, qu'on le sorte de l'enclos et qu'on le place dans un truc en bois très astucieux au travers duquel on introduirait sa tête et ses bras.

Il y resterait jusqu'à ce qu'il ait retenu sa leçon.

Dommage de se séparer de ce type, ai-je pensé, un homme d'une telle vigueur, malgré son tempérament violent, qu'il aurait atteint un bon prix en Nouvelle-Ambossa.

À peine avait-il été bâillonné que les femmes à cheveux jaunes qui l'entouraient commencèrent leur propre tapage – un troupeau de canes jacassant et battant de l'aile.

Tom Trucmachin leva son bâton et l'abattit sur le dos de la plus jeune, une enfant avec une masse de cheveux emmêlés et bouclés jaune sale qui piquait une abominable crise de colère.

Résultat satisfaisant. Le silence revint.

Je décidai de prendre les trois têtes jaunes. Les deux plus jeunes avaient du potentiel.

Après avoir sélectionné deux cents esclaves – je commençais à me relâcher, je dois l'admettre –, je me suis trouvé devant un garçon d'une arrogance stupéfiante, me regardant droit dans les yeux comme si nous étions égaux !

Je venais de soulever son bras sous lequel pendouillait un gros morceau de graisse et m'apprêtais à passer au suivant quand lui aussi se mit à parler et Byakatonda à traduire.

« Écoutez-moi, mon bon ami, il y a eu un terrible malentendu. Je suis Lord Perceval – de la maison des Montague. Vous avez peut-être entendu parler de nous ? Une des plus vieilles familles aristocratiques de l'Angleterre. Oui, monsieur, la plus effroyable confusion. J'étais en train de négocier la vente d'un lot de prisonniers avec l'un de ces nouveaux parvenus, ces effrontés de marchands, et le voilà qui m'accuse de vouloir l'escroquer avec des marchandises de piètre qualité et qui exige une remise de cinquante pour cent. Une dispute s'ensuit, je le frappe, je le traite de canaille, sur quoi il ordonne à ses hommes de main de me mettre les fers aux pieds. Qui plus est, je découvre que ces voyous d'intermédiaires m'ont également dépouillé de mes biens et kidnappé les serfs qui travaillent mes terres. Parfaitement !

« Écoutez-moi donc, je ne suis pas un gamin crotté, un voyou ou une crapule comme ce lot d'individus. Les esclaves ce sont eux, ils m'appartiennent. »

« COM-PRE-NEZ-VOUS ? »

« J'exige ma libération immédiate, mon brave, et je veillerai à ce que le Roi d'Angleterre vous accorde sa bienveillance. Croyez-moi, je suis l'un de ceux qui ont les plus hautes relations dans ce royaume. En conséquence, vous êtes invité à passer une fin de semaine dans ma propriété, au cours de laquelle nous pourrons discuter de nos intérêts mutuels en affaires. Êtes-vous chasseur ou pêcheur ? »

« Quel pompeux imbécile », ai-je dit à Byakatonda, qui me répondit : « Oh, j'ai déjà entendu ce genre de trucs : Mais je suis un prince ! Mais je suis un aristocrate. Mais je suis un propriétaire terrien ! Comme si ça nous intéressait. C'est jamais qu'un blègre de plus. Qu'en pensez-vous ? Il peut vous être utile ?

— Pas question que je prenne un type qui n'a jamais soulevé une pelle de sa vie.

— Dans ces conditions, continuons. »

À la nuit tombée, j'avais choisi mon chargement, obtenu un prix convenable et je me suis retiré pour plonger dans un sommeil bien mérité.

Excepté que la béatitude de l'inconscience me fut refusée parce que ma conscience connaissait les affres de la turpitude morale.

Vous comprendrez aisément, Cher Lecteur, le dilemme que j'avais à résoudre comme nouveau venu dans ce Commerce. Chef Ambikaka et moi étions convenus d'acheter quatre cents esclaves. Ce qui leur garantissait un espace convenable sur les planches de la cale.

Je les appelais des couchettes.

D'après mes calculs, si tout allait bien, le bénéfice pécuniaire de ce chargement, une fois de retour en Grande-Ambossa, après avoir déposé le lot en Nouvelle-Ambossa, se situerait autour de 52 000 C£, dont dix pour cent pour moi – soit 5 200 C£.

À supposer que j'ajoute cent cinquante esclaves, soit un total de 550 C£, le bénéfice net grimperait à environ 71 500 C£, donc 7 150 C£ pour moi.

Et si je cachais ce lot supplémentaire à mon employeur et le vendais en secret, j'obtiendrais 19 500 C£, lesquelles, ajoutées aux 5 200 C£ précédents, me procureraient au total une somme rondelette de 24 700 C£.

Une véritable richesse !

Pourtant, après avoir remué et remué tout ça dans ma tête, je suis arrivé à la conclusion que je devais agir convenablement, parce que, pour dire la vérité, je ne suis pas un homme déloyal.

J'allais transporter cent cinquante esclaves supplémentaires et le dire à Chef Ambikaka, qui serait ravi de ce bénéfice additionnel ainsi que de la loyauté de son capitaine.

Je réfléchis que certains d'entre eux n'arriveraient peut-être pas jusqu'au terme du voyage, mais que s'il en mourait une cinquantaine, cela valait quand même la peine.

Avec 7 150 C£, je pourrais m'acheter un vaisseau de seconde main et devenir mon propre patron.

À l'aube, je réveillai mon hôte qui, naturellement, fut très heureux de gagner plus d'argent grâce à moi, et nous nous remîmes à la tâche de la sélection.

Je retins même le voyou aux cheveux rouges qui avait passé la nuit dans la chose en bois. Ne vous inquiétez pas, Cher Lecteur, il était toujours vivant, calme et repentant.

Je pris également l'imbécile pompeux, et, pour dire le vrai, cela ne m'a rien coûté. Ils voulaient juste s'en débarrasser.

Le temps était venu de dire au revoir à Byakatonda. Un individu étrange, antipathique, avec qui, néanmoins, on pouvait discuter affaires.

Voguer sur les flots du succès

Cher Lecteur,

Il est inutile de vous ennuyer avec le récit minutieux du long et fatigant voyage vers la Nouvelle-Ambossa, il me suffira de dire que diriger un vaisseau négrier signifiait être responsable du bien-être de la cargaison – comme un père pour ses enfants. Cependant, ils faisaient tant de bruit dans le dortoir sous les ponts que je n'ai pas eu l'esprit tranquille pendant tout le trajet !

Beaucoup se réfugiaient dans la Bouderie, certains même en mouraient. C'est la façon qu'a la nature de séparer le bon grain de l'ivraie, je suppose. Quelques-uns réussissaient à se jeter par-dessus bord, une sorte de pacte suicidaire rituel, bien que l'équipage fît tout ce qui était en son pouvoir pour les en empêcher.

On m'avait averti : poussée par le vent, l'odeur d'un vaisseau négrier pouvait porter jusqu'à cinq milles nautiques.

Je dois maintenant vous faire une confession : seul en mer pendant des mois, quel mâle au sang chaud ne désirerait pas la compagnie d'une femelle ?

Au début, l'idée même était répugnante, mais j'ai dû céder à la pression de mon Premier Maître m'affirmant qu'il était « profondément anormal, monsieur » – (que sous-entendait-il ?) – pour un commandant de refuser le fruit de la première cueillette.

Afin de sauvegarder ma réputation de virilité, je fus donc obligé d'observer les femmes qui dansaient sur le pont et, bizarrement, il m'a paru que la moins déplaisante était l'une des têtes jaunes. Elle était peut-être un peu maigre et immature, mais une certaine grâce, un côté songeur m'attiraient – comme si son corps était bien là, mais sa tête ailleurs.

Elle répondait au nom de Sharon, alors je lui ai fait sèchement savoir que désormais elle répondrait à celui d'Iffianachukwana.

Je l'ai rapidement matée et n'ai dû recourir aux poucettes qu'une seule fois, après la première nuit, durant laquelle elle avait couru tout autour de ma cabine en se griffant la poitrine et les bras comme une folle et en jetant ma belle cuvette peinte à la main sur le sol où elle se brisa en mille morceaux.

(L'hystérie, semble-t-il, était un trait de famille.)

Après cette petite crise, elle se calma, consciente, sans nul doute, qu'il y en avait bien d'autres qui faisaient la queue devant la cabine spacieuse du commandant qui offrait une vue spectaculaire sur la mer.

Assez vite, Iffianachukwana acquit quelques notions de la langue ambossane et se consacra à ses tâches quotidiennes : s'occuper de ma literie, nettoyer la cabine, astiquer ma collection de bijoux, me frotter les pieds, comme et quand je le voulais. Elle me servait aussi à manger, comme il convient à un homme de mon rang, installée à quatre pattes, si bien que je pouvais piquer directement dans le plateau posé sur son dos.

Quand l'*Espoir & Gloire* entra finalement dans le port de Nouvelle-Ambossa, salué du rivage par les coups de canon, je me tenais fièrement sur le pont dans mes plus beaux atours. Une coiffe en bronze avec deux cornes d'antilope, un collier de bronze orné de coquillages, des brassards en ivoire, des bracelets de cuivre et de laiton, une jupe en perles et de lourds bracelets de cheville en cuivre. (J'aspirais tellement au jour où tout serait en or et fait sur mesure.)

Nous avons déchargé :
400 livres de cire d'abeille
2 500 peaux de chèvres
20 tonnes de blé
10 tonnes de laine d'agneau
enfin et surtout
– 323 esclaves

Vous comprendrez aisément, Cher, Cher Lecteur, que ceux qui avaient succombé au Destin n'auraient pas eu la force de mener une vie de plantation. Tandis que ceux qui ont tenu jusqu'au bout témoignaient de ma capacité à sélectionner un cheptel de forte constitution.

Par chance, le chargement a surpassé mes attentes, en ce qu'il constitua l'apogée de cette migration internationale de travailleurs et du commerce des vendeurs. Nonobstant la diminution de la quantité d'individus à vendre, je m'en suis tiré avec une commission de 7 700 C£ et aussitôt après j'ai acheté mon premier navire hauturier.

À l'issue de mon deuxième voyage vers l'Europa, j'ai entrepris d'acheter mon propre stock d'esclaves, et, bientôt, un modeste terrain dans la région centrale et montagneuse de Nouvelle-Ambossa.

Au dixième voyage accompli avec succès pour son employeur, Chef Ambikaka, le Capitaine Katamba était prêt à se lancer seul et il s'en sortit triomphalement.

Néanmoins, les épreuves de la vie en mer m'ont eu à l'usure, j'ai désiré pouvoir étendre mes jambes, les poser sur un tabouret, me verser un gobelet (ou deux) de piña colada et savourer la douceur de mon succès.

C'est ainsi que, en temps voulu, j'ai rejoint la légion des planteurs absentéistes qui retournent en Grande-Ambossa pour goûter les délices de la société policée de Mayfè.

Mon fils aîné, Nonso, quoique jeune encore, fut dépêché pour diriger le domaine, une tâche qu'il accomplit admirablement, étant par nature un adepte enthousiaste de la discipline.

(Hélas, les espoirs que je nourrissais pour mon second fils, Bamwoze, furent gravement trahis quand il tenta de s'enfuir avec sa putain de mulâtre. La douleur m'empêche d'en discuter plus avant.)

De temps à autre, je retourne vérifier les comptes de la plantation.

Peu après le débarquement, Iffianachukwana s'alourdit, ses seins se gonflèrent de lait, et elle commença à engendrer.

S'il vous plaît, ne soyez pas choqué. Oui, ce sont des bâtards, mais ce sont *les miens*. Le premier qu'elle m'a donné, Kolladao, est maintenant un contremaître hors pair.

Vous serez peut-être aussi surpris d'apprendre que, si longtemps après mon premier voyage, Iffianachukwana demeure mon unique prostituée sur la plantation.

Je m'y suis en quelque sorte habitué.

Et ce modeste bout de terre est devenu l'une des plus grandes plantations du Japon-Occidental – *Home Sweet Home*.

Et c'est bien ce qu'il est : un nid douillet.

Le climat est parfait, la production de sucre augmente chaque année, et mes esclaves, du moment qu'ils se comportent bien, sont toujours heureux et souriants.

La trahison de la bonté

Cher Lecteur,

Je dois finalement attirer votre attention sur le sujet délicat de cette misérable Omorenomwara.

Examinons les faits, Cher Lecteur, parce que, ainsi que je l'ai prouvé maintes fois, les faits sont tout ce qui compte.

Omorenomwara résidait sur l'île de Petit Londolo, au Japon-Occidental, où elle avait appartenu pendant quelques années aux Ghika, une famille haut placée que je connaissais grâce à des amis communs, les Kensah. Elle avait été la compagne de leur fille unique, Petite Miracle, et, cas extrêmement rare pour une esclave, avait appris à lire et à écrire.

Malheureusement, la charmante et, de l'avis général, ravissante Petite Miracle mourut dans des circonstances tragiques, alors qu'elle se rétablissait tout juste d'un accès de malaria, en tombant dans la rivière du domaine et en se noyant sous la cascade. Ses parents ne s'en remirent jamais. La présence de la jeune esclave leur rappelant sans cesse l'enfant qu'ils avaient perdue, ils voulurent tout de suite s'en débarrasser. Les Kensah ayant entendu dire que je cherchais une bonne de qualité pour ma seconde femme récemment acquise, Plaisir, la vente et le transport vers la Grande-Ambossa furent bien vite organisés.

Quand on poussa la jeune Omorenomwara dans mon bureau ce matin-là, j'ai décelé aussitôt une rare intelligence. S'il est vrai que l'*espèce* caucasoïnide est généralement bête comme ses pieds, je reconnais qu'il y a des exceptions.

Qui plus est, il y avait quelque chose de familier chez cette gamine longiligne à la chevelure jaune, comme si je l'avais déjà vue quelque part.

C'était un tantinet déconcertant.

Étant donné qu'elle avait travaillé pendant des années pour une bonne famille, elle maîtrisait très bien l'ambossan.

« On me dit que mon écriture est exemplaire, Massa. »

J'ai gloussé intérieurement. Exemplaire. Vraiment.

Mais je n'ai eu aucun sujet de me plaindre car elle est bientôt devenue indispensable, sinon, comme elle devait l'imaginer, invincible. Elle se révéla loyale, discrète et compétente, je n'avais aucune raison de ne pas lui faire confiance et de ne pas la bien traiter.

J'étais aveugle, comme je l'ai découvert à mes dépens.

Quand je suis rentré chez moi en cette soirée embaumée de la messe voodoo, gaiement alcoolisé, enroué d'avoir chanté tous les chants de circonstance, fatigué d'avoir dansé et l'estomac plein à craquer de soupe d'espadon, de purée de manioc et de rôti de girafe, j'appris qu'elle avait disparu sans laisser de trace. J'étais sidéré au point que je me suis affaissé sur un divan et qu'il a fallu me ressusciter avec des sels odorants.

Lorsqu'il fut évident qu'elle avait pris la fuite, les commérages ont détalé dans Mayfè comme des rats d'égout.

En sortant le lendemain matin pour ma promenade de santé dans les Hautes Plaines, monté sur mon chameau favori, je fus accueilli par de tels sourires arrogants que je dus réprimer l'envie de trancher ces lèvres et de les écraser dans le sable.

Je résolus, lorsque j'aurais retrouvé la petite garce, ce qui finirait par advenir évidemment, de la punir avec une extrême rigueur afin de récupérer mon estime et mon rang dans la communauté.

N'oubliez pas que la punition en cas de fuite consiste généralement en la perte d'un membre ou de la langue, voire la mort.

C'est le tarif.

Je répandis immédiatement la nouvelle de cette évasion, et très vite j'appris qu'on l'avait aperçue à Doklanda, en compagnie d'une débutante appartenant à l'une de ces familles Qua Ka gauchisantes et malavisées.

Je décidai de conduire la chasse moi-même.

PUBLICITÉS

BANQUE DU ROYAUME-UNI
Notre crédit, vos bénéfices

LLOYDS DE LONDOLO
Soyez rassurés :
vos bateaux sont assurés

ASSEMBLÉE DE LA CHAMBRE DES GOUVERNEURS
AMBOSSA GOUVERNE LES FLOTS

L'HONORABLE SOCIÉTÉ DES MARCHANDS D'ESCLAVES
CONSTRUISONS LA NATION

Le Conseil Général des Saints Hommes
La Position du Missionnaire : *Il n'y a que 600 véritables dieux*

L'HONORABLE SOCIÉTÉ DES FABRICANTS DE RHUM
Savourer la **Douceur**

La Société Royale Aphrikane
La Famille Royale Nous Accorde Ses Faveurs

Arsenal de Wool Wi Che
Flinguer Pour Vous & Faire Taire Nos Critiques

Tarifs publicitaires négociables

LIVRE III

OH SWEET CHARIOT[1]

Un essaim de phalènes tournoyait dans un minuscule espace en forme de cœur.

J'essayais de voir qui se tenait sur le seuil de la cabine, les traits obscurcis par la lumière de la torche.

Sans aucun doute, c'était Bwana.

S'il me trouvait, il allait me torturer, et je mourrais probablement.

Il fut un temps où j'avais espéré en un avenir convenable. Puis on me l'avait dérobé et Bwana avait bénéficié de mes services gratuits pendant toute ma vie d'adulte.

Je lui *appartenais*.

Je sentais mon esprit combatif se réveiller et jaillir, prêt à me défendre.

Je savais ce dont j'étais capable.

Je l'avais déjà fait.

Je pouvais recommencer.

Mais quand une Ambossane toute ratatinée sortit de l'ombre, je suis restée figée.

---

1. *Swing Low, Sweet Chariot* (« Balance-toi doucement, doux char »), ode à la libération des esclaves, écrite par un esclave indo-américain au XIXe siècle.

Dieu soit loué, ce n'était pas lui.

Elle abaissa la torche, illuminant un visage crevassé du centre vers les bords.

Un pagne d'alépine noir bruissait à chacun de ses pas.

« On va te ramener chez toi. Harrida, c'est mon nom, et je suis de *ton* côté. »

Je reconnus l'accent sud-amarikan qui faisait tellement traîner les voyelles qu'elles tombaient avant la fin d'un mot.

« Tu étais dans les vapes, ma fille. Tu as pris un sacré coup quand t'es tombée dans les pommes sur les docks. La pauvre Ezinwene a dû te hisser sur la passerelle avec tous les gens qui devaient se demander ce qui se passait. »

Elle m'ordonna de m'asseoir.

« Avale cette soupe. Y a de la viande de brousse et des patates douces. Ça a l'air très bon.

— Je craignais qu'elle me trahisse.

— Non, c'est une chic fille – jeune mais fiable. Elle nous a déjà aidés une fois et on fera encore appel à elle. Qui soupçonnerait la coquette débutante Ezinwene d'inventer un subterfuge si intelligent ? Loués soient les dieux ! »

Elle me tendit la soupe.

Je la savourai tout en pensant que nous devions être au large à présent, très loin du danger des docks.

Le roulement rythmé du bateau me rassurait, comme la bienveillance de cette femme.

Harrida m'apprit qu'elle était la fille unique d'un riche planteur de coton dans le district du Te Xasa en Amarika.

« Je n'ai jamais accepté le principe de l'esclavage. Nous étions deux, juste mon Papa et moi, dans une immense maison avec plus de pièces que je ne pouvais les compter et quarante domestiques esclaves qui travaillaient vingt-quatre heures sur vingt-quatre. On avait même pas à lever le petit doigt. Des centaines d'autres se tuaient littéralement à la tâche dans les champs pour que mon Papa gagne plus d'argent qu'il ne pouvait en dépenser. Je perdais aussi le compte des gamines métisses qui me ressemblaient. Pourtant aucune d'entre elles n'avait l'autorisation de me parler ou de jouer avec moi, et la plupart finissaient par se faire fouetter pour une raison ou une autre. Mon Papa disait qu'il tuerait quiconque lèverait la main sur moi. Non, tout ça n'était pas acceptable. »

Dès qu'elle avait été en âge de le faire, elle était partie, finançant son indépendance en vendant les bijoux hérités à la mort de sa mère. Elle s'était mise à travailler pour le Service de Transbordeur gratuit, qui envoyait des missionnaires en Europa pour convertir les indigènes au voodoo.

Les fuyards étaient cachés dans des cabines secrètes. Jusque-là, aucun n'avait été capturé.

« Tu seras bientôt libre, ma chérie, dit-elle. Libre », répéta-t-elle, laissant le mot s'envoler, comme une mouette solitaire survolant à toute allure un océan étincelant par une journée radieuse.

Hallelujah !

Au matin, nous serions à l'embouchure du fleuve Tamz, puis nous traverserions la Manche ambossane pour enfin plonger vers l'Atlantique en direction de l'Europa.

J'avais fini de manger et je bus à la gourde d'eau qu'elle m'avait offerte.

Elle me dit que je pouvais monter sur le pont puisqu'il faisait presque nuit mais que je devais rester hors de vue.

« Ta vie est entre nos mains et nos vies sont entre les tiennes. N'oublie pas ! »

Tandis que je sortais, elle s'accroupit, étala son châle sur le sol et vida dessus le contenu d'une trousse en peau de porc.

Dégringolèrent ainsi des dents de chat, des griffes, des touffes de poils d'animal, les mâchoires d'un rongeur, une petite botte d'herbes, une tabatière, une bougie.

J'espérais que c'était pour me porter bonheur.

Seule sur le pont vide, assise hors de vue sur un rouleau de corde, je jetais des coups d'œil sur le paysage. À ma grande surprise, nous avions seulement atteint les confins de Londolo – les zones 8, 9 et 10. Je reconnus la ville prospère de Green Wi Che et ses chantiers navals devant lesquels nous passions. Nous avons bientôt contourné les manufactures de l'arsenal de Wool Wi Che, renommées pour fabriquer les lances, les boucliers, les arbalètes, les flèches empoisonnées, les mousquets et les canons les meilleurs du monde.

Des hippopotames monstrueux se prélassaient dans la vase, enchevêtrés les uns sur les autres, leur peau caoutchouteuse et visqueuse semblable à celle de limaces géantes, leurs yeux et leurs oreilles d'un rose putride. Deux mâles alpha se préparaient au combat, gueule ouverte, mâchoires étirées, dents emboîtées à l'intérieur.

Un troupeau de buffles déambulait à travers la mangrove comme des valets de ferme bossus et renfrognés.

Un crocodile de rivière faisait semblant de dormir sur la rive, la gueule négligemment ouverte, attendant de la refermer sur sa prochaine proie.

Entr'aperçu parmi les arbres, un jeune chasseur costaud aux cuisses noires et mollets fins était aux trousses d'un sanglier.

Un vol d'aigrettes passa au-dessus de nos têtes, un sublime tourbillon d'ailes blanches sur fond de ciel strié de rouge.

Peu après nous avons longé des plaines herbeuses où paissait un troupeau de girafes, les petits vacillant sur leurs jambes, réfugiés entre celles de leur mère.

Encore un peu plus bas, un troupeau d'éléphants empotés approchait de la rivière, faisant déguerpir tous les autres animaux.

Dans le lointain se devinait la chaîne montagneuse du massif de l'Essex.

Maintenant que je partais, tout cela me paraissait un magnifique spectacle.

À l'endroit où la rivière faisait une courbe, un panneau indiquait : BIENVENUE DANS LA VILLE DE DARTFOR, JUMELÉE AVEC CASABLANCA.

Des bungalows coniques, des villas blanchies à la chaux et des huttes de terre aux toits ondulés voisinaient à touche-touche sur les collines. Dominés par des tours d'habitation en terre, aux fenêtres desquelles pendaient des linges colorés.

Le bateau passait devant en silence, poursuivi par l'afflux et le reflux des voix des Ambossans qui longeaient à pied la promenade ou se tenaient assis dans les cafés, tandis que leurs enfants jouaient au football de plage avec des noix de coco vertes sous les affiches publicitaires des sodas Acoca Aloca, au logo gribouillis rouge et blanc.

Sous les arches d'un pont, des garçons aux coiffures aphro délirantes, bustiers perlés et coquilles de cuir, hissés sur leur skateboard, s'élançaient sur les parois, tournoyaient à mi-hauteur, planaient un instant, dévalaient à grand renfort de cris et de gestes spectaculaires.

Accroupie sur les bancs de sable, la foule d'après-dîner bavardait et chiait.

Alignés sur un muret du port, des adolescents flirtaient. Les filles avaient le crâne rasé et juste un toupet épais au-dessus du front, le visage peint en jaune, les joues encerclées de pointillés de craie blanche et les lèvres passées au khôl noir. Les garçons arboraient de fines dreadlocks colorées au henné, et une traînée verte leur sillonnait le milieu du nez.

Les bouts de cigarettes s'élevaient et retombaient comme des lucioles.

Deux vieux pêcheurs au ventre ridé dînaient à l'extrémité d'une jetée, puisant du riz dans une grande feuille verte de ravenala.

Tandis que nous quittions Dartfor City, une rave des récoltes se déchaînait dans un champ isolé. Bas-ventres contre couilles, fesses se trémoussant de haut en bas, bassins projetés vers l'avant. Jambes entrelacées, têtes roulant d'un côté à l'autre. Batteurs installés sur une estrade, danseurs en jupe de paille suivant les rythmes effrénés, s'exposant aux regards de la foule.

Les battements ont continué de pilonner mes os pendant des kilomètres tandis que le bateau progressait au cœur de la jungle ambossane.

Si je tendais le bras, je pouvais presque toucher les fougères.

À l'endroit où les frondaisons se faisaient moins épaisses, on voyait le squelette d'un wagon de chemin de fer, un filet de fumée sortant de la cheminée.

Le cri perçant d'un chacal me fit sursauter.

Postés sur des branches d'arbres, des lémurs nous fixaient, leurs yeux semblables à des luminaires orange.

J'entendais hurler les singes qui semaient la pagaille dans la forêt.

Des créatures aqueuses ondulaient dans la rivière.
Des créatures aériennes voletaient autour de moi.
Les ténèbres m'enveloppaient.
Les ténèbres me soutenaient.
Les ténèbres m'emportaient.

Je marche dans l'allée qui mène à notre maison et j'aperçois Papa qui revient du travail avec ses deux petits-fils, deux garçons costauds – Robert et John. Ce sont les fils de Sharon.

Maman est assise dans une causeuse et berce sa dernière petite-fille, Doris, premier enfant d'Alice.

Maman s'est étoffée, elle a de bonnes joues rouges et ne parle plus jamais de mourir.

Madge coud l'ourlet de la robe de mariage de sa nièce Rebecca, qui épouse un agriculteur cultivateur de navets, propriétaire de cent vingt hectares de terres. Rebecca est aussi la fille de Sharon.

Madge ne s'est jamais mariée et ne le fera jamais.

Sharon a épousé un valet d'écurie dont l'allure de beau garçon à la barbe fournie était censée remplacer l'absence de pedigree princier. Mais elle continue de regarder au loin, par-delà les collines, au cas où.

Alice, malheureusement, vit dans un asile d'aliénés.

Mais non, c'est une blague. Elle m'aperçoit la première et accourt vers moi pour me donner le plus gros des câlins fraternels.

Il y a trois autres adolescents. Deux filles et un garçon.

Les filles sont mon portrait craché et le garçon est Frank, sûr et certain.

Elles l'aident à fixer la dernière porte du cabinet très joliment marqueté qu'il est en train de fabriquer. Elles se taquinent, s'esclaffent, la porte manque de leur échapper, et Frank gronde de faire attention mais on voit bien qu'il n'est pas en colère parce qu'il ne cesse de sourire à leurs bouffonneries.

Il n'a pas changé d'un poil. (Il n'a jamais eu aucune autre femme, non plus.)

La façon dont il me regarde quand il me voit est – inestimable.

Je ne voulais pas rentrer dans ma cabine.

Ma première nuit de liberté ne devait en rien ressembler à ma première nuit d'incarcération.

J'ai trouvé un endroit abrité sur le pont, y ai empilé des sacs vides et me suis allongée dessus.

Je me suis couverte de mon pagne.

Les nuages et le bateau voguaient aisément dans la même direction.

Les étoiles étaient assez proches pour qu'on puisse les cueillir et les porter comme des bijoux.

Une paire de boucles d'oreilles en diamant.

Des étoiles enfilées sur un collier d'argent.

Je sentais mes muscles desserrer leur étreinte de mes os.

Libérés, mes membres s'enfonçaient dans le matelas de sacs improvisé.

Mon crâne cessait d'agripper mon cerveau.

Mes pensées s'élevaient aussi légères qu'une bulle d'air vers le ciel.

Je rentrais chez moi, oh, Seigneur.

Je rentrais chez moi.

AM STRAM GRAM, PIC ET PIC ET COLÉGRAME

Une brume tiède, aux doigts légers, me persuada que le matin était arrivé.

Le bateau se balançait d'un côté sur l'autre, nous devions donc avoir jeté l'ancre pour la nuit.

La forêt pluviale surgissait devant moi, haut mur de végétation.

Mon matelas avait pris la forme fœtale de mon corps.

Je m'étirai, tortillai mes doigts de pied, levai les bras au-dessus de la tête, sentant mes vertèbres se détacher les unes des autres.

Je tournai la tête d'un côté à l'autre pour soulager les crampes.

Je bâillai fort, juste pour le plaisir.

Je me sentais si jeune, le cœur léger, si pleine d'espoir.

La rosée du matin faisait surgir l'odeur de poisson enfermée dans les sacs.

Qu'y avait-il pour le petit déjeuner ? Manioc bouilli ? Igname bouillie ?

Bientôt, ce serait du porridge : gros flocons, lait crémeux, adouci avec du miel.

Je roulai sur moi-même, me mis debout et me dirigeai vers le bord du bateau côté rivière, pour respirer en toute quiétude, offrir mon visage à la brume hydratante, écouter les conversations inintelligibles des oiseaux, regarder la Tamz qui semblait si belle maintenant enrobée de son voile de mariée vaporeux.

Des cigognes à bec jaune pataugeaient dans le courant.

Un oued où barbotait une bande de cygnes blancs alimentait la rivière.

C'était la journée où la Tamz me transporterait en aval, très loin de la Grande-Ambossa.

Je regardais le firmament, où le soleil levant commençait de dégorger du rose pastel à travers le gris nébuleux, quand un bateau vint se ranger le long du nôtre avec toute la discrétion d'un assassin silencieux.

Et il était là, debout sur le pont-batterie.

La taille ceinte d'un pagne luxueux rayé noir et or, dont un pan était jeté par-dessus une épaule.

J'entendis Harrida derrière moi. « Va à l'intérieur ! Nous allons nous occuper de ça. Va à l'intérieur, chérie ! »

Mais elle ne connaissait pas la nature de la bête.

Pas question, Bwana. Pas question que je descende dans la cale.

J'ai couru vers le côté forêt du bateau.

J'ai grimpé sur le parapet et plongé dans l'eau, sans penser au fait que ses habitants aquatiques aimeraient peut-être déguster un pilon maigrichon blanc pour leur petit déjeuner. En nageant comme un chien, j'ai gagné la rive, me suis accrochée aux racines d'une rangée d'arbres et me suis efforcée de me soulever sur leurs membres rigides.

Mon esprit était plus agile que mon corps. Je glissais, glissais, mais j'ai finalement réussi à me hisser sur la rive.

Juste avant de disparaître dans les arbres, je me suis retournée.

Bwana crachait des ordres. Les hommes cavalaient sur les ponts des deux bateaux. Harrida trottinait pour se réfugier sous le pont, les mains plaquées sur la bouche.

En scrutant toute la longueur du bateau de Bwana, j'ai repéré Ezinwene sur le gaillard d'arrière. Les bras noués autour du torse, échevelée, débraillée. Avait-elle un œil au beurre noir ?

Dès qu'elle m'a aperçue, elle s'est accroupie derrière le bastingage.

Retroussant mon pagne, j'ai laissé mes jambes me propulser par-dessus paillis et brindilles, pierres et mousse, à travers les fougères, par-dessus les mares boueuses et les ruisseaux rocailleux.

Mes pieds endoloris ne se plaignaient pas.

Mes jambes écorchées par les épines ne se plaignaient pas.

Mes mains se cognaient contre l'écorce des arbres et ne se plaignaient pas.

Je guettais les aboiements des chiens, qui allaient sûrement me courir après.

La canopée formait un plafond impénétrable qui bloquait la lumière, le soleil ne perçait que lorsqu'un arbre était tombé, reposant sur le sol et dévoré par les insectes.

Des oiseaux de paradis volaient haut dans le feuillage. Des aras bleus se disputaient de leur voix rauque d'humains en colère.

Les chimpanzés se balançaient entre les racines aériennes, qui pendaient de la canopée comme des serpents.

Des rameaux moussus auraient pu être des vipères.

Des feuilles noires pouvaient passer pour des scorpions. De petits rocs évoquaient des porcs-épics.

Je fuyais éperdument à travers le sous-bois où les lianes se liguaient pour m'étouffer.

Chaque fois que je voyais le soleil, je le suivais, avec l'espoir que je cesserais de courir en rond, avec l'espoir que je m'éloignerais du fleuve.

J'ai débouché sur un espace vide où les arbres avaient brûlé, remplacés par un tapis neuf d'herbe tendre si attirant que j'ai dû mobiliser toute ma volonté pour ne pas me jeter dessus.

Me reposer, juste un moment.

Un vautour noir d'au moins trois mètres d'envergure plongea en piqué sur la carcasse d'un chacal.

Obliquant tout de suite à droite, j'ai fui l'endroit pour retourner sous les ombrages de la forêt.

J'ai retrouvé sa respiration – les brindilles et les feuilles écrasées sous le pied, les insectes, les oiseaux, les fruits qui tombent, les singes hurleurs qui font un tel tapage.

En passant devant un goyavier à l'écorce brun-rouge, j'ai attrapé une poignée de ses fruits que j'ai engloutis sans même les peler.

J'avais de quoi me sustenter. Je pouvais continuer.

Oranges, mangues, caramboles, baies – je pouvais survivre dans la forêt.

Je guettais les aboiements, il ne m'en parvenait aucun.

J'ai continué d'écouter toute la nuit tout en cavalant dans le sous-bois.

J'ai guetté le matin venu, sûre qu'ils allaient me trouver.

Et encore l'après-midi, quand j'ai escaladé un arbre et me suis endormie au creux de son berceau.

À mon réveil, c'était l'aube.

J'avais le corps mordu à vif par d'énormes fourmis noires.

Je suis descendue de l'arbre péniblement et j'ai couru jusqu'à ce que je trouve un ruisseau. J'ai plongé dedans et regardé les fourmis se noyer.

Durant la nuit, mes jambes avaient enflé du double de leur taille normale. J'ai enveloppé mes pieds de feuilles et poursuivi en boitillant de mon mieux.

Mes plantes de pieds étaient charcutées.

Du pus suintait des plaies.

Les blessures saignaient.

J'entendis des cris d'enfants.

Derrière des palétuviers, deux jeunes et maigres garçons ambossans s'acharnaient sur deux vaches décharnées, les obligeant à coups de bâton à tourner autour d'une rizière et à remuer la boue avant que vienne le moment des semailles.

Je me suis accroupie et les ai observés. Si j'approchais, ils risquaient d'aller prévenir leurs parents.

J'ai décidé d'attendre qu'ils aient fini et de les suivre jusque chez eux.

Je m'efforçais de rester hors de vue cependant qu'ils s'amusaient, leurs petites voix se répercutant dans le sous-bois, ramassaient des baies, grimpaient à un cocotier, tranchaient le fruit avec un couteau, s'en partageaient le lait, chantaient, frappaient les vaches en les injuriant.

L'odeur me parvenait de nourriture cuisant dans des pots d'argile.

Dans un vallon, quatre vieilles femmes faisaient chauffer des marmites, entretenant les flammes avec des couches d'herbes, de branches, de feuilles. Les garçons les saluèrent.

Nous devions approcher d'un village.

Impulsivement, désespérément, j'ai marché vers le groupe.

Les femmes ont levé les yeux et interrompu leur travail.

L'une d'elles est venue vers moi. Ses cheveux formaient une crête enrobée de graisse animale, les trous de ses lobes d'oreilles étaient si élargis que j'aurais pu glisser une main à travers. Un anneau de cuivre pendait de sa cloison nasale et elle portait un torque de cuivre. Ses seins étaient fibreux et secs, une jupe perlée et sale révélait des cuisses flétries.

Son visage ne laissait rien voir, mais elle prit ma main, me donna de l'eau et un morceau de poisson frit.

L'un des garçons me piqua avec un bâton comme si j'étais un nouvel animal, étrange et possiblement dangereux, qu'il venait de découvrir.

La femme le frappa sur la jambe, m'aida à me lever, et ils me conduisirent vers leurs habitations proches – un corral de pierre et des huttes de pisé au toit de millet.

Tout le monde s'assembla pour me voir arriver mais personne ne parlait.

On me proposa une couche de paille sous les branches volumineuses d'un arbre à pluie.

La femme qui m'avait secourue passa un onguent sur mes blessures et commanda qu'on m'apporte un bol de riz.

J'ai murmuré des remerciements, disant que j'espérais récupérer ma force bientôt et qu'alors je partirais.

J'entendais piler le maïs, du moins je le supposais, et caqueter les poules. J'entendais des mains impatientes secouer des nattes. Un bébé pleurait, qu'on essayait de calmer. J'entendais le bruit de succion d'une vache qu'on trayait et le raclement de brindilles avec lesquelles on balayait le sol de l'enclos.

Personne ne parlait.

Pas un seul mot.

J'aurais dû partir mais j'étais épuisée.

L'après-midi chaud s'étirait en longueur et s'assoupissait. Je fermai les yeux, juste quelques minutes.

Je me suis réveillée pour voir Bwana pousser sa carcasse dans l'enclos.

Son pagne luxueux noué à la taille traînait derrière lui, lui faisant une queue de tissu entortillé détrempé de boue.

Un fouet fourchu en peau de bête se balançait à sa main gauche.

Je me hissai sur les pieds dans l'espoir de détaler, mais la femme qui m'avait secourue m'immobilisa les bras dans le dos.

De part et d'autre de Bwana se tenaient deux chasseurs au corps nu peint de dessins blancs géométriques. L'un brandissait une lance, l'autre une machette.

Tout proche, Bwana offrait un visage aux traits brouillés nageant dans un voile de sueur. Son haleine était si répugnante que mes yeux larmoyaient.

Sa fureur était palpable.

« Je vais te frapper jusqu'à ce que tu ne puisses même plus implorer ma pitié. Je vais te couper une oreille, comme ça tu entendras mieux de l'autre. Je vais te trancher un pied, comme ça tu ne pourras plus courir. J'ai été un gentil maître. J'en serai un sévère. Comme ça, tu verras la différence. »

Il fit signe aux chasseurs, qui m'arrachèrent mon pagne, me retournèrent et attachèrent mes mains à l'arbre avec une corde.

Un liquide chaud gicla le long de ma jambe gauche.

JUSTICE EST FAITE

(extrait de *La Flamme*)

Cher Lecteur,

Je ne suis pas un homme violent, mais je veux simplement, en certaines occasions, m'assurer que les mesures dissuasives et les punitions sont bien exécutées.

Imaginez ce que j'ai éprouvé quand je suis entré dans l'enclos au sein de la forêt deux jours plus tard et ai découvert la misérable recroquevillée sous un arbre, s'apitoyant sur son sort.

Quelque chose en moi a basculé.

Ne me jugez pas, Cher Lecteur, si je vous confesse que peu m'importait, à ce moment-là, que la misérable fût vivante ou morte.

Elle avait un dos blanc et chétif, et quand le premier coup de fouet l'a fendu, un mince filet de sang rouge épais a ruisselé tout du long.

Que pouvais-je faire d'autre que me retourner et sortir de l'enclos tandis que ses cris à vous figer le sang dans les veines déchiraient le ciel ?

La nuit était tombée quand je suis revenu et l'ai trouvée allongée sur le sol, inerte.

Mes hommes montaient la garde cependant que les femmes du cru s'occupaient d'elle.

Quelque chose en moi a basculé de nouveau.

Des larmes de rage dévalaient mes joues. Après une si bonne relation de travail, en être arrivé là !

J'étais forcé d'admettre le vieil adage – on peut extraire l'enfant de la jungle, mais on ne peut pas extraire la jungle de l'enfant.

L'acte d'humanité eût été de l'achever, mais je n'étais pas et ne serai jamais un meurtrier.

On allait la remettre en bonne santé puis la ramener à Home Sweet Home.

Et elle découvrirait ce que signifie une dure journée de travail.

Ici, un mot d'avertissement, Cher Lecteur :

Il convient de respecter les Stades de l'Évolution et d'adhérer aux Lois de la Nature.

Moi, Chef Kaga Konata Katamba Ier, j'ai appris la dure leçon selon laquelle nous ne devons jamais traiter la race caucasoïnide de la même façon que la nôtre.

Hélas, jusqu'à la prochaine fois.

L'ÎLE PARADISIAQUE

Les traqueurs se relayèrent pour m'assener les deux cent un coups de fouet prescrits par mon maître.

Les entailles dans mon dos étaient si profondes qu'un doigt pouvait s'y enfoncer.

Elles révélaient les jointures de mes vertèbres, comme l'incision de la chair blanche du poisson révèle son squelette.

Les lanières de cuir avaient fragmenté mes délicates petites côtes et lacéré la peau de mes cuisses et de mes fesses.

Bwana confia aux femmes de la forêt le soin de me soigner jusqu'à ce que je sois transportable. Elles pressèrent des cataplasmes d'herbes sur mon dos qui se réinfectait constamment, et la douleur fut aussi terrible que si l'on avait aspergé mes blessures de vinaigre.

Pendant une éternité je suis restée allongée à plat ventre sur une natte dans une hutte sombre, souhaitant être morte.

Ça raviva les souvenirs.

Bwana avait décidé de m'exiler sur sa plantation de Nouvelle-Ambossa, un voyage accompli avec un certain style, façon de parler, à bord d'une goélette qui transportait des provisions et du personnel entre le Royaume-Uni et les îles du Japon-Occidental. Je partageais une cabine avec trois esclaves, chacune attachée à une maîtresse. Les maîtresses étaient trois sœurs, promises par leur famille à des planteurs qu'elles n'avaient jamais rencontrés.

Les trois domestiques, bien qu'occupées à satisfaire les désirs de leurs capricieuses maîtresses, se relayaient gentiment pour veiller sur moi, qui n'arrêtais pas de dormir.

C'étaient encore des gamines, terriblement excitées par ce qui les attendait. Elles en ignoraient tout.

Lorsque nous avons suivi la côte vers la baie de Mo Bassa, elles ont insisté pour que je monte sur le pont admirer les kilomètres de plages chatoyantes, les superbes couleurs des plantes tropicales et les palmiers se balançant au souffle d'une brise tiède qui m'invitait à sommeiller sous le soleil et à reprendre des forces.

Dès notre arrivée à Mo Bassa, je fus enchaînée et conduite vers un vieil homme chargé de me réceptionner en même temps qu'une cargaison de riz. King Shaka, c'était son nom, hissa les sacs sur sa carriole et me dit de me caler au milieu. Puis il s'élança à toute allure vers l'intérieur de l'île et les crêtes du mont Diablo, me faisant rebondir comme une poupée de chiffon coiffée de deux tresses humides, chaque cahot de la piste risquant de déchirer les fragiles tissus de mon dos juste reconstitués.

On gagnait la plantation de Bwana par un sentier tortueux et terrifiant, un faux mouvement et on plongeait dans la vallée, mille cinq cents mètres en dessous.

Il faisait frais dans ces montagnes, mais tandis que nous descendions vers la Vallée Heureuse, l'air humide tapissait langoureusement l'intérieur de mes poumons, si bien que je pouvais à peine respirer.

Des champs de canne à sucre s'étendaient sur des kilomètres, entourés de sommets transperçant les nuages et d'arbres surchargés de fruits succulents : corossols, pruneliers, pommes cannelles.

En milieu de matinée, les roues en bois de la carriole franchirent le portail de la plantation, dont une arche portait en filigrane l'inscription *Home Sweet Home*.

Et dire que j'avais emprunté le raccourci vers la liberté.

La rage commença de bouillonner en moi.

Mon cœur bondissait hors de ma poitrine.

Qu'avais-je fait pour mériter cela ?

Je résolus de m'enfuir d'une façon ou d'une autre.

Quelque part. Un jour. Bientôt.

Et cette fois-ci je me trancherais la gorge avant d'être capturée.

À cette idée, je pris mon cœur dans mes mains et le remis derrière mes côtes, à l'emplacement qui était le sien.

King Shaka tourna à droite dans un chemin bordé d'arbres campêches.

Tout en haut se dressait la Grande Maison, le *berceau* de Massa Nonso.

J'avais vu grandir le garçon, je l'avais vu s'agripper et s'élever, de simple particulier doté d'un héritage, de richesse et d'éducation, devenir le maître, *de facto*, de tout ce qu'il devait surveiller.

Tandis que Bwana et Madama Bienveillante se comportaient en disciples dévoués de son jeune frère, Bamwoze, Nonso, l'héritier négligé, avait des problèmes.

Cela faisait des années que je ne l'avais pas croisé. Quel genre d'homme était-il devenu ?

L'air était si poisseux qu'on avait l'impression que tout était enduit d'une couche de graisse.

La carriole roulait sur des bosses de boue séchée et tanguait dans un bruit sourd.

Toujours vacillante, elle longeait des champs de canne à sucre dont les tiges belliqueuses formaient des murs de plus de trois mètres de haut. Une équipe d'esclaves avançait dans le champ comme une phalange de soldats, coupant les tiges avec des mouvements hâtifs et répétitifs. Hommes et femmes, ils étaient nus jusqu'à la taille. Les initiales familières KKK marquées au fer rouge sur une peau tannée, vêtements et cheveux décolorés et grillés par un soleil brillant sans répit, leurs muscles détruits avaient fusionné en cordes à nœuds tendues sous leur peau translucide d'Europans.

Je me rappelais, lors de mon séjour au Domaine de la Rivière Rugissante, la façon dont une Première Équipe de costauds coupait la canne, suivie d'une Seconde Équipe plus malingre qui nettoyait derrière elle, les jeunes et les vieux regroupés en une Troisième Équipe fermant la marche.

Petite Miracle et moi passions souvent devant eux quand nous quittions la plantation en calèche.

Je me demandais comment ils pouvaient travailler si dur, pendant de si longues heures, sous une telle chaleur.

Et je me sentais loin, très loin d'eux – Dieu merci.

Maintenant, en voyant la carriole, tous ont levé les yeux et se sont figés.

Ces personnes silencieuses, évanescentes, grésillant sous la chaleur, le visage las creusé de rides prématurées, me ramenaient au temps de ma vie aux îles, tant d'années auparavant – à tant d'années-lumière des cafés, des rave parties, des gratte-ciel, de la haute société, du glamour, du charme et du clinquant de la métropole.

Ici, le temps passait si lentement – il ne passait pas, en réalité.

À cet instant, les broussards isolés ont croisé la citadine que j'étais devenue.

Nous ne pouvions plus nous rejoindre.

Ils se remirent à tailler la canne et le souvenir m'est revenu qu'en période de moisson leurs journées ne finissaient guère et leurs nuits ne commençaient pratiquement pas.

Tandis que nous continuions notre chemin, l'une des femmes fit entendre sa voix de contralto, qui survola le champ :

Dieu p'otège not' gracieux chef
Longue vie à not' noble chef
Dieu p'otège not' chef
Qu'il soit victorieux
Heureux et glorieux
Qu'il rène longtemps su' nous
Dieu p'otège…

C'était entonné avec tant d'âme et de cœur que le chant résonna encore dans mes oreilles longtemps après qu'il s'était perdu dans le lointain. Où l'avais-je déjà entendu ?

Finalement, nous nous sommes arrêtés à l'ombre d'entrepôts au bas toit de pierre en ruine au bord d'une rivière comme des vieillards grincheux : chapeaux de paille rabattus très bas, ruminant de vieilles blessures, ourdissant de nouvelles vengeances. Un mulâtre à l'air maussade, couvert de poussière, bondit d'une porte latérale, un rabat de cuir protégeant ses parties génitales. Il avait les muscles fuselés, parfaitement sculptés, d'un garçon de vingt ans, mais sur son visage se lisait le questionnement furieux de l'esclave, *Pourquoi moi ?* Se grattant les couilles, il marmonna un vague salut à l'égard de King Shaka, enregistra ma présence d'un mouvement sec du menton, en maugréant se mit à décharger un sac après l'autre, d'abord courbé en deux sous le poids puis essayant de se redresser.

Lui aussi me paraissait vaguement familier, sans que je puisse expliquer pourquoi.

King Shaka me dit que le site de production se trouvait juste derrière nous : raffinerie de sucre, moulin à eau, distillerie et chaufferie.

Très loin derrière, il y avait les Chutes de la Dong, la rivière qui traversait le domaine avant de s'évanouir en rase campagne.

Tout au sud nichait le quartier des esclaves.

À l'est, une forêt de pins fournissait le bois de charpente et l'allume-feu.

King Shaka descendit vers la rivière dans laquelle il plongea deux calebasses attrapées au passage. Comme la plupart des Blancs sur l'île, il était si foncé qu'il pouvait passer pour un métis. La peau de son dos épais et carré s'affaissait et plissait sous les omoplates rondes. Il portait un cache-sexe blanc qui dévoilait des fesses toutes plissées, et il marchait en se déhanchant sur ses jambes raides, maigres et arquées.

Il revint, balançant une calebasse à chaque main.

Je renversai la tête en arrière, déversai dans ma bouche l'eau fraîche de la montagne que j'avalai goulûment en énormes lampées, puis je le regardai dérouler le bandana tacheté vert et blanc qu'il avait noué autour de son front pour recueillir la sueur. Des cheveux gris s'accrochaient mollement aux franges de sa calvitie.

Il essora le tissu, le mit à sécher sur la carriole, le lissa, tous ses gestes étaient méticuleux.

Il savait maîtriser les petites choses de la vie.

Je mis pied à terre, m'étirai, me secouai, je sentais le sang essayant de circuler à travers les vaisseaux éclatés de mon dos. De plus près, je remarquai que King Shaka était plus âgé que je ne le pensais, soixante-dix ans et davantage, peut-être, une réussite dans une société où peu d'esclaves survivaient au-delà de la cinquantaine.

Son visage avait mariné dans l'amertume.

Il se percha sur la carriole et s'adressa à moi dans le langage des îles, issu des différentes langues parlées par leurs habitants. Il me raconta qu'il était né Arthur Ethelbert Reginald Williams, quatrième fils d'un humble pêcheur vivant dans un village nommé Margate, en Angleterre. Il avait été kidnappé gamin, un matin qu'il était allé ramasser des coques, par des hommes venus en bateau capturer des esclaves.

Il n'avait même pas pu dire adieu à sa Maman et à son Papa.

Soixante ans après, il continuait de penser à eux chaque jour.

Arrivé à la Nouvelle-Ambossa, il fut renommé King Shaka. C'était une mode très répandue dans les îles de donner aux esclaves le nom de chefs aphrikans. En tête de liste des « Noms les plus populaires d'esclaves masculins et féminins » venaient : Muganzirwazza, Amina, Cetewayo, Sonni Ali, Cleopatra, Nehanda, Tipoo Tib, Nzingha, Tutankhamun et Yaa Asantewa. King Shaka résidait à Home Sweet Home depuis l'époque où Bwana dirigeait la société et, de coupeur de canne, il avait été promu homme à tout faire.

« 'coute-mo, chuchota-t-il en jetant un regard autour de lui, t'essay pas d'casser l'systèm vuq le systèm i t'cassra d'abo. Massa Nonso ? L'est pi que son popa.

Faut qu'tu mcroyes. Jte pri, n'essa pas d'chapper vuq y a pas où aller, où tcacher et les patroules vont t'att'aper vite-vite et couper tes pieds. »

Il attendit ma réponse oreilles dressées, m'incitant à lui adresser un signe de tête rassurant. King Shaka ne serait pas du genre à mener la révolution contre nos oppresseurs aphrikans.

J'allais devoir le surveiller, parce que je le soupçonnais d'être là pour en faire autant avec moi.

Une fois réhydratés, nous sommes allés derrière les entrepôts, au cœur de la fabrique, rencontrer Massa Rotimi, le régisseur. Je devais lui être présentée officiellement.

J'ai appris ensuite que le jeune Massa Nonso refusait de m'accorder une audience. Les esclaves talentueux constituaient un produit de valeur sur les plantations, et comme votre servante était un col blanc et non une travailleuse manuelle, j'avais espéré que Nonso ne tiendrait pas compte des ordres de son père et me trouverait un emploi de bureau. Les patrons étaient des hommes d'affaires, pas des idiots. Pourquoi jeter aux ordures une solide expérience ? Et n'avais-je pas assez souffert ? Un coup d'œil suffirait sûrement à ce Massa Rimini pour constater que j'étais trop faible pour travailler aux champs.

Nous avons fait une première escale dans la raffinerie, où le jus de canne était extrait dans les vingt-quatre heures suivant la récolte sinon il commençait à pourrir. Je me suis retrouvée poussée dans une grande cour congestionnée par un afflux de charrettes livrant des ballots de cannes qu'on déchargeait puis transportait à l'intérieur de la raffinerie. Il régnait un chaos total, les esclaves se cognant les uns aux autres, chacun essayant de travailler plus vite que ça ne semblait raisonnable, sous les ordres beuglés d'un contremaître debout à l'arrière d'une charrette et agitant frénétiquement les bras.

Des cheminées coniques de dix mètres de haut rejetaient des tourbillons de fumée qui obscurcissaient le ciel et faisaient pleuvoir sur nous des volutes de cendre noire. De gigantesques pales tournaient sous le vent, faisant fonctionner les broyeurs à l'intérieur.

Quand la porte en bois de la raffinerie s'ouvrit, avec une telle violence qu'elle faillit voler en éclats, je sus que le responsable ne pouvait être que le chef – Massa Rotimi. Il entra, chauve, bovin, frappant le sol d'un bâton sculpté, fonçant dans la foule, hurlant au contremaître d'accélérer les dernières livraisons, après quoi il dirigea sa hargne sur la nouvelle venue oscillant à côté de King Shaka, lequel bascula légèrement comme pour créer une distance entre nous, comme s'il ne voulait pas que ma réputation souille la sienne. À la façon dédaigneuse dont Massa Rotimi m'examina, des pieds à la tête, je fus certaine qu'il savait *parfaitement* qui j'étais.

En guise d'entretien d'embauche, il marmonna, tout en passant à côté de moi, que j'étais assignée à la distillerie – avec effet immédiat.

« Et maintenant coupez-lui ses foutus cheveux ou les broyeurs la scalperont ! »

Bon – ravie moi aussi de vous connaître.

Avant que je puisse comprendre ce qui m'arrivait, le respectueux King Shaka m'avait saisie par les épaules et forcée à tomber à genoux. Il sortit un couteau de son sac et se mit à taillader ma chevelure, jusqu'à ne plus laisser que du chaume.

À l'intérieur de la distillerie régnait une bête à la denture féroce nourrie de tiges de canne mûres par une femme d'une beauté sculpturale, à une vitesse que je ne pouvais espérer égaler. On me la présenta sous le nom de Ye Memé, et elle accueillit sa collègue de travail avec un chaud sourire – le premier accueil digne de ce nom ; ce qui ne m'empêcha pas de remarquer le délabrement de ses dents, caractéristique des esclaves de plantations pour qui suçoter les tiges savoureuses constituait une véritable addiction. Mais, même ainsi, même avec le crâne rasé, elle demeurait une solide beauté viking, aux yeux de biche, avec des pommettes sculptées qui tendaient sa peau douce et lisse.

Ye Memé me montra comment gaver le monstre herbivore, mais la puanteur sirupeuse de la canne enflamma mes glandes olfactives et le peu de forces que je possédais fut rapidement sapé. Bientôt je fus assaillie de nouvelles douleurs qui me fusillaient le dos et les côtes, mais quand je me laissai tomber par terre pour reprendre mon souffle, Ye Memé sursauta horrifiée, me releva brutalement, hurlant par-dessus le raffut des machines que les pauses impromptues étaient interdites et que si je n'accélérais pas mon rythme, les coups de nerf de bœuf allaient pleuvoir sur moi et sur elle aussi. Le contremaître, m'expliqua-t-elle, aimait entrer en douce dans le but exprimé de surprendre les flemmards sur qui décharger sa bile.

J'ai recommencé à gaver la Bouche, qui mastiquait les tiges – grognant, crachant, bavant, engloutissant la sève dans son système digestif avec force renvois jusqu'à ce qu'elle rejaillisse sous forme de mousse blanche, expédiée ensuite via une bonde dans la chaufferie. La matière broyée était extraite de l'extrémité opposée de la machine par une autre femme au crâne rasé, qui jetait les déchcts sur le sol. Des enfants entraient et sortaient en courant, portant cette manne à la chaudière à qui elle fournissait du carburant.

Ye Memé me raconta que les mâchoires du monstre avaient arraché plus de bras qu'elle pouvait s'en souvenir : les broyeurs étaient rapides, mortels, inarrêtables.

« 'tension. La négligen ça mutchile – ou pi, ça tue. »

Tandis que les heures s'écoulaient, engourdissant l'esprit et détruisant le corps, j'ai convoqué toutes mes ressources mentales pour ne pas succomber à mon désir le plus désespéré : me laisser tomber sur le sol de pierre, et merde pour les conséquences.

Il fallait que je tienne, non seulement un après-midi, mais les jours suivants, les mois, les années. Une corvée incessante précédant une mort précoce ? Je connaissais les statistiques – un esclave sur trois ne survivait pas aux trois premières années passées dans ce Nouveau Monde.

Bwana avait raison : « Et c'est comme cela que tu comprendras la différence. »

Oh, le mépris que j'avais pour lui.

Quand mes jambes furent atteintes de tremblements, j'essayai de résister.

Quand tout mon corps fut secoué de spasmes, je m'effondrai.

Que Ye Memé soit remerciée, elle qui s'est arrêtée de travailler malgré les risques qu'elle courait, qui m'a aidée à me relever et m'a tenue serrée contre sa poitrine, la douceur et la chaleur moite de son mètre quatre-vingts, me calmant d'un maternel « Chut, chut, les p'emiè smaines c'est pasbon-pasbon, ap'ès c'est mieux. »

Si le contremaître m'avait surprise en train de « tirer au flanc » et tailladé de nouveau le dos, je sais que je n'aurais pas survécu.

Ye Memé m'a sauvé la vie.

À un certain moment, une autre équipe nous a remplacées. Je me suis traînée jusqu'à la cour où, à la lumière des torches, les charrettes continuaient d'arriver avec leur chargement de cannes. Ye Memé m'emmena vers un emplacement sous un palmier-dattier où d'autres travailleurs se reposaient. Assise jambes croisées, elle partagea avec moi son repas de riz et de pois chiches, ainsi qu'une calebasse remplie d'eau saumâtre.

Admettant mon état d'hébétude, elle me dit, non sans une certaine remontrance dans la voix : « T'avail du champ c'est pi. Tu es chanceuse, ma fille. Chanceuse ! »

Supposant que ma journée était terminée, qu'il était temps d'aller au lit – dans quel endroit pouvait-il se trouver ? –, je laissais mes paupières se fermer quand la main forte et moite de Ye Memé agrippa la mienne et me remit debout, pour la seconde fois de la journée.

« T'avail ! Y a du t'avail à fai. N'est pa là pou êt heu'euses. Pas pou se 'eposer. N'est là pou fai boucou boucou d'a'gent pou Massa Nonso. L'est là not t'avail, pitite. T'avail ! T'avail ! T'avail ! Allez viens ! »

J'ai compris alors que le fossé entre moi et les esclaves en col bleu s'était bel et bien comblé.

Astucieuse, sarcastique, sophistiquée, opiniâtre, sachant lire et compter – ici tout le monde s'en foutait. J'étais désormais l'un des éléments de ces masses anonymes sur une île au milieu de nulle part, où la vie était bon marché et la mort facile.

Dans la distillerie il faisait si chaud que j'ai cru m'évanouir.

Nous avons rejoint d'autres femmes penchées sur des cuves où bouillait le jus de canne. Ye Memé m'apprit à écumer la surface puis à verser le suc dans des cuves de plus en plus petites jusqu'à ce qu'il commence à durcir. Dégoulinante de sueur et de vapeur, je regardais autour de moi et contemplais mon avenir : des femmes hagardes, bossues, la peau des bras zébrée des marques noircies et coagulées de vieilles brûlures.

Après des heures passées le dos courbé, je constatai qu'il m'était impossible de transporter les cuves. Mon dos s'était fossilisé. Au lieu de marcher, je traînais les pieds. Au lieu de me tenir droite, j'étais pliée en deux.

Je devais ensuite verser le jus dans des glacières et le laisser cristalliser.

À un moment donné, Ye Memé a dû me conduire dans sa hutte et m'allonger sur une natte à côté de ses enfants. Je n'en ai aucun souvenir, si ce n'est, alors que la campagne baignait encore dans le noir absolu d'une nuit sans lune, m'être réveillée sous l'eau froide dont Ye Memé m'aspergeait le visage afin de me sortir d'un sommeil impénétrable, puis elle me massant les jambes devenues deux lourdes barres de fer : sans nerfs, sans muscles, aucune mobilité.

Mon amie viking m'a traînée de nouveau vers la distillerie.

« Fau sdépcher. Si n'est en 'eta'd, n'est battchues. Pas d'oit d'êt en 'eta'd. »

Ye Memé était une mère célibataire qui élevait cinq enfants dans cette société de plantation où la plupart des gosses grandissaient dans des foyers brisés. Prisé pour ses prouesses sexuelles et sa force, l'esclave mâle qui tantôt se trouvait à la tête d'une maisonnée pouvait la minute d'après être vendu à un nouveau maître à l'autre bout de l'île ou à l'étranger.

La maternité n'était pas davantage une affaire simple, car garder ses enfants avec soi dépendait du caprice du maître. Si l'homme était futé, il laissait la famille vivre ensemble. Les travailleurs heureux sont plus productifs, de toute façon. Néanmoins, s'il estimait que c'était plus sensé du point de vue économique, ou si ses finances étaient en chute libre, ou, tout simplement, parce qu'il était un homme sans cœur, mauvais, voire juste indifférent, il les vendait tous.

Mère – disparue.

Alors, qui s'occupait des enfants ? Eh bien, il y avait mémé Doda, mémé Abir et mémé Makeda, les anciennes. Mais on attendait qu'elles soient trop faibles pour soulever une machette et trop délabrées pour travailler à la fabrique, alors seulement on les mettait au rancart où elles subsistaient grâce au bon vouloir des voisins et gardaient les bambins exubérants.

Bien que nées sur des plantations en Nouvelle-Ambossa, elles pouvaient toutes revendiquer de lointains ancêtres dans des nations comme le Portugal, l'Espagne et la Belgique.

Quelques mères gardaient leurs bébés attachés sur leur dos tout en travaillant dans les champs, ou bien les déposaient à l'ombre des bambous, suffisamment près pour les entendre pleurer quand ils réclamaient leur lait ou des caresses, mais pas toujours autorisées à courir les satisfaire.

Ye Memé avait donné naissance à treize enfants. Trois étaient morts presque aussitôt, ce qui n'avait rien de surprenant étant donné qu'elle coupait encore la canne deux semaines avant l'accouchement et que, n'ayant pas pu se reposer après, son lait s'était tari. Quatre avaient été vendus. Dingiswayo était élevé par une vieille femme, Ma Marjani, dans le quartier des esclaves. Les cinq restants – Yao, Inaani, Akiki, Cabion et Lolli – avaient tous moins de dix ans, et leur mère priait chaque nuit pour que Yao, timide garçon de neuf ans, ne lui soit pas enlevé puisqu'il était en âge d'être vendu. Comme ils avaient par ailleurs plus de trois ans, ils avaient trouvé à s'employer, du lever au coucher du soleil, dans la Troisième Équipe.

Ye Memé faisait partie de ces quelques chanceux à avoir encore cinq de ses enfants sous son toit.

Comment Ye Memé réussissait-elle à les nourrir convenablement, à maintenir la propreté de sa hutte et la prospérité de son lopin de terre, tout en travaillant dix-huit heures par jour à l'époque de la moisson, sans se plaindre, cela m'a toujours stupéfiée. Née en esclavage, ne connaissant que son nom d'esclave (elle avait un grand-père dans la nation danoise, lui avait-on raconté), elle n'avait aucun souvenir d'une vie meilleure où que ce soit.

Cinq heures de sommeil par nuit, le dimanche matin au temple, le reste de la journée rattrapant le retard de ses tâches ménagères.

Personne n'a obligé Ye Memé à m'accueillir chez elle – Dieu sait que, au début, je ne lui ai rien donné en échange. Personne ne lui a demandé de me protéger des avances des hommes pour qui j'étais de la chair fraîche, de lever ses gros poings contre ceux pour qui *Non* signifiait *Oui*. Les hommes l'aimaient, bien qu'elle fût plus grande et plus volumineuse que la plupart d'entre eux.

« Tu c'ois qu'un ptchi bonhom co toi peut di à une g'osse femm co moi ç'qu'è doit fai ? »

Après quoi elle s'en allait, roulant exagérément des hanches à la façon ambossane, poitrine en avant, menton relevé, sachant qu'elle déclenchait une formidable érection chez l'homme qu'elle venait de rabaisser.

Les jours s'enchaînaient aux nuits et les nuits aux jours, et moi je passais et repassais, encore et toujours, des brumes du labeur aux brumes du sommeil.

Au bout d'un certain temps j'ai commencé à m'adapter à ma nouvelle vie de bête de somme.

Et j'ai commencé à récupérer mon karma.

Au lieu de dormir toute la journée du dimanche, je me réveillais à midi dans une hutte dépourvue de tout à l'exception de nattes sur le sol, de couvertures et d'un coffre à vêtements. Je sortais, aveuglée par l'éclat du soleil.

Le dimanche, le quartier des esclaves était un autre monde : affairé, vivant, normal. Les gens s'occupaient de tâches ménagères, balayage, couture, réfection des toits de chaume avec du millet torsadé ou des murs constitués de roseaux et d'argile rouge, tressage de paniers, blutage de la farine de manioc, préparation de ragoûts dans de grandes marmites hollandaises.

Chacun portait ses meilleurs vêtements – mélange de styles d'Aphrika et d'Europa. Pour les femmes, jupons longs en calicot, corsages blancs ondoyants et foulards de tête aussi flamboyants que ceux des Ambossanes. De grands anneaux aux oreilles et de petits os leur perçant le nez. Les hommes portaient des pantalons en calicot retenus à la taille par d'épaisses ceintures de cuir.

Bimbola l'aveugle, notre coiffeuse, aux yeux toujours fermés – parce qu'ils ne s'étaient jamais ouverts – se tenait assise sur un porche face au nôtre, chantant très fort et très faux un spiritual : *Tot est b'illant et beau/Totes les cwéatchu g'andes et pitchit/Totes sages et me'veilleu/Le Cheigneu' Djeu les a fai*. En même temps, elle nattait les cheveux fins, blond-blanc d'Akiki, la sœur de Yao, en rangs si serrés qu'ils tiraient en arrière la peau du front. Maintenue dans l'étau des cuisses puissantes de Bimbola, Akiki se tortillait, la lèvre inférieure poussée vers l'avant en une moue mélodramatique. En me voyant sourire, elle me tira la langue.

Je me mis à marcher sur le chemin – à *me promener* – notion qui m'était devenue étrangère puisque depuis mon arrivée je n'avais fait que courir paniquée pour aller travailler et retourner me coucher en titubant.

Des femmes revenaient de leur petit potager portant sur la tête des paniers pleins d'ignames et de patates douces incrustés de boue, de feuilles vertes dentelées d'aloès et de feuilles gondolées de calalou. Ou bien elles descendaient vers la rivière, avec sur la tête de lourds petits tabourets sur lesquels elles s'assiéraient pour laver le linge en eau peu profonde, linge débordant de paniers posés sur les tabourets, mains se balançant sur les côtés ou agrippant leurs bambins, me saluant d'un gentil « Tchu vas bien, ma sœu ? » ou « La fo'me ? »

De quelque part sur ma droite, par-dessus les toits des huttes, me parvenait le son d'un violon, accompagné de celui d'un groupe de chanteurs et du joyeux fracas de tambourins. *Joyeu en-ni-ves-sai, Joyeu en-ni-ves-sai, Joyeu en-ni-ves-sai chè Zikabiva/Joyeu en-ni-ves-sai.* Cet air se chantait dans mon pays natal, et je ne l'avais plus entendu depuis.

Un peu plus loin sur le chemin, Yao et son frère Inaani, un an de moins que lui, étaient en train de fourrer leur plus jeune frère de cinq ans, Cabion, dans un tonneau vide, qu'ils essayèrent ensuite de pousser en ligne droite, en vain. Ils riaient aux éclats. Je me suis surprise à rire moi aussi, ce qui me parut étrange. Pauvre conne que j'étais devenue.

Devant moi, je remarquai pour la première fois un magnifique cotonnier en fleur de trente mètres de hauteur. Des gens se prélassaient dans les alcôves de ses racines renforcées qui franchissaient le sol, fumant des pipes d'argile à long tuyau, vidant des chopes d'alcools de bas étage et jouant aux dés.

Le quartier des esclaves était un fatras de cabanes accolées n'importe comment, luttant pour ne pas se laisser envahir par la brousse. Dans ce climat tropical humide, avec un soleil brûlant et des averses torrentielles, tout poussait rapidement et menaçait d'engloutir la totalité du terrain.

Les racines des arbres s'enfouissaient sous terre jusqu'à ce que, sans crier gare, surgissent des coudes poilus et des avant-bras musclés au beau milieu des huttes.

Il fallait continuellement couper à la base les fougères et les feuillages, mais en quelques jours ils repoussaient plus longs, plus épais, plus sauvages.

Les veuves noires vivaient sous des feuilles d'apparence innocente et, si elles ne tuaient pas, leurs morsures étaient horriblement douloureuses.

D'autres araignées filaient des toiles d'une largeur stupéfiante, piégeant les oiseaux et affolant les petits humains qui s'y faisaient prendre en courant pour, au final, se retrouver la bouche pleine de cette substance poudreuse et filandreuse.

Les punaises vertes et puantes, en forme de diamant, volaient dans tous les sens, laissant sur les objets qu'elles heurtaient une odeur très désagréable.

Le gingembre rouge proliférait, fleurs ressemblant à des pinceaux et feuilles en forme de bananes.

De l'abdomen des calebasses surgissaient des jonquilles jaunes. Les jonquilles. Je me les rappelais. Les colons ambossans avaient dû les rapporter d'Europa au titre de spécimens exotiques.

Les heliconias poussaient librement partout, leurs fleurs pourpre, rouge et or jaillissant inclinées de longues tiges, on aurait dit des petits poissons avec des becs de perroquet.

L'élégante plante appelée oiseau de paradis atteignait un mètre vingt de haut, coiffée d'une crête d'un orange impérial.

Plusieurs arbres portaient des orchidées, les clôtures et les murs débordaient de bougainvillées de couleur blanche, orange, magenta.

Ayant conscience pour la première fois que la douleur dans mon dos semblait avoir complètement disparu, je me sentis assez courageuse pour passer la main dessus, glissant des doigts précautionneux sur les rainures et les cavités.

Pas un centimètre ne demeurait de la peau à la douceur de soie dont j'avais été si fière.

C'était un désastre.

C'était ignoble.

C'était immonde.

Et moi aussi j'étais tout cela.

Plus jamais un homme ne m'aimerait.

Je m'adossais flageolante à un citronnier quand un machaon géant vola devant moi et alla se poser sur une feuille toute proche. Presque six centimètres d'envergure, les ailes tachetées crème et noir. Je fixai les étranges yeux rouges de cette créature, et elle sembla plonger son regard dans les miens.

Sur le fond du ciel si bleu et si pur, l'image était si belle que j'avais envie de pleurer.

Il y avait tant de beauté sur ces îles. Tant de beauté.

L'insecte voleta au loin, et mon regard s'égara vers un vieil ébénier au pied duquel le sol avait été nettoyé. Bien que l'espace fût un luxe dans ce quartier d'esclaves, personne ne l'avait réquisitionné pour une séance alcoolisée, aucun enfant ne jouait dessous.

En m'approchant de l'arbre, je constatai que le tronc était aussi scarifié que mon dos. Quelque chose avait attaqué l'écorce, en avait arraché des bouts. Et il y avait du sang dessus. Je l'essuyai du doigt. C'était gluant, grumeleux, rouge, c'était du sang frais.

Sentant mon estomac cabrioler, je me suis retournée, contente de repérer Ye Memé installée sous un akée dont les cosses éclataient comme des petites bulles de sang écarlate. Siégeant au milieu d'une cour de femmes, un panier de bananes vertes à ses pieds, Ye Memé était vêtue d'un corsage blanc étincelant et d'un jupon de calicot à l'ourlet brodé de roses bordeaux. Un foulard blanc recouvrait son crâne rasé, retenu par un nœud si extravagant qu'il ajoutait dix centimètres à sa taille, qui paraissait dépasser les deux mètres. Sa peau bronzée était huilée, des bracelets de bois aux couleurs gaies s'accumulaient sur ses bras, à ses lobes d'oreilles pendaient de grands disques de cuivre et un os de poulet lui traversait le nez.

Seigneur, quelle fabuleuse amazone.

Je fis quelques pas en vacillant, consciente de la saleté et de la vieillesse du pagne que je portais. Ces femmes si merveilleusement habillées semblaient si sûres d'elles-mêmes, si à l'aise les unes avec les autres, tout simplement chez elles.

Ye Memé, se sentant observée, se retourna, me fit signe de venir et m'abrita sous son bras.

« Mesdam ce ptit bambou tout maig est ma novel amie, Omorenomwara. Tout çqu'è fait c'est t'availler, monger et do'mi. È pa'le pa, è wigole pa, è laiss pa mêm un de nos g'ossiers bonshom la baijer da les buichons. Chett fi-là est waffinée, vo m'entadez, waffinée. L'est pas dju tou co vous là pasqu'elle utchilije son ce'veau elle étjudie tout et è dit ien du tchou. Je lsais pasq jla su'veille de t'ès t'ès p'ès.

« Donc alo mesdam vous fe'iez mjeux dla t'aiter bien-bien, sinon ou bien jvous tap su la têt si fo que jvous wéduis en pu'ée et vous fini'ez en bavant co des imbéci ! Ga'dez voi, jsai le gen de vipè qu'vo zêtes. »

Elles gloussèrent. Tous les yeux qui jusque-là se fixaient sur Ye Memé, avec un mélange de respect craintif et de ressentiment, se tournèrent vers moi. Chacune m'offrit une traditionnelle poignée de main.

Ma Marjani était la plus proche amie de Ye Memé. Elle se tenait si fermement campée sur le sol qu'elle semblait en jaillir. Elle avait les gestes vigoureux d'une femme habituée à soulever des ballots de canne ou des barriques de rhum de la moitié de son propre poids. Quand elle me prit la main, ce fut plus une agression qu'un geste d'accueil.

Puis il y avait Lyani, qui jouait de sa petitesse et de sa joliesse. Les hommes craquaient, les femmes, non. J'enviais les cheveux de Ba Beduwa, qui lui dégoulinaient sur le dos comme de l'huile en fusion. On ne l'obligeait pas à les couper parce qu'elle travaillait aux champs. Petite et ronde, Amadoma regardait Ye Memé avec des yeux de biche. Il y avait aussi la calme et cylindrique Kicongo, qui avait perdu une main, et la jeune Olunfunlayaro, mulâtresse de quinze ans, que sa poitrine prématurément volumineuse assurait de se voir traiter en adulte par les hommes. Son père était un violeur, sa mère était morte.

La plupart de ces femmes, nées sur une plantation et ayant survécu à la période transitoire de trois ans, avaient accru leur capacité de résilience. Soit on mourait, soit on survivait et, dans ce cas, on trouvait en soi la force de prospérer. N'étant pas des mauviettes comme moi, les seuls imbéciles qu'elles supporteraient seraient à l'évidence leurs maîtres. Sous leur regard qui me jaugeait, j'ai pris conscience que je devais me secouer.

Quand je vivais enfant sur Little Londolo, je ne me mélangeais pas avec les esclaves des champs. On ne s'évadait pas alors du monde ambossan, pas plus que de chez Bwana. Où que je me tournais, je me heurtais à mes maîtres. Alors j'avais avalé ma rancœur, surveillé mon langage corporel afin de ne pas paraître maussade ou menaçante, contrôlé mon discours pour que mes paroles ne soient pas impertinentes.

À présent je me trouvais dans le monde entièrement blanc des esclaves, où l'on maîtrisait les choses, plus ou moins.

Peut-être allais-je pouvoir être moi-même – quoi que cela signifie.

Hors du quartier des esclaves, Massa Nonso régnait en souverain aidé d'un régiment de surveillants. À l'intérieur du quartier, l'ordre hiérarchique était plus compliqué à faire respecter. Les masques d'humilité tombaient, les gens se révélaient tels qu'ils étaient. Au travail Ye Memé s'inclinait devant la supériorité du contremaître même si elle réussissait à garder sa morgue. À l'intérieur c'était une patronne, très douée pour ça, qui obtenait ce qu'elle voulait par le charme plutôt que par la brutalité. Et elle me raconta la séance de fouet à laquelle avait été soumis le fuyard Salehen le matin même, au pied de l'ébénier. *Oui ! Egjactment là-bas !* Il avait tenu deux jours et deux nuits dans la forêt de pins avant d'être rattrapé par les chiens limiers. Il n'avait que douze ans.

Cent cinquante coups qui l'avaient « presque » tué, mais pas complètement. Massa Nonso était tout sauf un imbécile, il savait que le garçon pouvait lui rapporter « plein-plein d'a'gent » durant sa vie. Et s'il recommençait ? « Il pe'dwait son pied. »

Dix jours avant, le vieux Gara avait essayé de s'échapper. « *Moi né lib moi veux mouri lib* », avait-il dit à Massa Nonso, quand il avait été pris le soir, juste au moment où le soleil disparaît par-dessus la montagne, et juste avant que Massa Rotimi lui pose un pied sur un tronc d'arbre au bord de la rivière et le lui tranche avec une hache.

Le vieux Gara n'était pas « indizpensab ». Il était mort d'une hémorragie la semaine dernière. Ye Memé avait organisé son enterrement comme dans son ancien pays, « da le sol ».

Elle avait une façon prosaïque de raconter l'histoire, comme si elle était désormais immunisée à ce genre de choses.

Chaque semaine Massa Nonso fouettait un innocent « com p'écaution », pour l'empêcher de mal agir « com pou' son p'op' bien ». Le problème c'était que Massa Nonso aimait faire couler le sang. « Et qua je dis il aim' c'est qu'il aim', tu comp'ends ? »

Et aussi prendre une femme quand il en avait envie – tous les « massas » en faisaient autant. « Le pwoblè, c'est Massa Nonso, il semb' en avoi' envie toulta. »

Ces temps-ci il la laissait tranquille mais les nuits où il venait dans sa hutte pour faire ça devant les enfants, c'était pour la briser. Elle le savait. Les hommes voulaient toujours la briser.

Certaines femmes choisissaient le suicide. Pas Ye Memé. « Ap'ès qu'il l'a fait je lui plant mon œil dans le sien. » Peut-être qu'il aimait sa forme d'esprit, parce qu'il l'avait sortie de la Première Équipe pour la mettre à la fabrique.

Le plus gros problème, c'était leurs filles. Dès qu'elles en avaient l'âge, elles étaient forcées de faire « de vilaines-vilaines chojes avec les massas. Tch imagin'. On essai de les p'otéger. En v'ai on peut pas. »

Elle s'interrompit, regarda le ciel. Les autres femmes aussi se taisaient, perdues dans leurs pensées, évitant de se regarder.

« Nous on a totes le cœu b'isé su ces îles, Miss Omo. Totalma tou b'isé. »

Ici, dans l'arrière-pays, loin des villes, cachés entre les montagnes, on se sentait au bout du monde et, sans autre loi que celle des maîtres, en l'absence de modérateur, c'était effectivement l'enfer sur Terre.

Les enfants de Bwana étaient gâtés, pourris, y compris Nonso, sauf que, en sa qualité d'héritier, on attendait de lui qu'il se montre plus sérieux et responsable que les autres. Il était souvent réprimandé, même battu. Il était devenu timide.

Bamwoze, par contre, avait eu tout loisir de développer une personnalité espiègle, ce qui l'avait fait aimer de ses parents.

Nonso dissimulait très bien sa rancœur.

Mais je l'avais vu casser net la queue des lézards. Arracher les pattes des araignées, lentement. Un jour il avait balancé par sa queue un petit chien dans le verger, vérifié que personne ne le surveillait et lui avait brisé le crâne contre un tronc d'arbre.

Quelque chose m'empêchait de faire savoir que je connaissais Nonso. Il me semblait détestable d'admettre que j'avais avec lui une relation plus profonde et de révéler mon ancienne position chez Bwana. Cela risquait de compromettre l'amitié grandissante avec les autres esclaves. Je me suis plutôt renseignée sur les chemins d'évasion. Qu'y avait-il au-delà de la forêt de pins ?

Je sentis les poils se hérisser. Les yeux de Kicongo se rétrécirent, expression indéniable du soupçon. Lyani émit un gloussement forcé. Ma Marjani déglutit lentement et bruyamment.

Mes joues s'enflammaient.

Ye Memé vint à mon secours.

« On pa'le pas dça ichi, Miss Omo. C'est dju dager. Tout çque tch as bjoin de savoi c'est que Massa il a injtallé la su'veillance su la plantajio. Y a des ga'des cont l'invajio des Ma'oons. Et je mdeman pou'quoi y mettent une f 'ontiè. »

Les femmes firent chorus. « *C'est v'ai. Oui, m'am.* »

Attendez, attendez – qui étaient les Marrons ?

Ye Memé me prit par le bras. « Viens, on va fai du thé. Sucwé sucwé vec la molasse. »

Nous sommes reparties vers sa hutte.

Elle, dos droit, hanches relâchées, genoux souples, si bien qu'elle sautillait et flottait, même avec le panier de bananes sur la tête.

Moi – raide, maladroite.

Tout en marchant, elle me recommanda de faire attention à ce que je disais en compagnie, même avec les dames. Avais-je remarqué que Lyani portait une chaîne en argent ?

Quelqu'un avec « beaucoup beaucoup de sous » avait dû la lui donner, ce qui ne pouvait être que le « Mal inca'né, Massa Rotimi. » Et elle n'avait pas confiance non plus en Olunfunlayaro. Toutes les femmes veillaient sur elle parce qu'elles l'avaient promis à sa mère qui allait mourir. Mais les choses allaient si mal sur la plantation que certaines « font n'impo't quoi pou avoi les faveu's des massas, et Olunfunlayaro t'availle dans la maijon. Tu comp'ends ? »

Je comprenais, mais je devais trouver le courage de poser des questions sur les « Marrons ».

Elle m'expliqua presque à contrecœur. Les Marrons sont des esclaves qui se sont enfuis pour vivre libres dans les montagnes. Certains disent que ça remonte à plus d'un siècle. Ils sont détestés parce qu'ils pillent les plantations et brûlent les récoltes, ils volent les animaux et les outils de ferme, tendent des embuscades sur les routes. La plupart de ceux qui les rejoignent sont des nouveaux esclaves venus d'Europa directement et qui ne supportent pas cette vie en plantation. La plupart aussi se font prendre et sont punis. Alors à quoi bon une « fwontiè » ?

Par ailleurs, vu ma maigreur, je ne tiendrais pas une nuit dans la forêt, et à supposer que je réussisse à trouver leurs camps, les Marrons n'acceptaient pas des femmes « com' moi ». Il leur fallait des hommes forts et des femmes capables de procréer. D'ailleurs elle voulait que je reste avec elle parce que j'étais son amie.

« C'est ta maijon ici. Tu dois t'y habitué com moi. Pou le meilleu et pou le pi. Dieu seul le sait. »

Ye Memé, la femme la plus combative que je connaissais, avait reconnu qu'elle avait besoin de moi, et maintenant je savais qu'il existait bien une route vers la liberté sur cette île de désolation au milieu de nulle part et cernée de requins.

Cependant, je ne pouvais pas lui demander, pas encore, *comment* m'enfuir, et intérieurement je savais que je n'étais pas prête à courir le risque de devoir me suicider, puisque c'était ça ou la liberté. Jamais je ne me laisserais fouetter de nouveau par ces chiens.

Au lieu de quoi, je lui ai demandé si elle connaissait quelqu'un qui avait rejoint les Marrons ?

Il y en avait un. Un dénommé Magik. Venu du même endroit que moi, de l'autre côté des mers. Fouetté « beaucoup-beaucoup », tout comme moi. Mélancolique mais si grand, si séduisant et si respectueux avec les femmes qu'elles tombaient amoureuses de lui. Pourtant il n'en aimait aucune. Même Ba Beduwa n'avait pas réussi à lui « plantcher ses g'iffes de vampi' » dans le corps. Il avait d'abord été mis aux champs avant que les maîtres apprennent qu'il était charpentier et l'envoient travailler dans la grande maison.

Les dimanches il taillait des choses pour les esclaves du quartier et ne demandait en échange qu'à se joindre aux familles pour le dîner. Ils aimaient tellement cet homme. Ils l'avaient surnommé Magik parce que tout ce qu'il touchait était si beau. Et puis, dès qu'il s'était senti mieux, il avait disparu. Quatre ans plus tard, il était revenu faire une razzia à la tête d'un groupe qui se présentait comme l'Armée des Guérilleros Marrons.

« Tchu vois le banc dans ma cou ? L'est si lou et b'illant on c'oit qu'i va du'er toujou ? Magik l'a fait ! Oui, Magik ! I nous manque tchelment !

— Quel était son vrai nom ? »

Ye Memé fouilla dans les recoins de sa mémoire. « Je mwappel pa, si j'l'ai su jamai. »

Nous approchions de sa hutte – *notre* maison.

« Écoute, Omo ché'ie ». Elle s'arrêta, posa son panier par terre et m'expliqua. Elle souhaitait que son fils Yao apprenne « plu de chojes que j'ai dans ma pauv piti tête ». Est-ce que j'acceptais de l'aider à savoir lire et écrire ? « Jconna quéqu'un da la g'ande maijon qui me donne'a des liv. »

Et puis je pourrais aussi aider les autres gosses quand ils auraient grandi et sauraient garder un secret. C'est pour ça que j'habitais chez elle. « Ils » lui envoyaient toujours les nouveaux venus parce qu'elle était « une maît'esse femm ». Mais quand elle m'avait vue arriver, si maigre, si misérable, elle avait décidé de s'occuper de moi. Et maintenant que j'allais mieux « tu dois rend le monde plu g'and pou mes gosses. D'acco ? »

C'était un acte de rébellion. Les maîtres ne voulaient pas d'esclaves instruits. Pourtant j'avais été instruite par Petite Miracle, et non seulement ça ne m'avait pas nui, mais j'en avais tiré un grand avantage.

Bien entendu j'allais faire la même chose pour Yao.

D'ailleurs comment aurais-je pu refuser ?

J'étais heureuse de rembourser ce qui m'avait été donné.

Lolli, la benjamine de Ye Memé, faisait la ronde devant la hutte avec d'autres enfants, chantant à tue-tête *Ringa ringa roza/Pokat fulla poza/A-tizzoo, a-tizzoo/We all fall down*, s'écroulant par terre. En nous apercevant, elle se releva et se précipita dans les bras de sa mère, se laissant projeter très haut en l'air, assurée de retomber dans des mains tellement fortes.

Lolli avait des cheveux roux, bouclés et gorgés de soleil, des taches de rousseur et des yeux ronds vert clair qui tournoyaient tandis que sa mère lui plantait de gros baisers mouillés sur les joues, le cou, l'estomac, les bras nus et les toutes petites jambes. « Encore, Mama, encore ! » piaillait-elle.

Même en enfer un tel amour existait.

La béance que mes enfants m'avaient laissée et que Frank avait comblée jadis ne m'avait jamais semblé si profonde que maintenant.

À mesure que je m'éveillais à ce qui se passait, mes souvenirs de ce que j'avais perdu se faisaient plus précis.

Cela faisait si longtemps que quelqu'un m'avait aimée, je n'imaginais pas que cela pût jamais se reproduire.

UN BAUME EN PAYS DE GALAAD

Une main frappait lentement un tambour en peau de chèvre. Un second tambour le rejoignit à contretemps. Un troisième, un quatrième, un cinquième s'ajoutèrent à la mêlée, puis soudain des tambourins se mirent à cliqueter autour de moi, l'archet dément d'un violon sautait et raclait, des baguettes couraient sur les lames en bois d'un xylophone, une corne de buffle lâchait des sons longs, pompeux, aplatis, jusqu'à ce que dans toute la caverne se répercutent les rythmes tronqués et les crépitements de l'Aphrika.

La congrégation se mit au diapason, balançant bras et jambes dans tous les sens, comme si les muscles et les os n'étaient plus qu'un cordon mou et lourd. Les gens tournoyaient sur place, les têtes pivotaient plus vite que les corps auxquels elles sont (théoriquement) attachées, et ils babillaient tous dans un mélange de langues – produit d'imaginations débordantes (si vous voulez mon avis) plutôt que d'intervention divine : *Ferttia ! Amanop ! Agapopopop ! Tububibi ! Lelelele ! Lawqum ! Papzaraz ! Peetimo ! Chewe ! Ququq ! Bbezaal !* – etc., etc.

Le bruit était tel qu'il devait se diffuser de la grotte jusqu'à la Grande Maison, ce qui, ai-je vite compris, était le but visé.

C'était mon premier dimanche matin au sanctuaire et, au milieu du tohu-bohu de cette séance de thérapie collective, je restais lèvres serrées. J'avais toujours fait semblant de parler toutes les langues à l'occasion des services religieux ambossans, mais comme seuls les Blancs fréquentaient ce sanctuaire, je pouvais m'en abstenir. Ce rythme et cette vitalité étaient simplement trop énervants et épuisants, à n'importe quel moment de la journée, alors imaginez au petit matin.

Je me suis rendu compte à quel point je me languissais du bon vieil orgue d'église de mon pays natal : le grondement ronchon de ses tuyaux qui produisait le genre de musique sombre et apaisante que les Ambossans méprisaient, mais que je tenais pour le son de l'âme de mon peuple.

Dans le sanctuaire creusé profondément à flanc d'un coteau proche des chutes de la rivière Dong, des effigies en bois des dieux trônaient sur des corniches rocheuses et des peintures ornaient les parois. Des vêtements brodés pendaient comme des tapisseries. Sur l'autel étaient posés des bottes d'herbes sèches, des tas de verre pilé, des flacons de rhum, des nattes de cheveux, de la craie, des pierres, des bananes, des gourdes de vin de palme, des bougies.

Le grand prêtre était un esclave appelé père O'Reilly (parfois on se défilait de la cérémonie), qui portait un rabat de perles coloriées et une coiffe de trois grandes plumes. Des pointillés blancs parsemaient son corps agile, bronzé et glabre. Il venait de faire un sermon dans le style oratoire mélodramatique des Ambossans, sa voix vibrante oscillant entre au moins trois octaves, depuis le registre du bas-ventre jusqu'aux cris les plus aigus, nasillards et hystériques. Son prêche racontait comment le Grand Dieu Obulattanga avait moulé les êtres humains dans de l'argile et, une fois sa tâche accomplie, les avait offerts à l'autre et tout aussi Grand Dieu Olaranjo, qui leur avait insufflé la vie.

Discours souligné par les cris enthousiastes – *Loués soient les Arishans !* et *Que ce qui est soit dit, Père O !* – des fidèles vertueux qui m'entouraient.

J'ai toujours été profondément choquée que les gens puissent croire que ces histoires soient le récit véridique et précis de la naissance de l'humanité. D'accord, dans ma propre religion il est question de côtes désaccouplées et de serpents parleurs, mais du moins la vie nous a été donnée au titre de membres de l'humanité, non en tant que statues d'argile.

Je me tenais au premier rang à côté de Ye Memé et de sa progéniture, la main chaude de Lolli frétillant dans la mienne comme une petite souris prise au piège.

Ye Memé semblait elle aussi parler en langues, s'efforçant de manifester une piété si atypique (tête baissée, épaules affaissées vers l'avant) que j'ai eu du mal à maîtriser mes gloussements. Sa posture d'humble dévote n'était pas convaincante.

La douce Amadoma avait cousu pour moi une tenue du dimanche – un beau corsage blanc vaporeux, qui couvrait mon horrible dos couturé, et une jupe longue blanche, froncée, bruissante, du genre de celles que portaient les dames invitées aux bals de Percy, au manoir Montague, dans mon pays natal. Je n'avais pas porté de jupe depuis les débuts de ma carrière d'esclave, et, avec le joli foulard crème qui recouvrait mon crâne rasé, je dois admettre que je paraissais très *attirante*. En me rendant au service religieux, j'avais même capté quelques regards admiratifs.

Amadoma avait aussi taillé un nouvel ensemble pour Ye Memé, brodé des mêmes crêtes de fleurs de paradis orange qui ornaient l'ourlet. Durant la semaine elle s'était approchée du perron, avait même failli trébucher en serrant le paquet de tissu contre sa poitrine. Ye Memé et moi savourions les dernières heures de cette soirée, quand le soleil vampire, passant enfin de l'autre côté de la montagne, cessait de siphonner en nous la moindre goutte d'humidité.

Les enfants jouaient à *Quelle heu est-i meuchieu le loup ?* autour du tronc du kapokier.

« Oh ! Enco un ! s'était exclamée Ya Memé. Eh ba, me'ci boucou, pitite Miss Amadoma. »

Amadoma était ensuite repartie, de la démarche lente et satisfaite de qui a accompli sa mission, mains croisées sur le ventre. Ye Memé demeurait indéchiffrable, mais quand elle me vit l'observer en douce, elle se fendit d'un sourire en coin, roulant les yeux, l'air de dire *je peux quoi y fai ?*

À présent, dans le sanctuaire, le père O'Reilly terminait brusquement son prêche. Il tourna le dos à la congrégation, puisa dans un panier, se drapa d'une soutane blanche agrémentée sur le devant d'une grande croix rouge et or, et s'accrocha autour du cou un chapelet de perles de corail rouge. J'entendis les portes du sanctuaire se fermer et, me retournant, les vis barricadées d'une planche en bois. Un garçon sortit des rangs de la congrégation, donna au prêtre une effigie du Christ sur une croix de bois, alluma un calice rempli d'encens qu'il balança tout en revenant parmi nous.

Quand il passa sous mon nez, l'odeur amère et lourde de myrrhe qui s'en dégagea fut telle que je faillis m'évanouir. C'était paradisiaque. Pendant un moment je me suis retrouvée en train de chanter *Le Berger qui aime ses brebis* accompagnée par le vieil organiste

M. Braithwaite dans la chapelle humide de l'église Saint-Michel, entourée des membres de ma famille, il ne pouvait en être autrement, excepté qu'un jour je les avais perdus.

Le grand prêtre se mit à réciter une prière que les fidèles connaissaient par cœur. La voix plus calme, l'air serein.

Au nom du Pè, du Fiz et dju Saint Ejpit.

Ô Seigneu, je wends g'âce d'êt ichi à la messe et jchu v'aiment déjolée que j'ai péché cont vou et vec l'aide de vot mijé'icod jvai pa pu pécher enco.

Cher Jessu aie pitché de tous les pauv gens qu'ont jama ntendu ton nom. Aamin.

Le prêtre déposa un morceau de pain de maïs dans un bol et l'offrit au crucifix.

Cher Pè qui êt au Chiel, accheptez ç'pain qui va deveni le co de Not Seigneu. Je vous l'off'e avec toute ma joa et mon chag'in aussi. Aamin.

Il versa du vin de palme et de l'eau dans un gobelet et l'offrit aussi au crucifix.

La voix de Ye Memé s'élevait au-dessus de la mienne, forte et édifiante, et je ne pouvais m'empêcher de me rappeler le nombre de fois où je l'avais entendue chuchoter, grinçant des dents : « Tu c'ois qu'y a un Djeu su' çt île, Miss Omo ? Ehi ? Moi, jamé jl'a vu, jamé jl'a ntendu, et lui y m'a jamé vnu en aide pou ien du tchout. »

Cher Pè dans le Chiel, puije mon off'ande deveni une pa du Seigneu, juch com l'eau è dvient dju vin et pi bientchôt è se'a le p'écieeux sang. Aaa-men.

Pourtant je me mis au diapason.

« Seigneur Jésus, qui es en moi, je t'adore. Je te remercie de venir à moi. Aide-nous, moi et tous tes enfants, à rester près de toi. »

Après tant d'années, je me retrouvais dans un lieu de culte public en train de prier mon propre Dieu.

« Ô Seigneur, sois béni pour toutes tes grâces à la messe. Aide-moi à me les rappeler lorsque j'aurai quitté ta demeure pour retrouver la mienne. Aide-moi à être en toutes circonstances, au travail comme durant mes temps de loisir, un enfant véritable de notre Père céleste.

« Cher Jésus, bénis-nous tous, maintenant et pour les siècles des siècles. Au nom du Père, du Fils et du Saint-Esprit. Grâces soient rendues à Dieu, amen. »

(PS : Et s'il te plaît, aide-moi à trouver un moyen de m'échapper, le plus tôt possible. Merci !)

Les tambours retentirent de nouveau, les portes s'ouvrirent et la congrégation reprit ses bruyantes convulsions.

La plupart des dimanches, après la messe, j'apprenais à écrire à Yao, utilisant une ardoise et une craie.

Les cours commençaient avec le système numérique ambossan, addition, soustraction et multiplication – les trois pour obtenir un simple nombre, ce que j'avais eu beaucoup de mal à apprendre quand je tenais les comptes de Bwana. C'était plus compliqué que le système décimal qu'on appliquait dans mon pays, et Bwana s'était moqué de moi en m'entendant compter ainsi, comme si j'étais une enfant attardée disait-il, ce qui était typique de mon *espèce*, incapable de comprendre l'arithmétique de base.

Chez les Ambossans, le nombre 12 par exemple s'exprime par 20 moins 5 moins 3. Le nombre 45 par 20 fois 3 moins 10 moins 5. Et 525 par 200 fois 3 moins 80 plus 5.

Yao se montrait avide de tout. Pas besoin de l'exhorter à étudier, il comprenait le prestige que confère la culture. Il ne rechignait devant aucun exercice, aucun cours ne lui paraissait trop long, jamais il ne se plaignait que « C'est t'op pénib, tante Omo ». Tout au contraire il jubilait quand une nouvelle idée entrait dans sa tête, il se sentait plus grand, disait-il.

Il maîtrisa vite la méthode de comptage ainsi que l'alphabet ambossan de cent cinquante caractères. C'était très facile une fois qu'on l'avait appris par cœur, disait-il.

Nous restions assis par terre, côte à côte, dans la petite hutte pendant deux heures jusqu'à midi, les autres enfants consignés dehors, porte fermée, atmosphère étouffante, trappe entrouverte pour laisser pénétrer des traînées de soleil qui irradiaient ses touffes de cheveux dorés tandis que, tête baissée, il s'appliquait à lire sa leçon. Je caressais ses boucles, je les démêlais ou les enroulais autour de mes doigts, me rappelant que j'avais un fils, mon fils, quelque part ailleurs.

Et deux filles.

Je constatai que j'avais un talent naturel pour l'enseignement, que j'aimais transmettre ce que je savais, afin que, un jour peut-être, cet enfant puisse en faire quelque chose d'utile – pour notre peuple.

Je le vis prendre confiance en lui au fur et à mesure que ses neurones se multipliaient, endosser un savoir qui l'aidait à se démarquer – peut-être un peu trop. Yao était déjà un garçon saisissant, grand pour son âge, comme sa mère, mais avec un dos que le travail des champs n'avait pas voûté et un moral non entamé.

Les dimanches après-midi Ma Marjani venait chez nous pour m'apprendre à cuisiner façon ambossane, à la demande de Ye Memé, toujours occupée à entretenir le lotissement et à laver ses gosses.

Ma Marjani élevait Dingiswayo, le fils de Ye Memé, comme s'il était le sien – un garçon de onze ans, costaud, un mince ruban de cheveux en brosse courant sur la longueur de son crâne rasé. Il se pavanait dans notre quartier en pantalon de coton trop grand pour lui et usagé dont la ceinture lui tombait (plus ou moins) au-dessous des fesses. Pauvre imitation des adolescents trublions du coin à la démarche chaloupée exagérée, les bras ballants. Ils m'ont toujours fait penser à des conscrits ivres partant à la guerre et essayant de paraître sobres, ou à des soldats ivres de rhum revenant du front. Ils agrippaient sporadiquement le renflement de leur entrejambe et le tordaient un bon coup, sans doute pour vérifier qu'il n'avait pas disparu.

Combien de fois ai-je entendu Ye Memé crier à l'oreille de ces garçons qui avaient fait main basse sur le kapokier et tentaient d'impressionner quiconque passait par là :

« Nan mé voyez voi les g'ands webelles eslaves dovent se tou'ner dans la tomb de voi des vohious com ceux-là-là. Y vont à se solver pou êt webellés cont les massas su cé zîles et s'donner des bons su'noms twès histo'iques du gen Willyam Konkara ou Roi Alfred, pa des zidioties com Mauvé Ga'çon, Total Neuneu ou Machette Kill aco ces imbéci-là. Ces piti vohious y vont fai que se dét'ui, gen y zont du pouvoi mai qué pouvoi y zont, ien d'aut que la violonce. Miss Omo. C'est t'op t'iste, ehi ? »

Puis elle se mettait à crier, « Quéqu'un dev'ait aller che'cher leu pè pou qu'y coupent l'o'eille de ces imbéééééci-là ! »

Les plus jeunes enfants de Ya Memé couraient vers leur frère aîné qu'ils ne voyaient que le dimanche quand il remontait l'allée de cet air fanfaron qui suscitait des sourires nostalgiques chez les hommes et des hochements de tête chez les femmes lorsque passait devant elles cet aspirant gigolo. Assis sur le perron, il montrait aux petits rassemblés à ses pieds la lame entortillée de ficelle avec laquelle il pouvait tuer et étriper un crocodile – *Oui, moi fai ça ! Co ça !* Il mimait le héros abattant la bête pour le grand bonheur de son auditoire ravi.

Parfois je surprenais Yao qui marchait dans les pas de son grand frère, essayant d'adopter sa démarche syncopée de caïd, les épaules très relevées – et ça me faisait frissonner d'effroi.

Dingiswayo emmenait Yao, Inaani et Cabion cueillir les fruits mûrs des ackées, leur recommandant de ne cueillir que les cosses rouges ouvertes et révélant les arilles jaune pâle à l'intérieur, s'ils ne voulaient pas être empoisonnés. Akiki et Lolli devaient se tenir au pied de l'arbre, prêts à recevoir le fruit dans un panier.

Le groupe revenait, Dingiswayo en tête, le panier sur le crâne, Akiki et Lolli traînant fièrement derrière, jetant des coups d'œil en douce pour s'assurer que leurs petits camarades voyaient qu'ils appartenaient à la troupe du grand frère.

Comme pour tout ce qu'elle entreprenait, Ma Marjani faisait de l'art de cuisiner une expérience entièrement physique. Son pagne de travail replié au-dessus de la poitrine, ses cheveux couleur de paille brûlée noués derrière par une ficelle, ses bras bronzés, vigoureux, marqués de cicatrices, étaient prêts pour le travail.

Elle pétrissait de la pâte comme si elle martelait un adversaire, puis fendait une noix de coco avec une hache. Elle déchiquetait un calou en fines lanières et écrasait une citrouille bouillie à coups de poing. Elle cassait une courge en deux comme s'il s'agissait d'une tranche de pain, écopait les pépins du creux de la main, la coupait en dés qu'elle faisait frire et me disait d'étaler les pépins sur un linge au-dehors pour qu'ils sèchent au soleil. Elle roulait entre ses paumes des boulettes d'igname, les jetait dans une poêle grésillante jusqu'à ce qu'elles soient dorées et craquantes. Dans les rares occasions où nous avions des poissons, elle les incisait, enlevait les arêtes, les salait, les faisait griller, frire, mijoter ou fumer.

« Nous, avé la canne à suc on t'avail si du qu'y fau monger bien-bien dès qu'on a l'occachion. Une fois qu'tu cuijines bien, tu t'ouves un hom, c'est sû.

— Mais j'en veux pas.

— Quoi ? Tch es folle ? Tchu veux pas d'un hom qui t'donne un p'tit quèque choje co le Qwashee qui te guigne tout le temps ? »

Qwashee travaillait dans la Première Équipe et vivait seul dans une masure à peine deux fois sa taille en hauteur et en largeur. On le voyait souvent traîner devant sa porte quand j'étais dans les parages. Il n'avait ni charme ni beauté. Presque chauve, un nez aquilin, maigre, des épaules de mauviette, des jambes courtes et une longue colonne vertébrale, pourtant quand il me parlait – « Bonjou Miss Omo », ou « J'espè qu'la jou'née vous plai'a Miss Omo », ou « J'ai deux œufs f'ais du jou pou vous, si vous zavez ien cont », ou « Do'mez bien Miss Omo, et vous swez f 'aîche et pleine de vigueu le matin » –, je me surprenais à trouver ça touchant.

Je voulais un homme bien. Un homme gentil. Un homme bon.

Ma Marjani était tout cc que je n'étais pas, et, en conséquence, elle ne craignait pas de me dire : « Miss Omo, tch es t'op maig ». Ou bien : « Moich fais jama confianche à quéqu'un qui pa'le pas », ses yeux verts froids assombris cependant qu'elle me souriait de toutes ses dents jaunes. Mais elle était dévouée à Ye Memé qui lui avait confié un enfant, et je faisais partie du lot.

Le pays dans lequel elle vivait était son pays natal : « Moich su née su cette îl et ma Manman auchi et sa Manman et sa Papa et toudi lé gen avant d'eux, du p'us loin qu' je sai. »

Ma Marjani savait cuisiner et elle savait tout de la canne à sucre. Elle savait qu'elle ne pouvait pas avoir d'enfant et que le fils qu'elle élevait comme le sien était en train de devenir le genre d'homme qu'elle détestait. Elle savait qu'elle était *une ien du tout pasqu'on est tous des iens du tout ichi*, et que les nouveaux esclaves venus des rivages de l'Europa détestaient son île parce qu'ils avaient connu un pays nommé Liberté et que s'ils s'enfuyaient, c'était en son nom.

Ceux qui étaient nés sur l'île se montraient peu curieux des endroits d'où nous, les nouveaux, nous venions. Quand j'essayais de raconter à Ye Memé et Ma Marjani des choses sur la métropole de Londolo, leur regard vide ne laissait passer que l'ennui, et très vite elles ramenaient la conversation à d'autres considérations – L'enfant de Ba Beduwa est v'aiment un d'un hom de Kicongo. Et si Kicongo s'en wend compte ? Eh ! Miss Beduwa finiwa avé la main en bouillie, auchi. Pe'sonne dev'ait fai n'impo'te quoi avé Kicongo, pasque ça va fai du g'abuge.

Sous la direction de Ma, ma spécialité culinaire devint le ragoût de pied de bœuf aux haricots blancs et oignons verts. Le reste de la bête était mangé par les maîtres, à l'exception des organes génitaux qui constituaient la base de la soupe au pénis de taureau – *pou aidé la vi'ilité*. Le même pouvoir était attribué au punch Dos Fort à propos duquel Dingiswayo, tout en se caressant l'entrejambe, confia à Yao : « Ça wend celui d'un homme com moi fo long et iwasistib aux femel en chaleu » – malheureusement à portée d'oreille de Ma Marjani qui lui ordonna d'approcher et lui fila un grand coup de poêle en fer sur la tête. Il fondit en larmes comme le petit garçon qu'il était intérieurement en réalité, puis afficha l'humeur boudeuse de l'adolescent qu'il souhaitait si désespérément devenir.

Ma lui jeta un regard sévère, se mit à rire d'un rire métallique, abrasif comme un grattoir, et lui lança un « Spèce de bon à ien, va ! »

(En aparté elle me chuchota « Qu'est-ch peu y fai ? C'est t'op l'influenche d'ces ga'çons plu jâgés. Pitite, ça m'fait inquiè toujou tellment pou mon pti ga'çon. »)

Quand Ye Memé prenait un nouvel amant – « Mesdam, je vous p'ésente mon nvel ami pa't'nai, alo zêtes genti-genti avec lui, d'acco ? » –, il devait posséder plus de ressources que les autres. Les hommes qui duraient le plus longtemps se débrouillaient pour apporter un poulet entier de temps à autre.

La plupart du temps nous devions nous contenter de boulettes, de maïs, d'ignames, de fruit à pain et des fruits de l'île.

Mais les bons jours, quand notre estomac était plein, un dimanche soir par exemple – ce sont des moments que je savourerai éternellement –, on s'asseyait en cercle sur une grande natte de raphia et on allumait des bougies à l'odeur de citronnelle fichées dans le goulot de gourdes pour tenir les insectes et les moustiques à l'écart. Ye Mémé siégeait à un bout, Ma Marjani à sa gauche, moi à sa droite, les enfants autour, parlant tous en même temps et se taquinant.

Yao essayait de surpasser la mine fanfaronne de Dingiswayo.

Lolli tâchait de sortir les fesses et d'avancer les lèvres comme le faisait sa mère quand elle était d'humeur fringante, galante ou aguicheuse.

Cabion tentait de piquer des morceaux dans l'assiette d'Inaani, qui les lui repiquait aussitôt tandis que Yao détournait son attention.

Akiki imitait ma façon de parler.

Ma Marjani faisait semblant de bouder – attitude en laquelle Lolli était passée maîtresse.

Dingiswayo s'efforçait de se comporter en homme calme, supérieur à de tels enfantillages, jusqu'au moment où Lolli et Akiki sautaient sur lui et le chatouillaient tellement qu'il devait supplier Ma de le débarrasser de ces terreurs.

Et Ye Memé. Cette chère Ye Memé.

« Oh Djeu ! Mais vous aut vous faites tellment le boucan et le kaos et le baza je sais v'aiment pas sque j'pou'ai fai de vou zaut ! C'est ma fami ça-là ? Commen qu'c'est possib alo que moich sui si bonn maniè, timid com tou et toujou tout miel à pa'ler. Oh Djeu Seigneu ! si vous m'entendez v'aiment là-haut, ce qu'est pa enco vé'ifié, donnez-moi une aut fami-là pasque tout ce paquet-là c'est que des emmmmmmè'deu ! »

Elle rejetait la tête en arrière et éclatait de rire – son beau rire, bouche grande ouverte aux dents cariées, rauque et guttural – allez vous faire foutre. Nous l'imitions tous, renversant la tête et regardant qui riait le plus fort, le plus longtemps et le plus bêtement, hennissant, hululant, nous ébrouant, grognant, jusqu'à ce que nos yeux pleurent et que nous nous tenions les côtes, chacun priant les autres de s'arrêter.

Nos rires s'élevaient vers le ciel et ricochaient pardessus les montagnes.

Comme si nous menions une vie normale.

Comme si nous étions libres.

Mes enfants : Yao, Inaani, Akiki, Cabion et Lolli dormaient, la nuit, disposés autour de moi et de leur mère, leurs petits membres chauds affalés sur les miens, la tête échevelée enfouie sous mes bras, ou la bouche ouverte salivant sur mon ventre, leurs têtes si légères que je n'en sentais pour ainsi dire pas le poids. Quand ils se réveillaient en hurlant ou trempés de sueur froide, je les caressais pour les rendormir, lissant des muscles prématurément formés, massant des mains calleuses ou cueillant des brindilles, des feuilles ou de la sève dans leurs cheveux emmêlés qui ne goûteraient les bienfaits du shampooing à la noix de coco que lorsque leur mère les baignerait dans la Dong, le dimanche.

DANS LA MAISON DE MON MAÎTRE

J'émergeais du sommeil dans la vapeur fantomatique des nuages trempés de rosée qui commençaient à flotter et à se disperser au-dessus des montagnes.

Les lauriers blancs plantés pour orner les sentiers exhalaient leur douce fragrance, en concurrence avec la puanteur nauséeuse des seaux de merde remplis pendant la nuit dans le quartier des esclaves.

Les fleurs ne manquaient jamais de bloquer ma respiration, tout comme sucer leur sève laiteuse ralentissait les battements du cœur qui finissaient par s'arrêter, un arrêt irréversible.

La toxicité – l'histoire des îles.

À pas pressés dans le demi-jour, nous grimpions tous la colline vers nos lieux de travail – dans mon cas, les champs de canne à sucre. Car, oui, Massa Rotimi m'avait dégradée afin de laisser la place à la mignonne petite Lyani, qui s'affairait à présent aux côtés de Ye Memé – le temps qu'elle soit prête à accoucher de leur enfant.

Je travaillais maintenant dans une équipe avec Ma Marjani, Kicongo, Ba Beduwa et Qwashee.

J'étais coupeuse de canne, autrement dit :

Si je lâchais ma machette, je risquais de perdre un membre.

Les tiges, les souches et les feuilles acérées criblaient mon corps de blessures.

Rester courbée toute la journée pour couper la canne me laissait comme paralysée.

Mettre le feu aux champs afin de détruire les mauvaises herbes et les insectes nuisibles, mais pas la canne, entraînait des émanations qui me faisaient éternuer pendant des semaines. (Il arrivait que des gens se retrouvent piégés dans le fourré et meurent brûlés vifs. Je ne l'ai pas vu, mais je l'ai entendu raconter.)

Une exposition prolongée au soleil me causait des maux de tête permanents, une sévère déshydratation et des brûlures.

Et si je survivais à tout cela, des serpents venimeux cachés sous terre n'attendaient qu'une occasion de planter leurs crochets dans une de mes chevilles.

Pourtant, deux ans après mon arrivée à Home Sweet Home, j'étais acclimatée à un degré alarmant.

Détestant mon travail, je prenais un malin plaisir à me plaindre. Je savourais les dimanches et redoutais les lundis matin. Mes bras mous de poupée de chiffon étaient désormais ceux d'une femme gonflée aux muscles raffermis. J'étais capable de cuisiner un truc époustouflant à partir des ingrédients les plus simples et d'injurier le plus salaud des *mecs* – toutes choses qui me rendaient encore plus chère aux femmes du quartier.

Mais la liberté était devenue un concept abstrait : mon pays de l'autre côté du Jourdain, mon campement, ma fête de l'Évangile, ma terre promise – quelque chose d'étranger à ma zone de confort. Cela n'aidait pas que la plupart de ceux qui tentaient de fuir ne sachent pas aller au-delà de la forêt pleine de pièges, et s'ils parvenaient à gravir les sentiers qui montaient perpendiculairement vers les hauteurs, ils se faisaient prendre.

Je devais souvent assister au genre de punitions infligées à ceux que les patrouilles avaient rattrapés sur les routes de montagne, qui auraient préféré la mort s'ils avaient eu le choix.

Poivre, sel et jus de citron appliqués sur les blessures dues au fouet signifiait s'en tirer à bon compte.

Avoir le nez tranché, non.

Massa Rotimi cloua une fois l'oreille d'une récidiviste sur un arbre, la laissa ainsi pendant une demi-heure, puis la scia comme on fend un tendon de bœuf.

Et répéta l'opération avec l'autre oreille.

Quant à Massa Nonso, je l'avais vu en action lui aussi, de loin, dissimulée au milieu de la foule pour ne pas être reconnue.

Une fois, il obligea une fugitive à s'allonger par terre et une autre à déféquer dans sa bouche. Deux hommes maintenaient la bouche ouverte et, la chose accomplie, ils la lui bouclèrent.

Je n'invente rien.

J'avais vu des hommes castrés et des femmes à qui il manquait les seins. J'avais vu des membres tranchés, des peaux ébouillantées, des joues marquées au fer.

Un homme pieds et poings liés, rôti à la broche, vivant.

Un autre suspendu sous un porc embroché si bien que la graisse brûlante l'écorchait.

Et ma propre fuite ?

Il manquait l'ingrédient essentiel – le courage.

En ce temps-là, je sortais avec Qwashee. Il m'adorait et n'était pas dérouté par mon horrible dos, même si quand il roucoulait que ça me donnait du *cawactè* et que derrière ça il y avait *plein d'histoi*, il poussait un peu loin le bouchon. Oui, c'est ça, répliquai-je, des histoires d'horreur.

Je partageais sa masure, mais pas toutes les nuits, je le laissais m'adorer, lui donnant tout l'amour que je ne tenais pas en réserve pour un autre.

Après tant d'années, il me fallait *clôturer* l'histoire avec Frank, pourtant les récits qui couraient sur le Magicien Marron avaient ravivé un espoir qui, sans aucune preuve, s'était transformé en foi – une foi aveugle.

Un matin, nous traversions en une longue file les bataillons de hautes cannes en direction d'un champ lointain, à environ six kilomètres. Ma Marjani marchait en tête, comme toujours, pieds nus, dos nu, avec une énergie qui aurait pu faire croire à une hâte d'aller travailler. J'étais depuis longtemps persuadée que, comme nombre d'entre nous – enfants, femmes, hommes –, Ma était tout bonnement furieuse, bien qu'elle refusât de l'admettre ; et si elle concentrait sa rage en cuisinant et en abattant la canne, d'autres trouvaient un exutoire dans le sexe, la violence, le chant, la danse, le jeu, la boisson, le tabac, voire la ferveur religieuse.

Devant moi, Qwashee foulait le sol avec légèreté, épaules relâchées après une nuit d'amour ; mon homme, chauve et au cul maigre, mince comme un lévrier mais *fo comme un bœu*. De temps à autre, il se retournait et me gratifiait d'un sourire timide et rassurant – révélant son assortiment bigarré de dents tachées et difformes –, voulant vérifier que j'allais bien, même s'il savait que j'étais *au poil su'tout ce matin, me'ci Mista Qwashee.*

Quand j'avais raconté à Ye Memé que nous couchions ensemble le dimanche soir après que nous étions allés nous promener – *vous aime'iez peut-êt fai un ptit tou, Miss Omo ?* – autour du quartier (où ailleurs ?), elle avait fait celle qui n'entendait pas, alors qu'elle le savait forcément. (Des secrets dans notre monde confiné ? Vous rigolez ?) Quand je l'ai répété, plus fort, elle a marmonné quelque chose d'où il ressortait que j'avais enfin un « homme *vé'itab* », puis elle a foncé sur le chemin, blaguant si joyeusement avec les passants qu'on pouvait croire qu'elle et ses enfants venaient d'être émancipés. Mais ses épaules étaient tellement tirées en arrière que les omoplates se touchaient presque, la peau intermédiaire plissée en stries rouges.

Les hommes « véritables » étaient à la fois aimés et détestés à Home Sweet Home. Ils disaient des grossièretés, baisaient comme des bêtes, pouvaient forcer à l'obéissance une femme au visage le plus *verrouillé* possible, et, si elle refusait de céder, user de charme – *Fais-le pou moi, mon chou. Soi zune bon fi pou ton g'os popa.* Les hommes véritables étaient si foutrement sexy que les femmes mouillaient rien qu'à les regarder. Les femmes criaient, se battaient, tuaient même pour eux, mais quand les hommes véritables les laissaient tomber, elles se plaignaient d'avoir dû supporter ces salopards coureurs de jupons, d'ailleurs *y a pas un cheul hom bien dans ce t'ou-là.* Mais comme les hommes n'étaient pas assez grands, larges, bien montés, sexy, beaux, sûrs d'eux, arrogants, musclés ou flatteurs, ce n'étaient pas des hommes *véritables*, ils ne comptaient pas.

Ma chère amie Ye Memé avait eu plus que sa part d'hommes véritables. Tous les pères de ses enfants en étaient. Le résultat ?

Elle se retrouvait seule.

Dès qu'on atteignait les champs, on se mettait à l'œuvre. Ce n'était pas facile, mais pas non plus compliqué. Armés de notre machette, on coupait la canne, que la Deuxième Équipe venait ramasser. Ma Marjani travaillait toujours plus vite que les autres. En épuisant le corps on fatiguait la tête. Et ça évitait de penser.

Les négriers qui nous surveillaient étaient eux-mêmes surveillés par les superviseurs – en général des Noirs qui au bout de quelque temps retournaient en Grande-Ambossa avec assez d'argent pour s'acheter une maison dans la capitale, Londolo. Les négriers étaient des Blancs qui devaient leur position privilégiée au plaisir qu'ils éprouvaient à manier le fouet. L'un d'entre eux était un jeune mulâtre nommé Ndwele. Sa mère appartenait à l'aristocratie des esclaves, que nous, la masse, apercevions de loin parce qu'elle habitait derrière la Grande Maison et ne descendait jamais jusqu'au quartier.

Elle était la maîtresse de Bwana, sous sa protection, et la mère de ses enfants. Elle s'appelait Iffianachukwana, le genre de personne blanche ou mulâtre qui, disait-on, posséderait ses propres esclaves si jamais elle était libérée. (Le cas n'était pas si rare.) La rumeur courait que c'était prévu, le jour où Bwana casserait sa pipe, ce qui ne devrait pas tarder s'il continuait de se goinfrer de fufu !

Ndewele était mince et avait la peau brun-rouge, ce qui contrastait avec ses cheveux très blonds et frisés. Son visage long, symétrique, empreint d'une certainc mélancolie, me rappelait celui de mon père. Surtout il s'efforçait d'afficher un air hautain et dédaigneux, comme si un grand destin l'attendait, monté sur son cheval ou étalé sur une natte au soleil, le chapeau abaissé sur ses extraordinaires yeux violets. Il suçait une tige de paille ou mâchait un morceau de tabac tandis que nous transpirions autour de lui. Je me rendais compte qu'il masquait ennui et frustration avec la seule chose dont il disposait – la supériorité.

En tant que fils d'Iffianachukwana, il n'avait rien à prouver et pas grand-chose à craindre, mais, plutôt que de le transformer en despote en herbe, cette situation révélait le meilleur de lui. C'était un négrier indulgent.

Je travaillais à côté de Qwashee, sachant que chaque fois qu'il lançait son bras en arrière et l'abaissait, c'était pour m'inciter à faire la même chose. Nous étions vingt esclaves par rangée et nous chantions en travaillant.

Là, en plein air, les vibrations du son remontaient du plus profond de nous et se répercutaient avec une puissance égalant notre effort physique. Nous devions chanter assez fort pour pouvoir être entendus dans un espace extérieur et nous déversions notre âme dans nos chants. On pouvait même parfois surprendre les négriers et leurs superviseurs le regard fixé à une certaine distance, comme en extase.

Ceux qui, parmi nous, venaient d'arriver des Terres frontalières s'effondraient en nous entendant chanter :

Faut-i oublier les amis
et njamai s'en souveni
Faut-i oublier les amis
et les jou du temps passé…

J'étais si obsédée par la crainte de rompre l'harmonie avec mon gazouillis d'amatrice que ce n'est que lorsque Massa Nonso, à califourchon sur sa jument gris pommelé, me cacha la lumière du soleil que je notai sa présence au-dessus de moi, telle une statue équestre, jambes antérieures dressées.

Je regardai l'homme à qui j'appartenais. Épouvantée.

Ces yeux cacao brun clair, qui avaient noté toutes les marques d'attention prodiguées à son jeune frère, glissaient maintenant derrière des paupières gonflées et avaient la couleur, la substance et l'intensité d'un crottin de cheval tout frais.

Torse nu, il révélait un estomac gonflé aussi croûté, sec et hérissé de poils que la coque d'une noix de coco.

Son cheval raclait le sol d'une jambe arrière, secouait sa crinière, éternuait et me crachait à la figure et, comme si ça ne suffisait pas, il entreprit de me brouter les lèvres de ses énormes, humides, dilatées, caoutchouteuses et malodorantes narines. Il me fallait rester là et le supporter (même un cheval avait un meilleur statut social que moi), cependant que son cavalier tâchait de laisser sortir une phrase de sa bouche.

Au lieu de quoi il lâcha du vomi.

Une substance gluante semblable à du porridge dégoulina sur sa poitrine nue.

Seigneur, il était rond comme une bille à seulement, d'après la position du soleil, 10 heures du matin.

Il s'affaissa, la tête au niveau de celle de sa jument.

Sur un ton de conspirateur, il bafouilla, comme si sa bouche était encore pleine de bile : « Eh *toi*, écoute, le vieux con va arriver ici pour une visite surprise accompagné de mon faux-jeton mielleux de frère, Bam*fouine*. Puisque ma sainte-nitouche de comptable est retournée à Londolo où elle raconte que des bobards, tu vas, sale petite fuyarde, réintégrer immédiatement la Grande Maison pour ranger mes registres pour qu'ils soient impec quand le vieux con débarquera. Sinon, je t'arrache tripes et boyaux. Compris ? »

Il fouetta la jument qui partit au galop, ses longues jambes galbées frappant le sol de ses sabots sur mesure en forme de U.

Dissimulé par une rangée de conifères, au bout d'une longue allée bordée de bois de campêche, le mur de la Grande Maison était peint de symboles géométriques entassés les uns sur les autres : triangles, carrés, cercles, hexagones, pentagones, étoiles. Images auxquelles étaient incorporées des versions minuscules du mauvais œil, symbole de Horus, l'ancien dieu du soleil, et entre lesquelles s'intercalaient des peintures « naïves » et pittoresques de la vie quotidienne sur la plantation :

Des esclaves femmes la tête enturbannée flânant le long de chemins fleuris, faisant virevolter leurs plus beaux parasols blancs à dentelle.

Nous qui chantions au temple de toute notre âme et les yeux levés au ciel.

Ou paressant sur les rives de la Dong en fumant des pipes d'argile.

Nos enfants dansant autour d'un mât enrubanné, des sourires émerveillés plaqués sur leur petit visage aux joues roses.

Le tout dans un tel déploiement de couleurs que rien qu'à les regarder j'eus mal à la tête. Du jaune criard issu d'œillets d'Inde, un rouge orangé produit de sanguinaires, le pourpre des mûres, différentes teintes de vert dues aux épinards, à l'herbe et aux pelures d'oignon, le rose pastel des roses, le rouge criard des cerises, le noir de charbon, le blanc de la chaux éteinte.

Des statues de dieux surmontaient le mur, entre de gigantesques boules d'argile peintes en blanc.

Le mur était destiné à exprimer la richesse et à inspirer de la crainte à la main-d'œuvre. Je reconnus le travail des artistes de Ndebele, qui avaient dû être amenés d'Aphrika.

Tout en faisant le tour du mur pour entrer par l'arrière, j'essayais d'assimiler ce qui était en train de m'arriver. C'était le milieu de la matinée et votre bien dévouée n'était pas courbée en deux avec une machette à la main – donc, pas de quoi se plaindre. J'ignorais ce qui m'attendait pour la nuit – retourner chez les esclaves ou dormir dans une des dépendances – et quand je reverrais Ye Memé, les gosses ou Qwashee. Et comme je refusais l'idée de revoir Bwana – j'ai chassé toutes ces pensées en bloc.

J'ai regardé vers l'allée, vers les prairies luxuriantes, vertes, gorgées d'eau de pluie, et au-delà des champs de canne, loin, tellement loin là-bas qu'on n'entendait plus, qu'on ne voyait plus les travailleurs de peine, et par-delà encore jusqu'aux montagnes. Tout là-haut dans la compagnie des dieux, où les seuls sons étaient les causeries des perruches et des aras, on avait une vue si époustouflante, si affranchie de la populace prisonnière de la vallée que l'on se sentait élevé spirituellement, à un point tel que l'on pouvait, pour de bon, se croire au jardin d'Éden.

King Shaka m'attendait à la porte de derrière, les sourcils arqués l'air de dire *Eh ben, en vlà une cachottiè !* Il me dit de le suivre jusqu'à une pompe dans l'une des cours, de me récurer derrière un paravent et de mettre un pagne propre.

Puis il m'emmena dans la résidence principale, avec son toit de chaume, sa véranda de bois peinte en blanc qui la ceignait complètement, et des palmiers en pot placés de chaque côté des grandes portes sculptées de totems.

« Massa Nonso y do, dit-il. Tout le mon doit ga'der le chilence. Je va te mont'er ce qu'i faut fai. »

Mes pieds nus crissaient dans les couloirs, sur les lames de parquet polies. L'odeur de cire d'abeille se mêlait à la senteur fruitée vanillée des bougies qui flottaient dans des bols d'eau en argent placés sur des consoles rondes à dessus de marbre et tronc unique, leurs pieds en forme de feuilles d'or posés sur des monticules de poissons d'or bondissant – rien de moins.

Nous passions devant des portes ouvertes qui laissaient voir l'ombre des esclaves domestiques, mais aucun d'entre eux ne se montrait. Par les fenêtres ouvertes des pièces se répandaient les doux effluves des bougainvillées, et les rideaux de mousseline se gonflaient sous la brise des ventilateurs suspendus au plafond par des supports de cuivre rutilants.

En passant devant la cuisine, située dans une annexe sur la droite, je fus frappée par l'arôme intense des fèves de café du mont Vert torréfiées et secouées dans un plateau de fer. Cela me ramena à des milliers de kilomètres, à Londolo, dans la maison de Bwana où l'on en importait chaque année des sacs entiers pour satisfaire les besoins en caféine de la famille. Le matin, j'avais pris l'habitude de boire la gadoue froide dans la tasse du maître.

Au bout d'un couloir, King Shaka descendit une marche pour ouvrir la porte étroite du bureau de Nonso. La pièce était une sorte de petite chapelle, étouffante, non aérée. Dérangées par l'appel d'air, des particules de poussière tourbillonnaient et m'entraient dans les narines, me faisant éternuer et tousser.

La pièce était bourrée d'étagères et de classeurs, le parquet jonché de papiers déchirés, gribouillés, froissés en boule, même modelés en forme d'oiseaux qui avaient loupé leur envol et s'étaient écrasés par terre.

Au centre trônait un bureau d'acajou à quatre pattes d'éléphant en guise de pieds. Encombré de registres et d'un amoncellement de papiers.

De la main, King Shaka me désigna l'ensemble : « Wange tout ça. Bwana a éc'it qu'i vient. Bientchôt. »

Il repartit, le dos raide de celui qui se sait observé.

Arrivé au bout du couloir, il se retourna : « Viv'ment qu'son Papa choit là pou lui botter l'cul-là. »

Je l'entendis glousser tandis qu'il traversait la maison silencieuse.

J'étais seule.

Ce qui ne m'était pas arrivé depuis des années.

J'ai entamé le nettoyage en commençant par le bureau.

Très vite, je suis tombée sur un tas de lettres de Bwana à Nonso.

Cher Fils de ton Père,

Je pense que toi et la famille êtes en pleine forme. Joyeuses salutations à Salmé et aux enfants. Ta mère t'envoie ses meilleurs vœux, ainsi que notre fils prodigue, Bamwoze. Oui, en effet, tu seras agréablement surpris d'apprendre que nous, la famille, sommes réconciliés avec ton mécréant de frère après sa passade irréfléchie avec la métisse que tu sais.

Bamwoze et moi plaisantons de sa rébellion de jeunesse, en vidant un ou deux gobelets du rhum blanc velouté de la propriété. Nous réglons cela dans mon bureau le soir quand le soleil se couche sur la cité, d'homme à homme. Je confesse que mon cœur se réjouit de voir notre ex-contestataire absorber la sagesse de son vieux père avec le respect qui lui est dû.

J'ai décidé que la disgrâce qu'a encourue notre grande famille à cause de Bamwoze doit être reléguée dans les annales de l'Histoire. Par conséquent, tu feras toi aussi de la place dans ton cœur pour lui pardonner, même si, comme je me le rappelle, tu as été le plus véhément à réclamer qu'on le bannisse à perpétuité de notre clan, lui et toute son éventuelle progéniture.

Il n'est plus question de s'appesantir sur son aberration.

Pour se racheter, il a accepté d'épouser une jeune fille délicieusement placide et, je dois dire, très avenante*, nommée Adiba. L'une des filles, tu dois t'en souvenir, de mon associé en affaires, Chef Ezanaka, le P-DG de la banque Baringso.*

Maintenant que Bamwoze est de nouveau sain d'esprit, je l'ai persuadé, sans aucune incitation particulière, de revenir habiter notre Home Sweet Home après son mariage afin qu'il se joigne à toi dans l'administration du domaine, sans que cela présente le moindre désagrément pour toi, bien entendu. En ces temps difficiles, mieux vaut être deux à la barre, tu l'admettras, et, avec des qualités complémentaires, vous constituerez tous les deux une fine équipe. (Et fini les chamailleries. Vous êtes tous les deux des adultes !)

Toi, Nonso, tu possèdes un enthousiasme remarquable et ce que l'on peut qualifier de potentiel *incroyable. Bamwoze, quant à lui, apportera à votre partenariat une intelligence aiguë, une éloquence impressionnante, une autorité naturelle et, le plus important, une maîtrise (renouvelée) des règles sociales qui maintiendra, que dis-je : qui améliorera les relations avec nos voisins car nous devons compter les uns sur les autres en ces temps de révoltes.*

Pas un jour ne passe sans qu'on entende parler de soulèvements d'esclaves dans les Îles du Japon-Occidental, en particulier les forces rebelles sur l'île d'Haïti où notre peuple a été victime de ce qu'on ne peut décrire que comme un génocide, et ces diaboliques terroristes marrons en Nouvelle-Ambossa qui sont toujours prêts à sauter d'un arbre pour trancher la gorge d'un pauvre homme qui se rend à son travail. As-tu eu des problèmes avec eux récemment ?

Il faut rester sur ses gardes surtout quand on entend les histoires qui se racontent sur les terroristes primitifs, les Mongolos, Carawaks ou Aribs, ou quel que soit le nom qu'ils se donnaient. Ils étaient tout aussi belliqueux, perfides et assoiffés de sang à l'ère où l'Homme est arrivé, bien que nos hardis prédécesseurs aient réussi au prix de grands efforts à éliminer le problème. Ils étaient aussi des flemmards comme les blègres quand on les a sortis de leur barbarie pour en faire une néo-humanité, et requis de fournir une bonne journée de travail en échange de leur souper.

Ce genre de récit édifiant demeure au premier plan dans l'esprit de chacun, et tu seras heureux d'apprendre que des plans s'élaborent pour envoyer des troupes dans l'île mener une guerre totale contre l'actuelle cuvée de séditieux. Éradiquer ces satanées créatures une fois pour toutes.

Bon, assez ! Ça suffit ! C'est trop déprimant.

Passons à quelque chose de plus agréable. Bienfaisant, naturellement, est ravie que son « Bamwo chou » ait réintégré le sein de la famille. En vérité, il me plaît aussi de voir son humeur revigorée. Ta mère s'est terriblement détériorée ces dernières années à force de se languir de son Bamwo chou. Y a-t-il pire chose qu'une vieille femme à la mine revêche se traînant dans toute la maison en marmonnant ?

Mais, le cœur léger, je déclare que ces jours sombres sont derrière nous !

J'attends avec impatience de recevoir les comptes annuels de l'exploitation, dans trois mois comme d'habitude.

Une ligne ou deux, quelques mots de ta part suffiront. Je sais que tu es très occupé.

Ton père qui t'aime

KKK

PS – Je veux croire qu'Iffianachukwana est toujours aussi robuste. Elle m'inquiète. Je ne veux pas la perdre. Assure-toi qu'on s'occupe bien d'elle. Oui, oui, je sais, ton père est un vieux sentimental.

PPS – Chut, ne le dis pas à ta mère !

Cher fils,

C'est avec une certaine consternation que je me vois obligé de m'enquérir de ce qui se passe exactement dans ma plantation. Djenaba s'est embarqué hier de Nouvelle-Ambossa pour Doklanda où, dès son arrivée, il a traversé la ville pour m'informer que sa position de comptable était devenue intenable sous tes ordres. Si intenable qu'il n'a pas osé, tant qu'il restait sur l'île, me tenir au courant par écrit de la « situation » actuelle, compte tenu de l'imprévisibilité de ton comportement. Je l'ai calmé avec l'un de mes meilleurs cigares Codiba, après quoi il a été en mesure de me dire que, apparemment, tu es en train de t'égarer. Rhum au petit déjeuner, au déjeuner et au souper ? Certainement pas, ai-je répliqué. Dix de mes employés morts en l'espace d'un seul mois ? Comment est-ce possible ? Jouer à des jeux d'argent avec mes *bénéfices ? C'est faux ! ai-je protesté.*

Nonso n'est ni alcoolique ni joueur, ai-je affirmé, désireux de protéger la réputation de mon fils aîné. Strict sur la discipline ? Bien sûr, mais pas au détriment des affaires. Les hommes de la famille Katamba sont honorables, dignes, et le garçon a toujours respecté ma maxime – Punir pour dissuader ou réprimander, mais ne supprimer la vie que lorsqu'il n'y a pas d'autre solution.

Je répugne à l'admettre, mais Djenaba était totalement convaincant.

Cher fils, j'attends tes explications dans les plus brefs délais.

Ton père préoccupé

Nonso,

J'ai pris la liberté d'écrire à Chef Tembi, du domaine de Worthy Park, le priant de se rendre en personne auprès de toi pour te dire que ton père attend une réponse à sa lettre. Il m'a assuré qu'il l'avait fait et que, apparemment, tu lui as assuré que tu allais répondre immédiatement.

Pourtant, rien.

Quelles que soient les graves erreurs que tu as commises, il n'est pas trop tard pour te repentir. Fais preuve de respect et contacte-moi, sinon je vais devoir prendre des mesures drastiques. Ma petite réserve de patience s'épuise rapidement.

Père

Fils,

Tu as toujours été un petit morveux renfrogné, n'est-ce pas ? Le temps n'est plus maintenant de bouder ou de se cacher.

Cela fait trois ans que je ne suis pas allé sur l'île. Je pense que le moment est venu d'une petite visite, tu ne crois pas ?

Au fait, félicitations. Imprimée en première page du Morning News *d'hier matin, il y avait une caricature :*

NONSO KATAMBA FILS AÎNÉ DE CHEF KAGA KONATA KATAMBA Ier

Tu étais ridiculisé comme le genre le plus méprisable de vulgaire planteur – alcoolique, joueur, grossier, lubrique et stupide.

Ainsi m'as-tu fait honte.

Sache que Bamwoze et moi arriverons dans quatre semaines sur le Demerara Dream. *Fais en sorte que la chambre de maître soit prête et prépare-toi à affronter ton géniteur – moi.*

Il n'y avait plus que quelques jours avant l'arrivée de Bwana. Qu'allais-je faire ?

D'abord je devais nettoyer le bureau, vérifier chaque maudit bout de papier mis à la poubelle pour le cas où il aurait contenu une information importante. Quand je suis tombée sur un tas de boules de papier jetées dans un coin, chacune gribouillée du mantra JE HAIS PAPA ! JE HAIS MAMAN ! JE HAIS BAMWO CHOU, j'ai failli éclater de rire. *Génial, Nonso, espèce de branleur*, ai-je lâché tout haut juste avant que je voie l'auteur apparaître sur le pas de la porte, tel un cadavre : sobre, blême, un pagne de satin argenté descendant si bas sur ses hanches généreuses qu'il révélait de minuscules serpentins de poils pubiens noirs.

Une surabondance d'after-shave inonda la pièce, noyant l'odeur de moisi. Le mélange, reconnaissable à tous les coups, bois de santal et musc avec une touche acide de pamplemousse, privilégié des jeunes glandeurs riches de Londolo.

« Alors, on s'amuse ? »

Nonso avait perdu sa voix au débit rapide, nerveux de jeune citadin et adopté le marmonnement cocasse et langoureux des planteurs, comme si parler était un acte vraiment *trop, trop* fastidieux.

J'ai secoué la tête aussi vigoureusement qu'un enfant pris sur le fait en train de mentir.

« Notre méchante petite fuyarde permettra-t-elle à son maître de goûter la plaisanterie ? »

Je ne bougeai pas d'un centimètre. Je suffoquais. Pas une once de courage. Merdmerdmerdmerdmeeeerde !

Mais au lieu d'exploser de rage comme je m'y attendais, il se montra plutôt résigné.

« Apparemment pas. Personne ne me met au courant de quoi que ce soit. Personne ne s'intéresse à cet idiot nommé Nonso qui possède un tel *potentiel* qu'on le laisse pourrir dans ce trou infernal, au milieu des buissons sauvages qui lui piquent les chevilles et des ouvriers agricoles qui attendent l'heure de venir le trouver avec une machette pour le découper et le faire rôtir comme un tendre filet de bœuf. »

Nous, ou plutôt lui, avons gardé le silence. Un silence rempli du bruit des abeilles suçant le pollen des bougainvillées à la fenêtre et le *kak-kak* des perruches dans les arbres. Un silence si palpable que les murs semblaient murmurer. Un silence jamais confortable pour une esclave, quand son maître s'est arrêté de parler tout en ne quittant pas sa propriété des yeux.

Mais ça n'avait rien de menaçant, avec Nonso. On aurait dit qu'il essayait de se connecter, ou de se reconnecter, à quelque chose.

Il s'approcha de moi, me releva le menton de la paume de sa main et m'obligea à le regarder droit dans ses yeux couleur de bouse – la seule partie de son visage joufflu de gamin présentant des signes d'accession à l'âge adulte. Même s'ils n'affichaient pas vraiment des signes de maturité, plutôt des marques de maladie.

« Oh, s'il te plaît, ne sois pas pétrifiée devant Nonso *le monstre*, ou quel que soit le nom qu'ils me donnent. Comment faire autrement pour dominer six cents travailleurs à moi tout seul ? J'ai des sentiments moi aussi, que je ne peux pas montrer sinon c'est la masse qui me dominera. Pardonne ma rudesse de tout à l'heure, c'était l'alcool. C'est ça que je suis censé dire ?

« De toute façon, n'aie pas peur parce que je suis sûr que j'ai tété tes seins et que tu as sucé la morve de mon nez ou fait un autre truc de nounou quand j'étais bébé et que ma mère était trop occupée à acheter des anneaux de nez incrustés de diamants ou des plateaux de lèvre en platine ou des foulards en lamé pour s'intéresser à son premier-né. Et puis, avant que tu prennes la fuite, la famille te portait une certaine affection. Efficace, simple, terne. N'est-ce pas *fascinant* à entendre ? »

Un sentiment de compassion inattendue perça dans sa voix sinistre.

« Rassure-toi, je ne vais pas te faire de mal, Omorenomwara. Tu n'as pas reçu le moindre coup de fouet depuis que tu es ici, n'est-ce pas ? »

Les larmes me montèrent aux yeux, mais je n'étais pas sûre que ce fût prudent de les baisser.

« En l'occurrence, j'aurais pu avoir recours à toi ici bien plus tôt. Pourquoi gâcher tant de compétence ? C'est juste que le vieux pédant de F de P était catégorique. Tu devais être obligée d'"effectuer une honnête journée de travail dans les champs".

« Je te l'ai épargné pendant un certain temps, n'est-ce pas ? Là-dessus ce ronchon de Rotimi met sa pute favorite en cloque et vient ramper à mes pieds pour qu'elle ait des charges moins lourdes à porter. »

Il se pencha plus près.

« Pourquoi ne pas penser à moi comme à un invisible bienfaiteur ? »

Allait-il m'embrasser ?

Lâchant mon menton, il effleura ma gorge de ses doigts, s'arrêtant juste avant la clavicule.

Puis il balaya l'espace de la pièce d'un geste désabusé.

« Regarde le foutoir que Djenaba a laissé. Mais que faire quand ta comptable est une enfoirée ? Bon, j'en viens à ton boulot. *Tu* dois t'arranger pour que *mes* pertes passent pour des bénéfices. On appellera ça comptabilité créative, compris ? Quand le vieux con entrera dans la plantation sur son fier coursier, tu retourneras aux champs. N'aie pas peur, si ton travail est satisfaisant, et je suis sûr que ce sera le cas, tu retrouveras ta nouvelle place dès qu'il sera reparti. Bam*belette* s'en fichera dès que je l'aurai mis de mon côté. Ce qui sera facile, suffira que je le laisse s'installer sur le domaine avec la putain de sang mêlé qu'il a prise pour maîtresse.

« Quant à nos pertes, je vais devoir vendre une partie du cheptel. Un planteur des Amerikas est déjà discrètement sur les rangs. Il a toujours existé un marché pour les espèces de jeunes mâles sains, et Kaga le

Tout-Puissant ne remarquera même pas leur absence quand il fera sa tournée d'inspection.

« Naturellement le fils respectueux offrira la plus splendide des réceptions d'accueil. Tout le monde y assistera – voisins, notables, et tous les travailleurs, qui auront l'air extatiquement heureux parce que toutes les Ordures y veilleront. Les festivités dureront trois jours et trois nuits, avec plein de boustifaille, génisses et cochons abattus puis rôtis, barils de rhum et tabac à gogo. On dansera au son des violons et des cornemuses et on écoutera l'habituelle succession de chansons indigènes imbéciles, du genre, tu sais – *Elle fera le tour de la montagne quand elle viendra, elle conduira six chevaux blancs, elle portera un pyjama rouge, elle devra dormir avec Grand-Maman* – ou toute autre niaiserie.

« Quant aux *spirituals* déprimants, du genre *Je veux rentrer chez moi*, ils seront interdits. Je dis bien interdits !

« Après trois jours d'ivrognerie hédoniste, de ragots doucereux, tous ces planteurs jaloux devront avaler leur méchante langue et admettre que les affaires sont en plein essor sur la plus grande, la pire et la meilleure plantation de l'île. Yaha ! »

En criant ainsi victoire, Nonso exhiba une rangée intacte de dents non encore abîmées par le rhum. Aucune n'était ébréchée, pourrie, tachée. Elles étaient solides, blanches, belles. Il y avait longtemps que je n'avais pas vu ça.

« En attendant, voici la liste de ceux qui disparaîtront. »

Il sortit de l'arrière de son pagne un rouleau de papier, qu'il avait probablement enfoncé dans la raie des fesses.

« Ils doivent être non nés ou morts de maladie ou enfuis depuis longtemps pour qu'il ne se mette pas en tête de les chercher. Fais comme tu veux, mais ils doivent avoir disparu. Mon client ramassera les garçons dans un endroit réservé par avance le jour qui suivra l'arrivée de mon père, qui accoste dans deux jours. Donc ils doivent être déjà cachés. King Shaka va s'en occuper. On n'a pas de temps à perdre.

« À la santé de Yemonja. J'ai foutrement besoin d'un verre ! »

Il traîna ses sandales en peau de crocodile dans le corridor avec la démarche d'un vieil homme au bout du rouleau, et non pas celle d'un jeune Ambossan en pleine virilité.

Il appela des serviteurs, élevant à peine la voix, pourtant une rafale de pieds féminins fit grincer le plancher comme si leurs propriétaires avaient lu dans sa tête.

Yao, fils de Ye Memé = 300 C£
Dingiswayo, fils de Ye Memé = 500 C£

Je me suis adossée au mur de boue humide et me suis laissée glisser à terre.

Une secousse ébranla mes entrailles et se répandit dans tout mon corps comme si un éclair avait frappé et cherchait désespérément l'issue de sortie.

La charge continua encore et encore.

Jusqu'à ce que j'ouvre les yeux et la libère.

Des heures plus tard j'avais rangé le bureau et m'étais mise aux livres de compte. Avant tout, je devais aider Yao et Dingiswayo, ou je ne pourrais plus me supporter. Ensuite, je devrais monter un coup contre Nonso, sans en payer le prix. Ayant perdu l'habitude de passer mes journées à l'intérieur, j'avais besoin d'air, mais je n'avais pas l'autorisation de me déplacer.

Finalement la témérité me propulsa dans le couloir en direction de la pièce qui s'ouvrait sur la gauche. Je me retrouvai dans l'oasis d'un immense salon ensoleillé qui, à ma grande surprise, ressemblait exactement à celui de la résidence des Ghika où j'avais vécu tant d'années auparavant.

Certains planteurs aimaient le style épuré pour leur maison – bambou, bois, argent, roseaux, toile de lin. D'autres la bourraient d'objets pour faire taire (espéraient-ils) leurs prétentieux critiques qui les déclaraient incultes et sans aucun raffinement. D'autres encore avaient besoin de remplir leur espace de vie solitaire sur une île lointaine, avec quelques rares voisins, et craignaient toujours, comme Nonso, l'insurrection prochaine des masses.

Ils étaient incapables de pratiquer l'introspection, alors ils se fortifiaient avec des choses matérielles.

Mobilier faisant office de psychothérapie. Objets à la place d'amis. Équipements en guise d'arsenal.

Quelle innovation.

Dans le salon de Nonso, une armoire de couleur vermillon décorée de papillons dorés voisinait avec une commode en bois de rose elle-même collée à un chiffonnier incrusté d'écailles de tortue. À leur côté pendait un masque en teck, de presque deux mètres de hauteur, du dieu Shangira, puis un petit meuble laqué rouge aux portes peintes de chameaux démesurés, au milieu de palmiers et de pyramides.

Une clé avait été oubliée dans la serrure de ce meuble, aussi, poussée par ma témérité, l'ai-je ouverte et je me suis retrouvée naviguant dans l'esprit de Nonso.

Les étagères étaient surchargées de livres pratiques et de manuels de développement personnel.

*Ils vous font ch*** – Comment survivre à la vie de famille.*

Soigner l'enfant qui est en vous.

Comment lancer une conversation & se faire des amis.

Traiter avec des gens qu'on ne peut pas supporter.

Comment motiver sa main-d'œuvre.

Relégués tout en bas, tranche tournée vers l'intérieur : *Les droits de succession pour les nuls* et *Soigner les maladies vénériennes par des moyens naturels.*

Aucun de ces livres ne semblait avoir été ouvert.

Un rire m'a échappé.

Plusieurs « trônes » étaient disséminés dans la pièce – bras en forme de cygne et sièges tapissés de damas brodé de fils d'or et d'argent ; il y avait aussi un divan en forme de tigre allongé recouvert d'une peau de girafe.

Miroirs en bronze doré gravé de campanules, de rubans et de guirlandes, s'étirant du plafond jusqu'au sol, mais la femme qu'ils reflétaient était tellement foncée que je la reconnaissais à peine. La peau, si lisse auparavant, présentait un écheveau de fines rides. L'ovale du visage s'était relâché et la chevelure tombant aux épaules et clairsemée était décolorée blond-blanc, à moins que, Dieu m'en préserve, elle n'ait commencé à grisonner ? Elle avait grossi aussi, avec des épaules fortes et balafrées et des bras qui semblaient pouvoir assener un bon crochet du droit. Les seins demeuraient inertes, des sacs couverts de vergetures.

Et surtout, les yeux passifs et éthérés qui me regardaient avaient perdu leur bleu pur pétillant, leur lueur moqueuse, blagueuse, ils racontaient un paysage de collines lessivées par le soleil, de champs, de boue et de cieux infinis.

Seigneur, j'avais l'air si rêche, si *rurale*...

M'arrachant à cette image, j'ai erré à travers la pièce, effleurant de mes mains les courbes sensuelles des statuettes de bronze, de jade, d'ivoire, les sculptures grandeur nature d'hommes, de femmes et d'enfants, ainsi que de minuscules figurines de dieux – toutes d'or pur.

Une tourterelle vivante s'agitait dans une cage.

Une table basse rectangulaire aux pieds ronds et griffus exposait plusieurs beaux livres illustrés qui, tous, avaient visiblement été bien feuilletés.

Planteur chic – Maître du goût.

Au-delà du style colonial – 100 bonnes idées pour votre intérieur.

Les Trois Stades de l'évolution de l'homme : un guide visuel.

Je foulais des tapis de Chine et des Indes si délicats et soyeux que j'avais envie de m'enrouler dedans, et quand je tordais le cou vers le haut c'était pour regarder le dôme d'un plafond représentant un soleil éclatant dans un ciel nuageux.

Incapable de résister, je me suis dirigée vers les portes à panneaux qui s'ouvraient sur une pelouse, où jouait une petite fille, une grassouillette petite Ambossane portant une jolie bavette ornée de perles turquoise. Elle avait une peau veloutée chocolat foncé et des joues adorables qu'on avait envie de pincer. Des rubans jaunes parsemaient ses cheveux tressés en arceaux, et elle faisait semblant d'allaiter l'une de ces poupées reines aphricaines.

Une enfant parfaite.

Comme Petite Miracle.

Puis elle leva les yeux et me regarda d'un air si dégoûté qu'il effaça toute sa joliesse.

« Qui es-tu ? » aboya-t-elle.

(C'est fou ce que ces gosses apprennent vite, surtout quand ils ont Bwana dans leurs gènes.)

Je reculai dans le salon.

« Miss Omo ! Que faites-vous ici ? »

King Shaka surgit à mes côtés et salua du geste la petite.

« Compliments, Missa Dalila. Contchinue à jouer, pitite. Tout va bien ichi. Omorenomwara-là è vient t'availler da la maijon, volà tout. »

À la vue de King Shaka elle parut soulagée et lui répondit par un sourire béat, le petit ange brun était revenu.

Il me poussa à l'intérieur de la pièce, ferma la porte, saisit mon bras si violemment qu'il le pinça et pressa ses lèvres contre mes oreilles, m'imposant son haleine torride et aillée.

« È c'est la pu jeune à Massa Nonso. Vous app'ochez pas de ses gosses pasqu'i fon des tas d' jennuis au zeslaves qu'i zaiment pas. De sales pitites ve'mines, i disent que des menchonges pou vou fai fouettcher. Massa Nonso est v'aiment t'op faib pou les dominer et si stoupid qu'i c'oit tousque ces foutchus gosses y disent. Et leu mè ? Madama Salmé ? È vaut pas mjeux. Passe toutes ses jou'nées au lit pasque son ma'i y saute toutes les zeslaves filles. Elle s'en p'end aux vitimes et pas à l'ag'esseu. Y en a plein qu'elle a f 'appées vec des baguettes de noyer qu'elle a fait saisi au feu. »

Avais-je bien entendu ? Oncle Tom dénigrant ses maîtres ?

Je le suivis de nouveau dans les couloirs à l'odeur de vanille, traversant les diverses cours à l'arrière de la résidence où des artisans talentueux vaquaient à leur travail quotidien à un rythme beaucoup plus lent que nous dans les champs et à la fabrique. Un menuisier limait les pieds d'un banc en bois, une femme trempait du linge dans une cuve où bouillonnait de l'indigo, ses avant-bras teints en bleu foncé, un boulanger tressait de la pâte pendant que son assistant faisait chauffer le four d'argile.

« J'espè que vous avez faim. La nou'itu est meilleu ichi. Nonso a cing goss et une femm ma la cuisiniè doit p'épa'er à monger pou cing mille pe'sonnes cha jou, co ça Nonso se c'oit un g'and chef vec plein d'agent à djilapider. Un gachpilleu, vlà le gen qu'il est. »

Nous avons pénétré dans un endroit frais et ombragé où de la nourriture cuisait dans un faitout de cuivre. Plusieurs esclaves domestiques étaient rassemblés.

King Shaka m'apporta un bol de soupe à la tortue et me conduisit sous un arbre à pain.

« Pourquoi me racontez-vous tout ça ? lui demandai-je.

— Pasque matnant vous jêt da la foss au lion, mon chou. »

Il s'allongea sur une natte, dénoua le bandeau qui entourait son front, l'abaissa sur son visage, croisa les bras derrière la tête et replia les jambes.

« Une de'niè choje, dit-il. Ne wépétez jama çque jvous a dit. Comp'is ? »

Bientôt il reniflait comme un cheval content.

Je regardai les gens autour de moi : trois hommes déchiquetaient des cuisses de poulet frit, plusieurs personnes dormaient, en face de moi deux jeunes femmes, des bonnes probablement, assises jambes croisées sur des nattes, écoutaient une grosse mama qui tenait audience à l'ombre d'un cerisier en pleine floraison.

Étant donné sa pâleur, il était évident qu'elle ne travaillait pas dans les champs.

Ses cuisses et ses fesses débordaient d'un tabouret à trois pieds qui réussissait par miracle à ne pas se renverser.

Son pagne et son turban étaient en taffetas crème.

Des tourbillons de cicatrices décoratives lui griffaient le visage, les bras et les seins.

Tous ses bijoux étaient en or. Pendants d'oreilles Néfertiti, épais anneaux de nez, collier avec un pendentif en forme de fleur, serpents bracelets de bras et de chevilles, bagues ornées de pierres précieuses, et ses talons étaient peints d'un vernis bleu scintillant.

Quel genre d'esclave pouvait ainsi dégouliner d'or ?

Elle m'avait remarquée et parlait très fort, à mon intention, me semblait-il.

« Me dmande çque mon Bwana va m'appo'ter çte fois ? La p'emiè choje qu'i fait c'est d'aller voi sa Miss Iffie. Y peut pas wejister. C'est com un witchuel. La de'niè fois j'ai dmandé dla dentell de Londolo, ma j'atten qu'i mdonne dla bijoutwie en o. De l'o, de l'o, i m'appo'te jamais de la ptite camlote en a'gent. »

Quelle vache odieuse et ridicule, ai-je pensé. Ce devait être la Iffianachukwana.

La jeune Olunfunlayaro entra et se dirigea droit vers moi, toute souriante.

« Ma chèèèr ! s'exclama-t-elle de sa voix légère, en se laissant tomber à côté de moi. Ye Memé était t'ès vexée qu'tchu lui as jama dit qui tch étais. Tout le mon pa'le de toi, Miss Omo. »

Avant que j'aie pu me défendre, la super pouffiasse nous interrompit, visiblement outrée qu'Olunfunlayaro ait distrait son auditoire.

« Je peu dmandé qui c'est ça ? Quelle ét'angè viant dé'anger not cammunautché ? Amie o nnemie, dis-le, pasque vous êt que de vulgai t'availleuuuu des champs ! »

Elle empoigna son ventre tremblotant et le tint dans ses mains, explosant de rire comme toutes ses commères.

Olunfunlayaro se leva d'un bond.

« Viens, que je te p'ésente à Miss Iffie. Fai pa ttenchion, è aboye plu qu'elle mo. L'è pas méchonte. C'est dla f 'ime. »

Nous nous sommes dirigées vers le cerisier en fleur, sous le regard méprisant des acolytes qui m'évaluaient de la tête aux pieds.

Mais pas Miss Iffie, dont l'air suffisant disparut pour laisser paraître une expression de bouleversement extrême.

« Jpeu pa le c'oire ! » s'exclama-t-elle, la voix rauque, se tenant la poitrine comme si on l'avait poignardée.

« Jpeu v'aiment pa le c'oire ! » répéta-t-elle, le visage vidé de son sang, les yeux pleins de larmes.

Ce sont ces yeux qui servirent de révélateur, pas bleu azur, comme elle se l'était imaginé, mais d'une couleur que nous ne savions pas nommer alors – lapis-lazuli.

Ils n'avaient absolument pas changé.

Elle voulut se lever mais trébucha, les autres femmes se précipitèrent pour la retenir.

Le temps que nous soyons face à face, elle avait retrouvé son équilibre.

Et puis nous sommes tombées dans les bras l'une de l'autre.

Pleurant dans le cou l'une de l'autre.

Son coussinet de ventre mou se convulsait contre mon abdomen musclé et dur.

Je reculai pour empêcher sa masse de nous déstabiliser.

Jpeu pa le c'oire.
Jpeu v'aiment pa' le c'oire.
Et moi encore moins.
Doris, ma pitite sœu.
Sharon, ma grande sœur.
Sharon Scagglethorpe.
Dernière adresse connue :
Pavillon du Pommier, Domaine Montague, Angleterre.

MARCHER DANS L'EAU

Madge Scagglethorpe fut traînée vers la forêt par les kidnappeurs qui assiégeaient notre maison, on ne la revit jamais.

Jack Scagglethorpe mourut de dysenterie dans la cale du premier vaisseau négrier commandé par Bwana, l'*Espoir & Gloire*.

Parce que Eliza Scagglethorpe refusait de manger, les marins la jetèrent par-dessus bord, au titre d'avertissement pour les autres.

Alice Scagglethorpe mourut en moins d'une année de travaux dans les champs de canne à sucre du domaine du Noble Parc.

Sharon fut sélectionnée par Bwana qui en fit sa maîtresse et l'installa dans une hutte indépendante. Elle lui donna des enfants et engraissa, ce qu'il trouva plaisant.

Elle le supplia de lui amener sa petite sœur Alice, mais Bwana ne croyait pas que les Europans avaient de véritables émotions ni de liens familiaux.

Ma première crise de chagrin dura des heures dans le giron flasque et maternel de Sharon.

Les images ne cessaient de me revenir.

Madge violée jusqu'à ce qu'elle en meure.

Mon père mourant dans ses excréments.

Ma mère en train de se noyer.

La petite Alice souffrant toute seule quelque part dans le monde.

Mon unique sœur survivante amoureuse, ou du moins semblait-il, de l'homme responsable de toutes ces horreurs.

J'ai pleuré jusqu'à ce que je sente mes poumons devenus aussi cassants qu'une feuille de tabac séchée.

Assises devant la maison de Sharon en stuc blanc avec tuiles rouges et treillage aux fenêtres, nous avons parlé si tard dans la nuit que nous avons vu les premiers rayons de lumière bleue surgir derrière les montagnes.

La petite maison compacte et isolée donnait sur des champs clos où vagabondaient des chevaux en toute liberté.

Sharon y vivait avec ses trois fils mulâtres.

L'aîné, Kolladao, était un surveillant connu pour sa dureté, qui n'avait heureusement jamais eu la responsabilité de mon équipe. Je discernais la brute en lui, l'ego qui avait besoin d'être alimenté par l'asservissement des autres.

Je suis sûre que Ndwele était soulagé de n'avoir jamais déshabillé et fouetté sa tante. (Mon Dieu, je prenais soudain conscience que j'étais la tante de quelqu'un.) Il était aussi rêveur que sa mère jadis.

Ako était le truculent jeune homme que j'avais vu dans l'entrepôt à mon arrivée. Trop jeune pour être promu cadre débutant, il semblait bouillonner du syndrome du fils-cadet-négligé.

Quand l'air commença à fraîchir, les garçons nous apportèrent des couvertures matelassées cousues par Sharon.

Quand nous avions soif, ils allaient chercher un pot de thé qu'ils vidaient dans des tasses d'argile délicates, décorées par Sharon de roses de notre pays natal.

Quand nous avions un petit creux, ils revenaient avec des plateaux des *desse'ts du vieux pays* qu'elle faisait elle-même : pudding hérisson, roulés à la mélasse, bonshommes en pain d'épice, gâteaux de baies rouges.

Les deux aînés, dans leurs rôles respectifs de surveillant et de meneur d'esclaves, figuraient au nombre des personnes les plus craintes et détestées de la plantation. Mais envers moi, dans mon nouveau rôle de sœur de leur mère, ils se montraient polis, presque déférents.

C'était très troublant.

Kolladao tenait à impressionner sa tante (ce qui me faisait rire).

« Ma mè est diffé'ente depi que tch'es là », remarquait-il.

Et c'était vrai. Aussi vulgaire et horrible que soit devenue ma sœur, avec moi la façade s'estompait et la personne que j'avais connue perçait à travers.

La Sharon qui rêvait de s'appeler Sabine.

La Sharon qui mettait une guirlande de renoncules dans ses cheveux.

La Sharon qui attendait sur le pas de la porte qu'un prince vienne la sauver.

(Quelle pitié que son chevalier en armure scintillante n'ait été autre que Bwana.)

Mes neveux, assis contre des tabourets instables, entendaient pour la première fois parler de leurs tantes et grands-parents décédés depuis longtemps, car, quels qu'aient été les récits de Sharon, je voyais à leur réaction que ce n'était pas le mien.

Kolladao parut d'abord incrédule, puis il marmonna quelque chose du genre regardons plutôt vers l'avenir et ne réveillons pas le chat qui dort.

Ako intégra cette nouvelle information et la garda pour lui – à examiner plus tard.

Ndewele sembla d'abord étonné, puis ses beaux yeux violets s'égarèrent, comme si c'était trop dur à accepter. Mais au bout de la nuit ils étaient devenus des charbons ardents.

Durant ces heures nocturnes, sous l'éclairage de bougies, Sharon et moi sommes restées côte à côte sur sa pelouse, enveloppées dans des couvertures.

Nous étendions nos jambes, droit devant nous, en tortillant nos orteils, comme si nous partagions de nouveau le même lit, dans la maison de famille.

Mes pieds étaient meurtris, couverts de cicatrices, encroûtés, brûlés, les ongles noircis ou cassés.

Les siens étaient doux, lisses, dodus, impeccables, les ongles longs et vernis de bleu.

Je luttais pour trouver les mots, être capable de lui décrire les années écoulées. Devais-je rassembler les principaux événements ou commencer par le début ?

Sharon, en revanche, n'arrivait pas à maîtriser son débit et invoquait notre enfance comme si elle datait d'hier.

« Tu t'souvions tu chontais toujou cett chonson pou me fai en'ager ? Common c'était ? *Lavande bleue, lala lali lala, lavande ve'te, quand y swa woi, lala lali lala, tu sewas pas weine.* Laiz-moi te di, Doris, ça m'a v'aiment fait chier ! Tu m'éne'vais un max et pi tu laizzais tomber ! »

Retard de croissance, dit-on ?

J'avais mis mon enfance à sa place, une histoire à revisiter mais non pas à revivre.

Quand j'ai commencé à lui raconter les punitions que m'avait infligées Bwana, elle tressaillit et changea de sujet.

« Seigneu ! Tu te wappell Percy ? » demanda-t-elle en me pinçant la cuisse.

Elle m'apprit que Percy avait été emmené en esclavage, lui aussi.

Percy ?

Alors qu'il était lui-même négrier ?

Est-ce une blague ?

Elle me dit qu'on l'appelait Adongo et qu'on le faisait travailler comme un âne. Les autres esclaves le méprisaient quand ils découvraient qui il était. Il s'était enfui deux fois et un surveillant lui avait tranché les deux pieds. Personne n'avait osé ou voulu le nourrir, et il était mort de faim.

La chute du puissant Lord Perceval Montague, c'était difficile à imaginer.

AVANT –

Nom : Lord Perceval Montague

Domicile : Manoir Montague, Angleterre

Profession : Seigneur féodal

APRÈS –

Nom : Adongo

Domicile : Hovel, Domaine de Worthy Park, Nouvelle-Ambossa

Profession : Esclave agricole ou (familièrement) *Blèèèègre des champs !*

Quand le matin fit son entrée dans toute sa gloire, brumeux, resplendissant, gazouillant, mes neveux nous apportèrent un petit déjeuner de porridge de sazda rouge avec une sauce aux cacahouètes. Ako y toucha à peine et fila vers l'entrepôt, comme s'il avait hâte de se débarrasser de nous. Kolladao et Ndewele, à l'évidence fascinés par cette tante réinventée, s'éloignèrent à regret vers les écuries pour seller les chevaux.

En les regardant marcher, dans leurs pagnes de calicot propres, traînant leur fouet sur le gravier, j'ai reconnu la silhouette dégingandée de mon père, sa démarche penchée et déterminée. Quelque chose était passé dans leurs gènes, à moins que Sharon leur ait transféré sa façon de se déplacer jadis.

Si la roue du destin avait tourné ne serait-ce qu'un peu différemment, ces garçons auraient été à cette heure en train de faire pousser des choux dans des landes balayées par les vents, des hommes intègres, des serfs fulminant contre l'ouvrier qui avait prospéré. Ils ne porteraient pas des fouets au travail sachant cela, dans le but de conserver leur emploi, au moins une personne allait en sentir la morsure d'ici le coucher du soleil.

Sharon se tourna vers moi, l'air aussi fatigué que je l'étais.

« Tu fwais mieux d'aller t'availler, Doris, ou Nonso va devnifou ou fou fu'ieux. I dvient cinglé ces jou-ci. Bwana est pa si mauvai. Bwana a de la mo'ale, Nonso c'est just' un animal. »

Je faillis m'étrangler.

« Sûr, je ferais bien d'aller magouiller les comptes pour sauver le cul de Nonso. »

Sauf que c'était le cadet de mes soucis.

J'inspirai à fond et décidai de dire ce qui me souciait le plus, sachant que, si loyale fût-elle envers un autre, elle ne me trahirait jamais.

Je lui ai parlé de Yao, de Dingiswayo et de leur mère, Ye Memé, qui m'avait prise sous son aile à mon arrivée et m'avait sauvé la vie ; ainsi que de Ma Marjani, toutes les deux mes très chères amies.

Je lui ai appris la prochaine vente des garçons aux Amériques, ce qui briserait le cœur de leurs mères.

Je lui ai dit que King Shaka allait avoir pour instruction de placer les garçons hors de vue quand Bwana arriverait.

Je lui ai dit que, à la fin du premier jour des festivités, tout le monde serait si bituré que je pourrais me sauver.

Dans la foulée, je lui ai demandé si elle pourrait ou voudrait m'aider à m'échapper avec les garçons.

Au bout d'un long silence, j'ai osé la regarder et j'ai vu les larmes couler sur ses joues.

« Alo c'est co ça ? Jte t'ouve jus pou te pe'd' de nouveau, ma pitite sœu ? »

J'ai essuyé son visage, ce qui l'a fait pleurer encore plus. À présent, j'étais la grande sœur, et elle le gros bébé.

J'ai pris ses mains dans les miennes.

Oui, c'est comme ça.

Depuis qu'elle avait été capturée, sanglota-t-elle, c'était la première fois que grâce à moi elle retrouvait un peu de la Sharon d'avant. « J'ai dû la tuyer pasque pe'sonne voulai connaît çte fi. Bwana m'a ppelée Iffianachukwana, c'est çque jdevais êt. Sharon était mo'te. Sa fami était mo'te. La maijon de Sharon était mo'te. Le pay de Sharon était mo. Tout çque j'avais à fai c'était ga'der Miss Iffie en vie. »

Comme nous le faisons tous.

Elle ne pouvait pas se plaindre, ajouta-t-elle. Elle avait une bonne vie ici. « La tienne a été bien pi', et si ma soeu' veut êt'lib', elle doit l'êt. »

Je l'ai aidée à se lever, lentement. Courbée, elle se frotta les genoux.

Puis elle se redressa, sans se tenir aux tiges de canne.

À ma surprise, debout elle était plus grande que moi, avec une stature très imposante.

Elle avait dû être magnifique, un jour.

Elle se moucha du pouce.

« Ça se't à ien de pleu'er. Moi jle fai jamai sauf aujou'djui. Chuis une du à cui, une entchêtée moi. C'est ce qu'i faut, Doris. »

Nous devions procéder comme pour une opération militaire. Elle connaissait les recettes.

King Shaka avait aidé des gens à s'échapper, ce qui était moins choquant que ce que j'avais entendu dire la veille. Sharon et lui étaient de bons amis, ajouta-t-elle en croisant les doigts – « Co ça ! »

Il cacherait Yao et Dingiswayo dans une des grottes de la montagne.

Je mettrais Ye Memé et Ma Marjani au courant et j'obtiendrais leur consentement.

Je pensais aussi à Qwashee, me demandant si mon homme était prêt à vouloir un peu de liberté.

D'accord, me dit-elle, mais seulement si j'avais une confiance totale en lui.

« Ndwele le voud'ait ptêt aussi », ajouta-t-elle, interrogeant le ciel.

J'étais horrifiée. Bien qu'il fût mon neveu, c'était aussi un négrier.

Elle bondit pour prendre sa défense.

« Tu c'ois qu'mes fils ava lchoix ? C'éta des jeslaves, eu zaussi. Ndewele a toujou wêvé de libe'té. Les aut ? Kolladao aime êt wesponsab, co son popa. C'est un chef-né. Ako ? Qui sait çqu'i a da sa têt pasqu'il ouv jama sa bouche. »

Je la prenais pour une égoïste, mais elle était une meilleure personne que je le croyais, dit-elle. Elle aimait tant Ndewele qu'elle savait qu'elle devait le laisser partir. Avant qu'il ne devienne comme ses frères.

Et le danger qui menaçait ceux qui restaient, elle y pensait ?

« Bwana soupchonne jama son Iffie. King Shaka sait toujou couv'ir ses t'aces, don ça va bien pou lui. » Ma Marjani était une des meilleures travailleuses de la plantation, donc ils devraient la laisser tranquille. Quant à Ye Memé ? Nonso la favorisait, allez savoir pourquoi, puisqu'elle lui tenait toujours tête et lui résistait. Peut-être l'admirait-il intérieurement... « Oh ! Sois pas jétonnée de touch que jsais, Doris. J'enten tout. Tout ! Su toi aussi. La nouvell venue vec son dos sca'ifié qu'i zapplaient Miss Omo, sauf que jsava pa qu'c'était ma sœu. »

King Shaka allait faire porter un message à Magik, qui suivait toujours ses recommandations, du moment qu'il en donnait tous les trente-six du mois. Magik ? Est-ce que j'avais entendu parler de lui ? Le chef de l'Armée des Guérilleros Marrons, qui avait travaillé comme menuisier sur la plantation. Oui, ai-je répondu, et je me suis toujours demandé si c'était l'homme que j'avais aimé quand je vivais à Londolo.

« Et comm i s'applait en çtemps-là ?

— Ndumbo. »

Son regard s'embrasa.

« Et da so pay natchal ?

— Frank.

— C'est lui, Doris. Pa'eil, ma ché'ie, pa'eil. Jama vu un hom si beau ! Y pa'lait jama boucou, ma chuis le gen de pe'sonne qu'è pique et qui pouss jusqu'à çque les gen ouv'ent leu bouche. »

Je faillis m'évanouir.

Les hommes de Magik viendraient à notre rencontre, probablement à mi-chemin. Et peut-être même Magik lui-même, pour retrouver sa chérie.

Le truc pour réussir à s'échapper c'était d'éviter la forêt, un piège où les chiens reniflaient les pistes. Je devais filer vers la rivière quand la fête battrait son plein, et, dès que je serais dans la nature, répandre du poivre pour tromper les chiens. « Ma'che da l'eau, Doris, oublie pa, ma'che da l'eau, pasque co ça ces maudjits chiens t'ouvent jama ton odeu et tchu cotinues co ça tou tout jusqu'à çt'end'oit qui s'appelle le Pay dla Liberté.

« Quoi qu'il a'ive, Doris, oublie pas, ma'che da l'eau. »

L'adrénaline me faisait le même effet que si j'avais dormi une nuit entière.

Je suis entrée dans le bureau et me suis mise à vérifier les comptes de Nonso. Là où manquait de l'argent sans justification, je l'ai noté sous un nouvel intitulé – Dettes de Jeu.

Cela devrait faire l'affaire.

J'ai suivi l'une de ses instructions à la lettre : j'ai fait disparaître Yao et Dingiswayo des registres.

Puis j'ai imprimé une fausse feuille de comptes à montrer à Nonso, bien que King Shaka m'ait dit que notre patron était si paniqué à l'idée de la visite de Bwana qu'il avait de nouveau passé toute la nuit à picoler. Il passerait toute la journée à dormir pour chasser l'alcool, ai-je répliqué, assuré que sa maman de substitution s'occuperait de gérer la situation.

Nonso avait besoin de moi, la femme qui avait veillé sur lui enfant, dans la merde où il se trouvait, il n'avait pas d'autre choix que de me faire confiance.

Ayant ainsi monté mon coup, j'ai réfléchi que je devrais prendre avec moi de la sève de laurier-rose, parce que si mon plan tournait mal, personne n'aurait la chance de me faire rôtir au feu, vivante ou non, merci pour elle.

King Shaka passa la journée à entrer et à sortir du bureau, comme un homme chargé d'une mission. Entre deux courses pour Massa Rotimi qui coordonnait les préparatifs de la cérémonie d'accueil, il réglait les détails de ma Grande Évasion.

Les hommes de Magik avaient été contactés via le langage des cornemuses et avaient répondu. Notre départ était prévu pour le lendemain en fin de matinée.

Cette nuit même, King Shaka conduirait Yao et Dingiswayo vers la grotte de la montagne.

Nous convînmes que, lorsque j'aurais fini mon travail de bureau, je descendrais chez les esclaves informer Ye Memé et Ma Marjani de notre plan, ce qui me terrifiait.

Ensuite, je demanderais à Qwashee s'il voulait me suivre.

(J'espérais que l'imbroglio Frank-Qwashee se résoudrait de lui-même.)

Je laissai les faux comptes sur le bureau pour le cas où Nonso se réveillerait et se rappellerait ce qu'il m'avait demandé de faire avant de sombrer dans l'alcool.

La nuit était d'un noir d'encre quand je repris l'allée bordée de bois de campêche. Je tenais une chandelle devant moi, dispersant le fléau de moucherons enragés, et je me suis retrouvée enchevêtrée dans les fils bleus lumineux de vers luisants, qui pendaient des arbres pour attraper leur proie. En foulant les brindilles, j'avais l'impression d'écraser de minuscules os d'oiseaux. Je priais pour que me soient épargnées les rencontres avec les serpents et les araignées venimeuses qui se faufilaient librement dans les herbes en l'absence de bruit humain.

En approchant du quartier des esclaves, j'entendis rire et chanter : *Ne t'assois sous le pommié vec pe'sonne d'aut que moi/pe'sonne d'aut que moi/pe'sonne d'aut que moi.*

Les gens veillaient tard, goûtant la perspective de trois jours de repos.

Ils allaient être si heureux.

Quand j'ai rejoint cette population véhémente, bruyante, vibrante, pléthorique, je n'étais plus la même femme.

En moins de deux jours, l'inconcevable s'était produit.

J'avais trouvé une sœur.

J'étais devenue trois fois tante.

Je faisais ma deuxième tentative de gain de liberté.

J'avais commis un acte grave de sabotage et bientôt j'allais retrouver l'homme que j'avais vraiment aimé.

Et surtout, j'avais découvert le destin de ma famille.

Il n'y aurait pas de réunion familiale autour du feu de cheminée, pas de muffins à griller dessus, pas de chants en chœur, pas de tintements de casseroles.

Maintenant que tout cela avait disparu, je me rendais compte à quel point j'étais imbriquée dans mon passé.

Je devais m'en débarrasser parce qu'il ne contenait pas d'avenir.

Mais laisser tomber l'espoir ? Après si longtemps ?

J'étais déchirée à l'intérieur, mais je devais me ressaisir.

Pour moi et pour les garçons.

Jusqu'à ce que nous soyons libres.

Alors, alors seulement, je m'autoriserais à pleurer.

J'ai trouvé Ye Memé et Ma Marjani qui m'attendaient, en pagne sale, installées avec King Shaka derrière des buissons assez éloignés du kapokier résonnant du bruit des fêtards. À peine me suis-je assise que King Shaka s'est éclipsé pour m'attendre à l'ombre.

C'était à moi de décider.

Après ce laps de temps, pourtant très court, passé chez les représentants supérieurs de la société des planteurs, mes amies me semblaient soudain terriblement minables, cradingues, laissées-pour-compte.

Leur quartier aussi paraissait délabré, affreusement *pauvre*.

« Beu'k ! Vohiez qui c'est qu'a'ive là ! » Ainsi m'accueillit Ye Memé, le regard torve, avant de lâcher les crachats les plus sonores, les plus dégoûtants, les plus vulgaires jamais dirigés contre un être humain.

Je crus qu'elle allait m'en lancer un et me préparai à l'esquiver.

Au lieu de quoi, elle se leva comme pour faire une sortie théâtrale, puis se rassit et, à grand renfort de gestes, s'employa à nettoyer sa poitrine.

« Tch es une ing'ate, Miss Omo. Tch es une menteus et une t'ompeus. Moich ai p'is soin de toi boucouboucou et tch es devnue mon amie spéchol et padan tout çtemps tu ga'dais un g'and-g'and sec'et. Tch avais t'availlé pou Bwana, là-bas dl'aut côtjé de l'eau, co son assista pe'sonnelle et tchu ml'avas jama dit ? Qu'est-ce tu c'ois qu'ça mfait dl'app'end pa les aut quan j'au'ais dû êt la p'emiè à lsavoi ? Tch es un se'pent caché dans l'he'be, maadam ! »

C'était si bon de la revoir, sachant que, après qu'elle aurait lâché la vapeur, les vannes se refermeraient et sa rage s'essoufflerait. Elle et Ma m'étaient devenues si chères. J'avais peur de ce que je devais leur apprendre.

L'essentiel étant qu'elles allaient perdre leurs fils.

Je me suis efforcée de m'expliquer du mieux que j'ai pu. Je n'avais pas voulu paraître différente, ai-je dit.

J'imaginais que personne ne découvrirait mon passé puisque j'étais condamnée aux travaux des champs à perpétuité. Je pensais d'ailleurs que ma vie antérieure à Londolo ne les intéressait pas puisque chaque fois que je parlais de la capitale elles changeaient de sujet. Je m'étais sentie insignifiante – j'en rajoutais un peu –, inutile.

Habituées comme elles l'étaient à avoir l'avantage moral, elles étaient sidérées de pouvoir se trouver en faute. Je profitai de leur perplexité pour leur apprendre la vente imminente de Yao et de Dingiswayo et le plan que j'avais élaboré pour la faire échouer.

Ye Memé parut désespérée. Si forte parfois qu'elle en semblait surhumaine, elle était totalement impuissante contre le fait que deux autres de ses enfants allaient lui être enlevés pour toujours.

La voir s'effondrer ainsi fut terrible. Ye Memé, la force incarnée, venait de se liquéfier.

Elle se griffa le visage et poussa un hurlement silencieux. Se jeta par terre et frappa le sol de ses poings. Arracha de la terre, la fourra dans sa bouche, crachant quand elle commençait à s'étouffer.

Ma Marjani essaya de la retenir, King Shaka et moi aussi, ensemble nous avons réussi à la maîtriser.

Puis tous les quatre nous nous sommes mis à pleurer.

Même King Shaka, qui, soixante ans après avoir été kidnappé, pensait encore chaque jour à sa famille de Margate.

Les fêtards sous l'arbre n'avaient rien entendu.

Finalement elle se redressa et s'assit, l'air aussi vulnérable qu'il était possible à un adulte de l'être.

« Je fwais mieu d'aller di adjeu à mes fils. Miss Omo tchu di'as à M'sieu Magik de vni nous che'cher moi et mes aut zenfan qua i se'ont pu g'ands. Jpeux pu wester ichi si jpeux l'ompêcher. Le tomps est vnu pou Ye Memé de t'ouver la libe'té. Ma tu viend'as ?

— Non, moi je weste ! »

Le monde de Ma était en train de s'écrouler.

« Ma Marjani nveut pas g'imper des montchanes ou êt to'tuyée si on l'att'ape. Pou Dingiswayo, c'est le mjeux qui peu lui a'iver. On le pe'd ma ptêt qu'la libe'té le wend'a meilleu. S'i nen est capab. »

Je suis partie, plus excitée et épuisée que je ne l'avais jamais été.

Quand Qwashee ouvrit sa porte, émergeant de la torpeur du sommeil, l'irritation qui se lisait sur son visage fit place rapidement au soulagement. Il m'enlaça tendrement mais quand je lui appris ce qui allait se passer, il me repoussa à bout de bras.

Puis révéla une fermeté que je ne soupçonnais pas.

« Tchu veux que je p'enne su-le-cha la déchijio de wisquer ma vie ? Tchu sai le tomps qu'i m'a follu pou ojer te dmander si tchu voula bjen que jte cou'tise ? I m'a follu pu d'un an. Et là tu mlaizz zé'o temps. Est-ce que c'est waisonnab ? »

Rien dans nos vies n'est raisonnable, Qwashee.

Nous avons passé cette nuit-là comme si ça devait être la dernière.

Des pinçons rouges marquaient son fessier et l'arrière de ses cuisses maigres et dures.

Des égratignures couraient du haut en bas de son dos osseux.

Je mordis son cou au sang.

« Tch'es pachionnée sta nuit, chuchota-t-il.

— Non… furieuse », ai-je grogné, laissant des marques de dents sur son épaule.

Mon dernier matin sur la plantation était arrivé et Qwashee n'avait toujours pas pris de décision.

Je l'ai laissé avant qu'il se réveille, la priorité allait aux garçons.

Homme sans cervelle !

Tout le quartier s'était réveillé normalement avant l'aube. Toutefois, au lieu d'entreprendre l'habituel exode vers le haut de la colline, les gens bricolaient autour de leur cabane, mais l'air vibrait d'impatience. Après s'être couchés tard, ils fonctionnaient en mode économique, réservant leur énergie pour la boisson, la danse et l'amour, qui dureraient les trois prochains et glorieux jours.

Ye Memé ne se montra pas de toute la matinée.

Je pris soin de Lolli, tandis que Ma Marjani surveillait Inaani, Akiki et Cabion.

En début d'après-midi, un messager accourut, annonçant que Bwana franchirait bientôt les portes du domaine.

Pat'on a'ive ! Metchez-vou a lign ! Pat'on a'ive ! Metchez-vous a lign !

Je jouais à la marelle avec Lolli, et je m'efforçais de pousser des cris de joie aussi aigus qu'elle, comme si rien ne m'amusait davantage dans ce vaste monde.

Je redoutais pour elle le moment où ses os s'allongeraient et où les courbes l'emporteraient sur la verticalité.

Mais tiendrait-elle jusque-là sans que rien ne se passe ?

Ye Memé chancela en sortant de l'obscurité de la hutte, aveuglée par la lumière.

Tandis que Ma alignait les enfants, j'emportai Lolli, la déposai devant la hutte et la tint serrée contre mes jambes, mes bras croisés sur sa poitrine.

Du coin de l'œil je repérai Qwashee qui m'observait.

Chacun portait sa tenue du dimanche, ce que les visiteurs de la plantation trouvaient toujours pittoresque, et ils n'arrêtaient pas de se réajuster, qui pour remonter la taille d'une jupe blanche froissée, qui pour lisser son pantalon de calicot, qui pour renouer un turban sophistiqué, essuyant la sueur au front ou du dessus des lèvres.

Le chant avait dû commencer dès l'entrée du convoi. Nous le reprîmes en l'amplifiant, au moment où le chariot des dieux apparut au sommet de la colline.

Vous êt not wayon d'soleil
Not seul wayon d'soleil
Vous nous wendez heuweux
Qua l'ciel est gwis.
Vous ne sau'ez jamais, Bwana
Combjen qu'on vous jaime.
S'i vou plaî, nous p'enez pas not wayon d'soleil.

Bwana occupait une sorte de carrosse plaqué or à toit ouvert convenant plus à une métropole qu'à la cambrousse. Il portait une cape en peau de léopard et une coiffure de plumes. Une lourde chaîne en or agrémentée d'un pendant en or massif en forme de bélier tombait entre ses seins, qui n'étaient pas insignifiants, loin de là.

Assis à côté de lui, Bamwoze semblait trouver ça drôle.

Ce qui n'était pas le cas de Nonso, assis face à eux.

Deux Ambossans marchaient devant, menant un lot de travailleurs.

Le carrosse se dirigea vers l'endroit où je me tenais. Mes bras se resserrèrent autour de Lolli.

D'abord surpris de voir son ancienne Nannie, Bamwoze me gratifia d'un hochement de tête condescendant pouvant signifier *Tu as certainement foutu le merdier, n'est-ce pas ?*.

Nonso me lança un regard incendiaire destiné à réaffirmer le contrat qu'il nous imaginait avoir conclu.

Bwana, qui aurait dû s'attendre à me voir, fut néanmoins sidéré. Peut-être parce que je paraissais tellement différente ? Parce que brusquement il se rappelait la flagellation qu'il avait ordonnée ? Se sentait-il coupable ? Éprouvait-il de la compassion ? Avait-il des doutes ?

Le défaut de sa cuirasse m'encouragea à le regarder avec une hardiesse de kamikaze semblable à celle que j'avais manifestée lors de mon ultime face-à-face avec Petite Miracle. Tout en semblant chanter comme les autres, j'articulai quelque chose de si infâme que, même si Bwana ne savait pas lire sur les lèvres, il devait comprendre le message.

Et ça fonctionna. Il eut l'air gêné et reporta son attention sur Ye Memé qui, à côté de moi, chantait à pleins poumons. Il la gratifia d'un hochement de tête de propriétaire irrité tandis que les roues de son carrosse l'entraînaient vers le prochain tournant.

Alors s'éleva un soupir général de soulagement, les gens s'éventant de leurs mains ou tombant à genoux pour faire une pause.

Tous sauf moi. Je n'étais pas plus gluante de sueur qu'affligée de tremblote.

Je ne pouvais pas me le permettre.

Puis les festivités commencèrent.

Des tonneaux de rhum et de bière dévalèrent les allées, des tombereaux de nourriture furent déchargés : soupe de conque et pain coco, riz et haricots rouges, poulet au vin de palme, purée de patates douces, welsh rarebit, tarte gizzada coco, duckanoo à la noix de muscade.

Une fois leurs entrailles remplies au maximum, les gens commençaient à dépenser leurs calories. Ils balançaient les hanches, frappaient des pieds, claquaient des mains, agitaient des crécelles, tapaient sur des tambours et jouaient du violon. Ils soufflaient dans des flûtes de roseau, des cornemuses en cuir, des trompettes constituées de tubes métalliques et des harmonicas en bois. Ils manipulaient les lamelles des *mbiras*, faisaient courir des baguettes sur les rainures de planches à laver et se lançaient dans des danses en ligne, des danses du *vieux pays*, des danses ambossanes déhanchées.

Ye Memé tapait des talons, buvait plus de rhum et plus vite que n'importe qui et tournoyait si frénétiquement, dans une telle envolée de jupes de coton blanc qu'elle ne tarda pas à s'écrouler sur le sol.

Deux hommes la portèrent à l'intérieur de la hutte.

Je vins lui dire adieu.

Elle avait perdu conscience.

Je l'ai embrassée sur les joues en lui disant *Je ju que Magik va veni vous che'cher toi et les goss quand qu'i se'ont pu g'ands*.

En haut dans la Grande Maison une fête plus calme battait son plein. Les propriétaires d'esclaves et les dignitaires de l'île étaient arrivés dans leurs attelages durant tout l'après-midi.

Je pouvais juste imaginer les détails : tintements de coupes, amuse-bouches avant le dîner assis, les accords délicats d'un quatuor de koras, le bourdonnement des voix, un pavillon de style bédouin, discrets bavardages entre dames, concours de grivoiseries entre hommes, petits gestes complices entre ceux qui étaient déjà fiancés ou mariés à d'autres.

Bwana n'avait pas d'autre choix que de jouer les hôtes envers ses très *estimés* invités.

Pour l'audit il devrait attendre la fin des festivités.

Nonso allait chier dans son froc.

Lolli engouffra tant de tartes gizzadas qu'elle vomit.

Je la pris dans mes bras et la transportai à l'intérieur.

Ma petite fleur chérie était si fragile, si légère et si molle.

Je l'ai déposée à côté de sa mère et lui ai donné un baiser d'adieu.

Pour la dernière fois j'ai quitté la hutte, et j'ai vu Ma qui entraînait les autres enfants en une rumba effrénée à travers le quartier.

Avant de disparaître, elle a tourné la tête et m'a saluée.

Je l'ai saluée en retour.

Il n'y avait plus que moi.

Je me suis assise, sobre et calme, devant la hutte, dans le noir.

Sur le banc, solide et pratique, que Frank avait fabriqué.

J'en caressais la surface lisse et usée comme je l'aurais fait avec un amant.

Qwashee demeurait invisible.

Va au diable, Qwashee. Va au diable !

Après une éternité, King Shaka est passé devant moi sans se presser.

Je me suis éclipsée sans me faire remarquer des fêtards, portant sur le dos un sac en tissu contenant des provisions, comme s'il s'agissait d'un bébé.

Une poche de cuir enfoncée dans ma jupe contenait de la sève de laurier-rose.

Je suivis King Shaka de loin, sur les sentiers déserts le long de la rivière et à travers champs, frôlant les buissons, en direction de l'extrémité du domaine.

Le vieil homme marchait si vite que j'avais du mal à ne pas me laisser trop distancer. Chaque pas le débarrassait de plusieurs années.

Il faisait frais au-delà du quartier des esclaves, loin de la chaleur des bâtiments et des corps. Je mourais d'impatience de retrouver les montagnes et leur climat tempéré, pour la première fois je me demandais quel genre de vie m'attendait là-haut.

Si j'y arrivais.

Si nous y arrivions.

Nous sommes passés devant le sanctuaire qui normalement tremblait des effusions frénétiques de la congrégation.

Maintenant, c'était une sorte de catacombe.

Je marchais comme si j'étais invisible.

Sachant que toute respiration forte ou tout pas maladroit risquait d'alerter l'un des quelques gardes à qui l'on n'avait pas octroyé de repos.

Dieu merci, la lune était de congé cette nuit-là.

King Shaka atteignit la clôture d'enceinte, dont il déracina facilement deux planches, qu'il replaça dès que nous fûmes de l'autre côté.

Nous nous trouvions au-delà des frontières de la plantation.

J'étais officiellement une fuyarde, une fugitive, quelqu'un dont on devait faire un exemple.

Je marchais à côté de King Shaka, qui n'avait pas encore dit un mot.

Plus loin, il ramassa un sac sous un buisson, en retira une poignée de piments rouges pilés, qu'il se mit à répandre derrière nous, et m'en donna pour que je fasse la même chose.

Ça me brûlait les mains, mais je ne me plaignais pas.

Nous continuions d'avancer, restant proches des feuillages, des arbres, parfois nous écartant de la rivière pour la rejoindre plus tard.

Nous avons fini par atteindre les contreforts des collines où, dissimulée par des fougères, se trouvait l'entrée d'une grotte.

King Shaka y pénétra en rampant, je suivis.

Il remit les fougères en place.

J'entendais respirer, je sentais la chaleur de corps humains.

Yao se précipita dans mes bras, je serrai son jeune corps tremblant.

Dingiswayo vint s'asseoir à mes pieds. Je lui tapotai la tête.

King Shaka alluma une bougie.

Les deux garçons étaient bouleversés.

J'avais pensé à les sauver mais négligé le sentiment de perte qu'ils devaient éprouver – famille, foyer, environnement connu.

Quand Dingiswayo, qui gardait la tête baissée, s'efforça de retenir un gémissement, je l'attirai aussi contre moi.

Je tenais un garçon sous chaque bras.

Nous n'avons pas tardé à entendre le bruit de fougères raclant le sol.

Ndewele entra en rampant sur les genoux, l'air plus vivant qu'il ne l'avait jamais paru.

Terrifiés, les garçons déguerpirent vers le fond de la caverne.

C'était Ndewele, l'esclavagiste.

Il leur affirma que tout allait bien. Ils devaient le considérer désormais comme un grand frère.

Il veillerait sur eux.

J'ai dit aux garçons qu'il était le fils de ma sœur.

Je me demandais si j'allais pouvoir l'aimer – mon neveu.

Puis arriva une autre personne, qui marchait si légèrement qu'on ne l'entendit que lorsqu'elle pénétra dans la caverne. C'était Qwashee.

Je réprimai un rire et lui donnai une tape joyeuse sur les fesses.

Il grimaça un sourire embarrassé en murmurant : « Tu c'oyais qu'le bonhom sava pa p'end une décijio ? »

King Shaka s'adressa à nous tous :

« Ndwele a weçu des injtuctions. I sait où les Ma'oons vous jattendent. Ça p'end'a djeux nuits et un jou, aussi p'iez pou que pe'sonne s'ape'çoi dvot abjence. Ptêt Bwana ve'a que Ndwele pa là, mais il au'a tant à fai vec les zhistoi de Nonso, peut-êt qu'i laisse'a cou'ir. »

En plus on devait faire attention aux pièges, pas seulement ceux du Massa, mais aussi ceux des Marrons. Notamment une liane qui s'étire au-dessus d'un trou dans le sol et cache des pieux sur lesquels on s'empale.

Ensuite on devait se déguiser. Près de la caverne on trouverait des feuilles et des branches, et une corde, de quoi y arriver.

« Matnant – p'enez ça. »

Il tendit à chacun de nous une botte de grandes et lourdes feuilles que je ne reconnus pas. Une seule feuille conservait assez d'eau de pluie pour qu'on puisse boire toute une journée. On en aurait besoin quand le chemin s'écarterait de la rivière.

« Et p'nez ça aussi. »

Il laissa tomber par terre le sac de piments.

« Enfin, si vous jêtes p'is ? »

Il sembla hurler les mots suivants alors qu'en réalité il ne haussait pas la voix.

« GA'DEZ VOS FOUTCHUES BOUCHES FE'MÉES ! »

Sur ce, il rampa hors de la grotte.

Il était parti.

Sidérés, nous sommes restés immobiles un moment.

Une cellule familiale unie désormais, comptant les uns sur les autres pour survivre.

J'espérais que Ndewele ou Qwashee allaient diriger les opérations, mais j'ai vite compris que le rôle me revenait. Ndewele connaissait la route et Qwashee était un homme costaud, mais c'est moi qui avais fait en sorte que cela se produise, pour moi, pour les garçons, pour les amis que je laissais derrière.

Je me sentais incroyablement calme, équilibrée, puissante.

Nous avons quitté la grotte, déguisés comme prescrit, et nous sommes dirigés vers la rivière.

Ndewele s'est enquis, avec une surprenante déférence, s'il ne valait pas mieux qu'il marche devant afin de tester le meilleur endroit où traverser le lit de la rivière.

J'ai acquiescé.

Il avançait pas à pas, se tenant sur le bord peu profond.

Dingiswayo le suivait, imitant son maintien viril.

J'agrippais la main moite de Yao, me rappelant la fois où Garanwyn avait agrippé la mienne.

Qwashee fermait la marche, portant le sac de piments.

Quand je suis entrée dans la rivière, de la vase légère s'est infiltrée entre mes orteils et le courant froid a revigoré mes pieds chauds et sales.

Il descendait tout droit du pays de la Liberté.

POST-SCRIPTUM

Nonso fut banni de la plantation par son père et mourut quelques années plus tard au port de Mo Bassa, de la syphilis. Il laissait une femme dont il était séparé et cinq enfants légitimes.

Bamwoze fit de la plantation l'une des plus prospères du Japon-Occidental et la plus fortifiée. Quand le temps de l'émancipation arriva, cinquante ans plus tard, il était connu dans le monde entier comme le très vénérable Chef Katamba II.

Bwana mourut tranquillement à Londolo, entouré de plusieurs épouses, d'enfants et de petits-enfants. Dans le dernier numéro de *La Flamme*, il écrivit qu'il avait eu une bonne vie, mais seulement parce que, *Cher Lecteur, j'ai voulu retrousser mes manches et travailler sacrément dur.*

King Shaka fut impliqué dans l'évasion de Yao et de Dingiswayo, mais en fit porter la responsabilité à Ndewele, à qui il avait révélé en confidence l'endroit où ils se cachaient. Sharon corrobora son histoire.

Elle s'en tira. Lui, non.

King Shaka échappa à une punition physique mais fut mis au pré. Obligé pour survivre de compter sur la bonne volonté des esclaves – qui fut ample.

Sharon demeura la favorite de Bwana jusqu'à ce que son cœur rende l'âme – huit mois après la perte de son fils et de sa sœur.

Ye Memé subit le supplice des poucettes. Comme elle ne cédait pas, elle fut fouettée avec un bâton épineux jusqu'à ce que son dos ne soit plus que de la chair sanguinolente. Et comme elle ne parlait toujours pas, Massa Rotimi lui scia la langue.

Frank n'était plus l'homme tranquille que j'avais connu. C'était un homme en colère, un guerrier, un homme marié. Il prit soin de l'amour de sa jeunesse mais ne redevint pas mon compagnon.

Dans le camp des Marrons, Qwashee manqua de l'acharnement nécessaire à affirmer ses droits – droit à la terre, à son rang, à la femme qu'il aimait. Il s'adonna au vin de palme, qui finalement eut raison de lui.

Lolli eut son premier enfant à treize ans et mourut en donnant naissance à son septième, à vingt-trois ans.

Ma Marjani éleva les survivants.

Dingiswayo se révéla le chef le plus intrépide de l'histoire de la guérilla marron. À de nombreuses reprises il essaya, et essaya en vain, de sauver sa famille asservie dans la vallée.

Les Marrons n'ont jamais eu confiance en Ndewele. Je fus son unique avocate. Il fila au port, espérant se faire passer pour un esclave affranchi. A-t-il réussi ? Nous ne l'avons jamais su.

Yao grandit en homme de bien, en homme réfléchi, en homme libre. Il apprit à ses enfants à lire et écrire. Après l'émancipation, son fils aîné, Dingiswayo II, devint le premier enseignant blanc sur l'île de Nouvelle-Ambossa.

Quant à mes trois enfants perdus – ils ne m'ont jamais retrouvée.

La liberté venue, un vieil homme nommé Pa Yao et une très vieille femme nommée Miss Doris se traînèrent du haut des montagnes en direction de Home Sweet Home.

Les chemins étaient exactement les mêmes, y compris les gingembres rouges, les bougainvillées pourpres et les heliconias dorés.

Dans un hamac qui se balançait entre les branches tentaculaires du kapokier dormait une vieille femme rabougrie aux joues creuses.

Ses os étaient toujours ceux d'une Viking.

Quand elle ouvrit les yeux et nous vit – elle demeura muette.

Au vingt et unième siècle, les descendants de Bwana possèdent toujours le domaine sucrier et figurent au nombre des plus remarquables et des plus riches familles du Royaume-Uni de Grande-Ambossa, où ils résident tous.

Les coupeurs de canne, dont beaucoup descendent des esclaves d'origine, sont payés.

REMERCIEMENTS

Je souhaite rendre hommage et remercier ma merveilleuse agente Kate Jones, de chez ICM, qui est malheureusement décédée quelques mois avant la publication de ce livre ; je tiens à remercier également ma nouvelle agente Karolina Sutton et l'équipe d'ICM/ Curtis Brown qui a mis ce livre sur les bons rails.

Comme chaque fois, spéciale dédicace à mon éditeur Simon Prosser qui a passé la lame de son regard aiguisé sur mes premiers jets, et à Lesley Bryce qui en a fait tout autant ; ainsi qu'à tous et chacun, toutes et chacune chez Hamish Hamilton/Penguin, notamment Juliette Mitchell, Anna Ridley, Anna Kelly, Jayde Lynch, Donna Poppy, Debbie Hatfield, et, avant qu'elle parte sous d'autres cieux, Francesca Main. À mon lecteur précoce Jacob Ross, et à mon ultime lecteur Jason Todd – *merci.* À l'Arts Council England (à Londres) pour une bourse d'écriture, en particulier à Charles Beckett. Et pour ses lectures, ses encouragements, ses remarques taquines et son indéfectible soutien à mes entreprises d'écriture, à ma vie et à tout – une grande accolade à mon partenaire, David.

TABLE DES MATIÈRES

LIVRE III

Pour plus d'information :
#lisez! engagé
www.lisez.com
Imprimé sur du papier issu de forêts gérées durablement.

Imprimé en France par MAURY IMPRIMEUR
en février 2024
N° d'impression : 275880

POCKET – 92, avenue de France, 75013 Paris

S32980/01